下天の内《けてんのうち》

大音寺一雄

藤原書店

下天の内

目次

下《け》天《てん》の内《うち》

装丁・装画　作間順子

第一部　他生の縁

一　下田のお吉

真実と事実の間《はざま》の闇
事実が覆う真実もあろう
まっ暗闇のどしゃ降りの雨のなかを
一人の女が川に身を投げて死んで行った
事実にさきだつ真実は見えぬ

たまたま通りかかった「江戸東京博物館」の垂れ幕の文字が目にとまった。「日米修好通商条約調印一五〇周年記念特別展――ペリー＆ハリス～泰平の眠りを覚ました男たち～」。何かにひかれて入って、いまだ目に焼きついていて離れぬ一本の旗と一枚のパネルがある。

色あせた旗は、ペリー来航の時初めて日本に掲げられた星条旗で、星の数は三一。それから九二年の後、一九四五年九月二日、日本の降伏文書調印式が行われたミズリー艦上に連合国最高司令官ダグラス・マッカーサーが掲げたのは同じこのペリーの旗だという。有無を言わさぬ二度の「開国」に立ち会った一本の旗――。

「ペリー久里浜上陸の図」やら、「ペリー使節への贈物書上」や「力士米俵運搬図」やらをただ見て通っていた目にふと止まった一枚のパネルは、「唐人お吉」にふれたものだったが、気になったのはそのことばづかいである。

――ハリスを語る上で必ず触れるのが「唐人お吉」である。彼女は下田坂本町の斉藤市兵衛の娘で玉泉寺のハリスのもとに遣わされた。幼馴染みとの恋を引き裂かれ「唐人」の烙印を押されて悲劇の生涯を送った女性として今なお語りつがれている。しかし史実は、ハリスのもとに出仕したのはわずか三日だったことなど、物語と違うことが多い。物語は、大正末期に郷土史家が発表した評伝がもとになっている。ハリスやヒュースケンに仕えた女性はほかにもいたが、その中でとくにお吉がもてはやされるのは、彼女が晩年に悲劇的な死を迎えたことでその伝記が脚色されていったものとおもわれる。

きちの給金と支度金を取りきめた書類が残っている。きちについては年額給金百二十両、支度金二十五両を下げ渡すことがきめられた。しかしきちは、三日で帰るように命じられ結局、解雇された。

強調されている「わずか三日」ということばや、「もてはやされる」というシニカルな言いかたが心にささった。ここで言われている「物語」のようなものを何冊か読んで出来上がっていたお吉のイメージのゆらぐのがわかったが、実のところ彼女にそう関心があったわけではない。それよりも下田にはあの『武士道』を書いた新渡戸稲造が建立した「お吉地蔵」というのがあることを何かで知って、なぜなのだろうかとずっと思っていた。

この機会にと読んでみた歴史学者の本のなかで、ハリスについて書かれた評伝にもお吉は三日で解雇されたとあったが、「地蔵」については何も書かれていない。「ハリス」の評伝だから当然かもしれないが、「斉藤きち」は役人の説得と二十五両という大枚《たいまい》の支度金につられて、総領事館であった玉泉寺の門をくぐった、とお吉の心のうちまで断定しているのは疑問に思った。どうしてそれがわかるのか——[1]。

別の歴史学者が「唐人お吉」について書いた研究書にも新渡戸のことは出ていない。「三日」というのも前の本と同じであった。同じ史料に拠っているのであろうが、史料というのは安政四年七月十日の日付でお吉の母・きわと悴惣五郎が連署して奉行所にさし出した嘆願書で、お吉が三日で帰されたあとの一家の苦しい生活のさまをのべて救いの手を求めたものである。それによると、お吉も親類身寄りの者もハリスのもとへ行くのを断ったが聞き入れられず、再三の話で承知したものの、その頃お吉には体に腫物ができていて宅養を申しつけられ三日で家に帰されたが、その後全快してその旨届け出たものの、今度はハリスの病気でしばらくさしひかえていよとのことであった。きわ・お吉親子は下田港の船頭たちの衣類の洗濯などをして生計を立てていたが、吉が異人と交ったことで船頭たちの仕事が出来なくなって困っている。よって、「御慈悲の御沙汰偏に願い上げ奉り候」というのであった[2]。

お吉の玉泉寺通いに話をもどせば、彼女がハリスにお目見えしたのは安政四（一八五七）年五月二十二日で、これについてはまえにあげた研究書に下田役場所蔵の「下田町会所御用日記」に拠るかなりくわしい記述がある。

この日、お吉は役所からさし向けられた引戸駕籠に乗せられ、後から何人もの役人や「通詞」までついて玉泉寺の門をくぐった。役人がお吉をハリスに引き合わせたところ、今晩一泊して明日たち帰ってもよいからぜひ一泊させたいということになって、お吉一人を残して役人一同は引きさがったという。もう一人の「お福」は五日遅れて、これも役人に付きそわれて玉泉寺におもむいたが、ハリスの通訳ヒュースケンは大喜びで、お福一人を残して役人一同の引き取ったことはお吉と同様であった。

お吉たちの役目は病んだハリスの「看護人名目」であったが、この本の著者は、約束されていた大金からみても、この意味深長なことばの裏には、ハリスの枕席にはべるという役目が隠されていたと言い、わずか三夜にせよハリスが玉泉寺でお吉と過ごした事実を抹殺することはできないとのべたあと、のちに公使に昇格して、江戸は麻布の善福寺を仮の公使館とした彼のもとにも、第二の侍妾が約五カ月いたことにもふれている。

お吉の生きた世は、この国がながい太平の眠りを打破られた激動のさなかにあり、下田は開港につぐ開港で、時代の荒波をもろにかぶった。思いもよらぬ天災も町を襲った。

「荒波」は、歴史の転換点となった産業革命がもたらしたものである。西ヨーロッパ諸国は大量生産された製品の輸出先として、東南アジア、中国・清への市場拡大を競っていたが、それはやがて植民地の奪いあいへとかたちを変えていった。その中で、インドや東南アジアに拠点を持たないアメリカにとっては太平洋航路の確立が急務であった。

嘉永六（一八五三）年六月三日、アメリカ東インド艦隊司令長官ペリーは軍艦四隻を率いて浦賀に来航した。その中の一隻・蒸気フリゲート艦サスケハナ号の排水量は二四五〇トン、全長七六・二メートル、日本最大の和船「千石船」の全長は二四メートルだったというから、初めて「黒船」を見た人たちの驚きは察するに余りある。兵装は、一五〇ポンド砲二基、九インチ砲一二基、一二ポンド砲一基であった。

幕府は久里浜で、開港を求める大統領・フィルモアの国書を受けとった。

十二月、ペリーはそれへの回答を明年に延期することを認めて琉球へ去ったが、この時、琉球王朝を威嚇して貯炭所建設の権利を獲得している。

同年七月、ロシア極東艦隊司令長官・プチャーチンは、軍艦四隻を率いて長崎に来航、十二月再来して、日・露の国境問題と通商について幕府と協議を開始した。

安政元（一八五四）年一月十六日、ペリーは軍艦七隻を率いて再び神奈川沖に来泊、国書への回答を迫った。

幕府は、三月三日「日米和親条約」を結び、下田、箱館二港を開くことを認めて下田は即時開港となった。このあと「日英和親条約」で長崎、箱館、を、「日露和親条約」で下田、箱館、長崎と、外国の威力に屈したなし崩しの開港が続くのだが、ペリー来航時に話をもどすと、この時、一人の武士の信じられないような行動が下田の人びとを驚かせた。


三月二十七日の夜、沖に停泊中のペリーの軍艦に従者一人を伴って小舟で乗りつけ米国渡航を申し出た武士がいた。長州藩士・吉田寅次郎二十五歳である。拒絶されて下田奉行所に名乗り出た二人は、国禁を犯したかどで逮捕されて江戸へ送られることになった。

そんな騒ぎの下田の町を、巨大な自然災害が襲った。

同年十一月四日〜五日、東海道の交通が途絶えるほどの大地震が起ったが、津波による下田の被害は甚大で、家屋八七五軒のうち八四一軒が流出し、死者の数は一二二人、下田沖に停泊中のロシアのプチャーチンの乗船・ディアナ号は大破し、戸田に回航中沈没するという騒ぎであった。

この時、お吉は生地の河津に難を逃れて無事だったというが家の貧窮甚だしく、十四歳で芸妓となった。目の凛と張った奇麗な子でその上美声、ほどなく新内「明け烏のお吉」と呼ばれて下田の町の評判芸者になったというのは、パネルにあった「郷土史家」の作品をはじめとして、いくつもある「物語」の展開である(3)。

まえに見たお吉の『研究書』は、彼女は下田の船頭相手に洗濯女として働いていた、と「史料」のままに書いているが、ハリスの『評伝』は、おもてむきは洗濯女だが実は彼らを相手に売春をしていたと、ここでも一歩踏み込んで書いている。これはどんな史料によったものか。

いつの時代どんな世でも、人間一人ひとりはそれぞれの時代の生き証人である。ましてや激動の時代である。その人が困難に対してどう身を処したか、はた目にはそう簡単には見えぬ内面の苦しみや、内にかくして人には語らなかったかもしれない、その真実というものがある筈だ。もともとの売春婦がただ大金につられて身をさし出したというのは実もフタもない話で、かりにお吉がその通りの女だったとしても、なおその「事実」にかくれてしまっている「真実」というものがあるかもしれない。

お吉の『研究書』は、敗戦直後のわが国で「進駐軍」の相手をして暮しを立てて世間からさげすまれていた「街の女」や、いわゆる「オンリーさん」の身の上に話をつなげて、お吉は「オンリー」としてハリスのもとへ通ったと書いている。

こういう想像のひろがりは、歴史学が人間にかかわるものである以上あってもよい、というよりなくてはならない筈で、このことでむごい世を生きた一人の女の姿が目に浮かんでくる。

その点では、はじめからいわゆる「歴史離れ」をしている「物語」の方が開国・通商の犠牲になった女の悲劇をリアルにとらえていて、人間を描き出すという点からいえば、「物語」は事実ではないと簡単にしりぞけてよいものかどうかという問題が出てくる。以下ではそのひとつの試みとして「物語」と「研究」をつないで、私なりにもう一度お吉の身の上を追ってみることにしよう。

安政三年七月二十一日、米国駐日総領事の肩書きをもったタウンゼント・ハリスは、通訳のヒュースケンを伴って下田へやってきた。来航を予期していなかった奉行所との間で何回かやりとりがあった後、八月五日ハリスは柿崎の玉泉寺に入り、領事館となった寺の庭には米国の国旗が翻った。星の数は三一。

彼の役目は、ペリーが果たせなかった「日米通商条約」を結ぶことにあったから、江戸での幕府との直接交渉をつよく望んだハリスと、幕府の命を受けて時間かせぎのために「ぶらかし」戦術をとって言を左右する奉行所との間で、一向に進展しない交渉にしばしば激昂したハリス。一奉行所の問題ではない、幕府、ひいては国の運命にかかわるかもしれない緊迫した事態が続いた一年あまり、奉行所への不信をつのらせ、交渉の難行で胃病を悪化させたハリス――ここまでは「事実」である。

看護の女性をよこせとのヒュースケンの申し入れは、彼にはこれを名として侍妾を得たいとの下心があったらしいが、受けた側には受けた側でまた別の思惑が働いただろう――これからは想像を交えた「物語」になる。ハリスのもとへ女を差し出そう、それで彼の気嫌がやわらぎ、ひょっとして何か相手側から情報でも探り出せたら願ってもないことだ。

ある日奉行所から、「きち」ともう一人の女性「おふく」のところへ、御用の筋あり名主ともども出向せよとの御沙汰があった。

領事館のハリスならびに通訳・ヒュースケン殿のもとへ御奉公申し付ける。ついては、「きち」にはお手当金・百二十両、支度金・二十五両、「ふく」へはお手当金九十両、支度金二十両をとらせる。ありがたくお受け致せ、とのお達しであった。

突然降って湧いたようなお吉の災難。お福はお吉の傍でかしこまって震えていた。

『何で私が異人のもとへ行かなければなりませぬか……御免こうむらせて頂きます』

『なに！』

叱りつける奉行所役人、何と言われても頑として拒み続けるお吉。ひとまずは名主お預けということで帰されたが、それで事がおさまるわけがない。奉行所支配組頭・伊佐新次郎がお吉の説得にあたることになったというのが「物語」の運びである。情理をつくした説得がつづいた。井上友一郎の小説『唐人お吉』はそのもようを生き生きと描き出している。

「きち。——お前は、漢の昔に、王昭といふ美人のゐたことを存じてゐるかな……」

「は？　いいえ」

「王昭と云へばなァ、美しいにも底抜け美しい女だったが、それだけではない。成ろうとすれば皇后さまにも成れた身なんぢゃ。——しかし、その王昭君は、国を安んじようとして、匈奴といふ到底いまの異人などとは較べものにならぬ鬼畜のやうな蠻人のもとへ、身を任せに行ったさうだ……」

「……」

「——我國でも源平の昔だけれども、夫の仇うらみを底に秘めて、憎い清盛に身を任せた常盤御前といふ人も、云はば源氏一門のいけにへとなり、一家の再興を思ったればこそだ。誰が、常盤の苦しみを

嘲ることが出来るだろう……」(4)

頼むお吉、わしのためでも、奉行所のためでもない。この国のためだ。おまえに頼むしかないのだ、ぐらいのことは言っただろう。何で私が唐人のもとへ行かなければなりませぬ、嫌です。どうぞかんべして下さいと言いながらしだいに追いつめられて行く女ひとり、うしろは冷たい壁、追いつめられ言いふくめられ思い余った末の返答は一つしかあるまい。十四の時に芸妓になった。もともと売られたようなこの体……このつまらぬ身がお国のお役に立つのならと、八方塞がりのまっ暗闇の胸のうちにからくも点《とも》った小さな灯火《ともしび》……。

『参ります、「コンシロ館《やかた》」へ』と一言――異人と交われば生き血を吸われるというようなことが、半ば信じられていたような時代であった。いわば命がけの決断であろう。「支度金」につられて一生一度の決心がつくだろうか……一片の義気、「一寸の虫にも五分の魂」。

「そうではなかったのですか、お吉さん――」

お吉、お福が玉泉寺のコンシロ館へおもむくことになったわずか四日の間に、上陸以来ハリスがもっともこだわった米国人の上陸・七里以内の旅行問題や銀貨交換比率問題をふくめて渋滞していた「下田条約」の調印がにわかに進展して、安政四年五月二十六日に妥結したその翌日、奉行所から江戸の老中へ「女差出候儀」の届書が出された。下田には「売女渡世差免し候ものもなく」、かねてからの先方の申し入れを断ってきたが、相手方は「――内願の婦人一條、相整申さず候はでは、誠實の意味貫通仕り兼ね候趣に主張致し、品々苦情申立て」このままでは「内地旅行」の問題なども進展せず、船頭の酒相手にやとわれていた女を「前書看病人の名目を以て、官吏方へ差遣わし申候」というのであった。お吉らの玉泉寺詣でには、外交交渉上少なからぬ功徳があったとみてよいであろう。

「下田条約」の調印をすませて、安政四年十月七日、ようやく江戸へ向けて出発したハリスは、二十一日登城して将軍家定に米国大統領・ピアースの親書を提出した。

十二月十一日、幕府全権の下田奉行・井上清直、目付の岩瀬忠震らと日米通商条約締結の交渉を開始した。

その時彼は、英・仏による清国侵攻の状況を告げて、速やかにアメリカとの条約締結をすませた方がよいとその利を説いたが、同時に、黒船は礼砲や号砲を打つために浮かんでいるのではないと言うことも忘れなかった。したたかな交渉者だったハリス。

安政五(一八五八)年六月十九日、幕府全権は、神奈川沖のポウハタン号で「日米修好通商条約」に調印した。横浜、神戸、箱館、長崎、新潟などの開港。アメリカに自主貿易権を与え、江戸と大坂への立ち入りを許す。領事裁判権をアメリカに認める。関税自主権は日本にはなく両国で協議する等の不平等条約であった。

七月十日　「日蘭修好通商条約」調印
七月十一日　「日露修好通商条約」調印
七月十八日　「日英修好通商条約」調印

九月三日　「日仏修好通商条約」調印

安政六年六月一日、ハリス、ヒュースケン下田を去り、公使・ハリスは江戸麻布の善福寺に駐在することになり、玉泉寺総領事館は閉鎖となった。

圧倒的な軍事力を背景に力づくで押し切られた諸外国との不平等な条約締結は、やがて日本国内に経済の混乱と攘夷の嵐を巻き起こした。

暗殺されたヒュースケン、激怒して事を構えようとした英・仏に対して、ハリスは可能なかぎり日本の利益擁護に心をくばり、文久二（一八六二）年に帰国するまで幕府との信頼関係を保ったと「評伝」にある。

彼が好意的だったとしても、幕府がアメリカ始め諸外国から押しつけられた開国の条件は、領事裁判権や低い税率等、わが国にとって不利・不平等のものであったことに変わりはない。その改訂は、やがて明治政府の容易ならざる政治的課題となる日がやってくる。

ところで、その後のお吉はどうなったか。菩提寺の元住職の手になる年譜によれば、

明治元（一八六八）年、お吉は二十八歳、鶴松と横浜に同棲。

同四年、三十一歳、二人は下田にもどって髪結業を営むが夫婦仲はよくなかった、という。

同九年、三十六歳、鶴松と別れて芸妓にもどり、三島の金本楼に住む。

同十一年、下田に帰り、髪結傍ら宴席へ出る。

明治十五年、安直楼をひらく。

明治十七年、四十四歳、廃業。

やがてお吉は中風にかかるが、好きな酒を手放さなかった。鶴松の死後、流浪しながらも命日には山桃の実を肴にお墓と酒を酌みかわしていた、とある(5)。

金本楼にいた頃彼女が作って歌っていたという即興の都々逸にいう。

どうせ正気じゃ世渡りゃできぬ
　剣菱持てこい茶わん酒
　　さめりゃ浮世がうるそうてならぬ

うるさい世間に
あざけられ
さげすまれ
老いさらばえて乞食の群れに入るお吉

激しい雨が降ったまっ暗闇のその夜、御詠歌をうたいながら門栗ヶ淵の上流の方へ向かう女の声を聞いたという人のことばも事実かどうかわからぬ。わかっている事実は、お吉が淵に身を投げて死んだということだけである。

明治二十四（一八九一）年三月二十五日、満五十一歳の波瀾の生涯だった。

この間、国は欧米をモデルに着々と近代化の体制をととのえて行った。根幹は憲法の制定である。

――天子様が絹布のハッピを下さるそうな、そんなザレ言をいう者もいたというが、そんな者も含めて国民すべてが固唾をのんで見まもっていたその日、明治二十二年二月十一日「大日本帝国憲法」発布。翌二十三年十一月二十日「教育ニ関スル勅語」渙発。天皇制国家体制の完成であった。

萬歳！　萬歳！

大日本帝国萬歳！

喜びに湧き立つ世に、一人の女乞食の死など憶えている者などいる筈がない。誰が知ろう、知ったとか、とるに足らない些事であったろう。

下田市河内、急角度で曲がっている「お吉が淵」、水の流れはそこにくると急に迅くなるようだ。土手に立つ高さ八二センチという「お吉地蔵」の顔はかなり摩滅していて、定かでないのがかえって尊いものに思われた。

傍の立て札の全文――

この「お吉地蔵」は故新渡戸稲造博士（一八六二～一九三三）の篤志によって昭和八年八月に建立されたものです。博士は幕末開港の陰に一論の花と咲いた薄命の佳人〝唐人お吉〟の大の同情者の一人でありました。たまたま昭和八年七月十六日に、このお吉ヶ淵に詣でお吉の霊を懇ろに慰めるとともに〝お吉地蔵〟の建立を思い立ったのでした。地蔵尊の背面には、博士の母堂の命日にあたる昭和八年七月十七日とだけ刻まれてありましたが、今では摩滅してさだかではありません。
博士はこの地蔵尊の姿を見ないまま、第五回太平洋問題会議に日本側の理事長として出席中、昭和八年十月十五日にカナダで病に倒れ、七十一歳の生涯を閉じました。

から艸《くさ》の浮名の下に枯れはてし
　君が心は大和撫子《なでしこ》

お吉思いのこの歌は、博士の奥ゆかしい心情が偲ばれます。

下田市・下田市観光協会

地蔵尊の背面には母の命日を刻むだけで、自分の名はいらないと頼んだ博士の心のうちは複雑なものだったろう。

明治十三年七月二十日、札幌農学校三年を終了した新渡戸は久しぶりに故郷・盛岡へ帰った。明治四年十歳の時、他家に養子となって上京して以来十年、久しぶりの母との対面ができるはずであった。だがその三日前、母堂は亡くなっていた。新渡戸の痛恨、この時の無念の思いは以後もずっと胸の底にあった。

彼のことばがある。自分の信仰は横から入った信仰だ。横とは悲しみということだ。母の悲しみ、日本の女性の悲しみということを常に考えていた、というのだ。(6)「お吉地蔵」はお吉への同情と、看取ることなく逝かせた母への詫び、二つの悼みの表象《しるし》であった。

新渡戸を「お吉ヶ淵」に案内したのは伊豆松崎町長の依田四郎である。「江戸東京博物館」のパネルにあった郷土史家・村松春水に依田があてた書面がある。それによると、依田は昭和八年五月下旬、旅の途中で偶然一高時代の恩師・新渡戸稲造に出会った。その時師が、お吉の話は米国でもよく出て説明したが自分はまだ下田を知らぬ、一度行ってみたいと言われ、御案内しますと約束して別れたが、七月十六日、博士は友人一名とともに下田を訪れた。その折、同行者が、お吉がハリスに侍ったのは三日位のものではないか、と訊いたのにこたえて、博士は、いやそんなことではない、お吉は伊佐新次郎に説得されて国家の犠牲になったのだ、自分はお吉に深甚の敬意を拂うものだ、と言ったという。

この郷土史家は、後年伊佐新次郎に会ったことがあると書いている。伊佐は下田開港当時の真相を話し、お吉の身の上に話が及ぶや、実に気の毒千萬な可憐な女性であった、と痛嘆したというのだ。(7)

お吉は水から引揚げられて、そのまま二日間も土手の上に放置されたままだったのを、下田・宝福寺第十五代の竹岡大乗住職は見るに忍びず、二人の人夫とともに大八車で遺体を引きとり、寺の一隅に葬って、戒名もつけてやった。「釈貞歓《しゃくじょうかん》」——まことの喜びという意味らしい。

しかし、大乗師はそのために下田を逐われて、以後三十八年間、横浜の警務教誨師として暮すのを余儀なくされたという。

お吉が眠る宝福寺は、寺暦によると、永禄二(一五五九)年十一月、信長の圧迫を逃れ、本願寺第十一代顕如ならびに法孫・釈了善、真言を改め開基したものである。

文久三(一八六三)年一月十六日、下田の沖が荒れて波のしずまるのを待つために、寺に滞在中の土佐藩主・山内容堂と、同じ事情で陸に上がった勝海舟が、容堂を訪ねて門人・坂本龍馬の脱藩の許しを乞い、これを認めさせたという話も伝わっているが、本文との関わりにもどせば、これより先の嘉永七(一八五四)年、「日米和親条約」交渉の際は、日本全権の本陣となって下田奉行所がここに置かれた。吉田松陰が門弟・金子重輔と密航を図ったのはこの年であった。

下田港・柿崎の海辺に立つ。

弁天島は今は陸つづきだが当時は小島であった。ここの洞穴に潜み、ここから小舟を漕いで出た長州藩・山鹿流軍学師範吉田松陰は、おのれの軍学がこの動乱の世に果たしてどれだけものの役に立つのか、疑念はずっと胸にあった。

ひろく世界の情勢を見て、学ぶべきを学び、何をなすべきかを考えよ、というのは、師と恃《たの》んだ佐久間象山のかねてからの勧めだった。九州・平戸に出向してたくさんの人に会い海外の情勢を学び、東北一帯を歩いて世情人心を確かめて他日の備えとし、長崎にロシアの船が入港したと聞いては急遽飛んで密航を企てたが、すでにロシア艦は出港していて果たせず、それにつづく二度目のアメリカ密航の企てもまた失敗に終った。

嘉永七年十月二十四日、長州に送り返されて入獄したのは、士分の者の入る野山獄だったが、重輔は別の岩倉獄に押し込められたまま翌年正月に獄死している。

獄での松陰は、囚人たちに『孟子』を講じて日を送ったが、その読み方は、「経書を読むの第一義は、聖賢に阿《おも》ねらぬこと要《かなめ》なり　もし少しにても阿るところあれば道明らかならず学ぶとても益なくして害あり」――学者・松陰の儒の志である。それは、後日若者の訓育に力を注いだ教育者の影を宿している。

「君子に三楽あり。而して天下に王たることは与《あずか》り知らず」

第二の楽しみは、「天に愧《は》ぢず人に怍《は》ぢざる」ことであるが、第三の楽しみ「天下の英才」を教育するということも、無学無識の自分の及ぶところではない。しかしながら、「幽囚廃錮の久しき　少しく自得《じとく》する処《ところ》ありて、平生の志を償《つぐな》ひ、且《かつ》他日恩赦《おんしゃ》の日に当りて、幸ひにして未《いま》だ死せずんば、此の事未だ必ずしも全く已むと云ふべからず。要は第一の楽しみを楽しみ、第二の楽しみに励《はげ》み、第三の楽しみに至りては、悠々《ゆうゆう》の天に附せんのみ」。

教育は君子の楽しみであるが、何故に英才を教育することを楽しむのか、もちろん自分の才能や徳行を見せびらかそうとするものではない。身は天下に王とならなくとも、英才を教育することができたならば、天下後世、必ず来てここに教えを求めるものが現れるであろう。それ故にわたくしが、もし英才を得てこれを教育することができたならば、彼等こそが必ずそうした人物となるであろう。これがわたくしの志であり、君子の楽しみに外ならない、というのであった(8)。

「松下村塾」はたった二間だったが、松陰の心の内では「天下の広居」であったろう。そのわずか二年半は「天下の大道」を踏んだ歳月だった。

ここに集った門弟は十数名、二百石取りの高杉晋作、微禄ながら医師の子だった久坂玄瑞を除けば多くは軽輩の子弟である。入江杉蔵（九一）、吉田稔磨、品川弥二郎、前原一誠、野村和ら、伊藤俊輔（博文）、山県狂介（有朋）は足軽の子だった。

松陰は勉学と教育に専念する。本来の学者の道に進むかとみえたが、祖国をめぐる政治的情勢の激変がその道を塞いだ。「日米修好通商条約」の締結をはじめとしてつぎつぎに結ばされたロシア、イギリス、フランス諸国との不平等条約によって盛んになった貿易の最大の不幸は、日本や外国の商人たちの悪徳にあった。彼等は、日本における金銀の比価の著しく低いことに乗じて、その交換によって莫大な利益を得た。日本において金と銀の交換の割合は一対三、世界各国でのそれは一対一五、この国で銀で金を買えば直ちに資本の数倍の利潤が得られる勘定である(9)。

金・銀の比価の混乱と金貨の不足が国内の物価高を招き、日本経済の破滅の危機を招いた。それは、印度や中国のような植民地化の危機に直結している。それが松陰を激烈な攘夷論者さらにはその実行家に変えたが、彼が当時流行した単純な攘夷論者でなかったことは言うまでもない。

ひろく世界を知り、学ぶべきことは学びつくして、現在の危機に対処しなければならない。そのためのやむにやまれぬ二度もの密航の企てであった。そのかぎりでは松陰は「開国論」に立っていたと言ってもいい。天下は天下の天下なり、幕府の私有に非ず。彼は独立した新しい統一国家への志望を抱いていたが、現に天下は徳川の天下であり、それを変えなければならない。その手段としての公・武合体なら理にかなっている。理想主義と現実主義との結合をはかる姿勢もそこにはあった。そのかぎりでは松陰は「公武合体論者」でもあったとみるむきもある(10)。

しかし、事態の進展はあまりにも急でめまぐるしかった。公・武ともに確たる方針を持たぬままに、米の巨艦・大砲の威に屈して通商条約を結ばされた。井伊大老は反対するものをことごとく投獄、処刑してひるむところがない。この屈辱的な開国と非道には力を持ってしても抵抗し反対するしか道はない。

兵法家・吉田松陰の武の心である。

彼は果敢な行動に出た――。

大老の命を受け京にあって志士弾圧の指揮にあたっていた間部詮勝《まなべあきかつ》の要撃策を立て、その実行者も予定された。当時、江戸にあって計画を知った久坂玄瑞や高杉晋作らは、連署して師の無謀を諫める書簡を送った。あまりにも無謀です、今はその時期ではありません、と。

松陰の返書は言う。江戸居の諸兄、皆僕と所見違うなり。諸友は功業をなす積り、僕は忠義をする積り――。

新進気鋭の評論家だった徳富蘇峰が松陰について書いた最初の論考では、彼を「革命家」と評していたが、そのことばを借りれば、松陰の言うところの「忠義」の対象は天子様でも毛利藩でもない、「尊皇攘夷」といういわば「革命」の大義への献身であろう。僕は「大義」のために全身全霊を打ち込むつもりである。君たちはそのあとでせいぜい立身出世でもするがいいと辛辣だが、どこか大らかなのは突き放していてもなお弟子たちを信じている教育者の心であろう。

彼は計画実行のための資金や弾薬の調達を藩庁に申し出る。その直情――驚愕した藩の圧力で暗殺計画の実行ができなくなった松陰の最後の策は、「大原要駕策」だった。

藩主の参勤交代の途次、伏見で待ち受ける手はずのかねて意を通じておいた大原三位重徳に、尊皇攘夷の大義を直接藩主に説かせようという企てである。だがその実行のために京に向った弟子は、追ってきた藩の役人に捕らえられ、これも失敗に終った。

安政五年十二月、松陰は再び野山獄へ。孤絶した松陰、幕府も諸侯もみなあてにはならぬ、たのむところは「草莽崛起」の人しかないとますます激化して行く[11]。

彼は儒教でいう人格価値を段階づける「中庸」、「狂」、「狷《けん》」、「郷原《きょうげん》」のうち、特に「狂」を愛したといわれている。「狂」は気力雄健、「狂者ニ非ザレバ興スコト能ハズ[12]」。

大狂を発した松陰、しかし、やがてすべては終りを告げる。

安政六（一八五八）年五月、幕府の命で江戸に送られた松陰は、ペリー来航以来の幕府の政策をあますところなく批判したばかりか、包むところなく間部要撃の計画までも口にした。最後の意見開陳の機会にすべてを賭けるつもりだったのだろうが、井伊の非情の断、十月二十七日、斬刑に処せられて事は終った。享年三十。

親思ふ心にまさる親心
　けふの音づれ　何ときくらん

諸君らは「功業」でもするがいいと松陰に言われた久坂や高杉のその後の行動は、師の遺志に背くものであったかどうか――

文久三（一八六三）年八月十八日の政変で、京で勢威をふるっていた攘夷派は追放され、三条実美ら七卿は長州に下った。

元治元（一八六四）年七月、長州軍は攘夷の嘆願と三条らの冤罪哀訴のために上京する。高杉はこの出兵進発に慎重論をとなえ、久坂も当初は同じであったものの押し切られたかたちで京に上る。七月十九日早朝、京都警備に当たっていた「公・武合体派」の薩摩や会津と戦端が開かれ、久坂は蛤御門で奮戦中流れ弾にあたって負傷し、自刃して果てた。師からその才「縦横無尽」と評された英才の最期、まだ二十五歳だった。

一方、彼とならんで「松門の双璧」と称された高杉晋作は藩命によって文久二（一八六二）年五月から七月にかけて上海に出向、中国の植民地化の実情をまのあたりに見て祖国の危機を実感する。翌三年正月、剃髪して「東行《とうぎょう》」と名のった。風雅の道に生きた西行と逆の道を行く決意のあらわれである。

長州藩の動きも尋常なものではなかった。将軍・家茂が諸藩に命じた攘夷決行の最終期限文久三年五月十日の夕刻、海上交通の要衝・下関海峡を通りかかったアメリカの商船・ベンブロック号に突如長州の藩船が大砲を放った。藩の攘夷実行第一号である。つづいて二十三日、フランス船、二十六日オランダ船に砲弾が撃ち込まれ、アメリカの軍艦・ワイオミング号には下関砲台からカノン砲が火を噴いた。六月一日、米軍艦は長州藩砲台を報復攻撃、仏軍艦も砲撃を開始した。

この時、藩主から馬関（下関）防御を命じられた高杉は、出身・身分にかかわらぬ「奇兵隊」を組織して奮戦するが、四国連合艦隊の反撃はすさまじく、忽ちすべての砲台は破壊され、高杉らの奮戦にもかかわらず上陸軍との陸戦も惨たる敗戦、攘夷の実行は全く不可能なことが証明される結果に終った。

元治元（一八六四）年八月八日、藩の上層部は、四カ国連合艦隊司令長官・イギリスのキューバー中将に停戦を申し入れる。連合国側の停戦の条件は、賠償金の支払い、馬関海峡の自由通行、長州藩領・彦島の租借等であった。

この時、藩の代表として交渉に当たった高杉の態度は、敗戦側にもかかわらず実に堂々たるもので、英紙は「魔王」のごとしと報じたといわれている。馬関海峡の航行に関する要求には直ちに応じたものの、賠償金の話になるや責任は攘夷を命じた幕府にありとして断固これを拒否し、彦島租借の問題になるや、神代からの日本の歴史について滔々と説き起こす長広舌で、まるで意味のわからぬ相手を煙に巻いてうやむやのうちに難題を処理した。

後年、彦島沖を通ることのあった伊藤博文は、もしあの時高杉がいなかったらと、深い感慨をもらしたという。その脳裏には、イギリスが中国から奪ったに等しい租借地・香港島のことが浮かんでいただろう。師と同じく「大狂」を発した東行の「功業」ならぬ「忠義」であったに違いない。

それからの高杉は、慶応元（一八六五）年初頭、藩の主導権を討幕派に握らせ、十月、桂小五郎、坂本龍馬らと第二次長州征代の対策を練り、翌二年の幕府軍との戦では馬関海陸軍参謀として活躍するが病のため辞任、三年四月十日、病床で、

おもしろき
　こともなき世をおもしろく

と辞世の句の前半まで言って息が途切れ、臨終を見守っていた野村望東尼が「すみなすものは、心なりけり」と受けたのをおもしろいなとつぶやけたであろうかどうか、維新の達成を見ることなく命絶えた。行年二十九。

松陰が嗤った「功業」を成し遂げたのは、伊藤博文や山県有朋であろう。ともに維新の元勲と讃えられた。伊藤は内閣制度を創設して初代首相となり、井上毅らの扶けをかりて明治憲法制定の大業を成し遂げ、山県は「奇兵隊」に想を得た日本陸軍の建設者であり、「軍人勅諭」の制定や「教育勅語」の発布にも関与した。

その伊藤にも、攘夷派の一人として活躍した昔があった。英国公使館の焼打ちにも参加して、高杉の信用を得ている。国学者・塙保己一の四男・忠宝《ただとみ》を斬殺した若い日もある。彼が廃帝の事例を調査したという誤伝に憤怒したものであるらしいが、山県にいたっては一人どころか、一二名の社会主義者を処刑した「大逆事件」の陰で指揮をとったといわれている。ともに、なみの「功業」ではない。

柿崎の海は青く、沖は遠く霞んでいた。

突然出現した黒船、続いてあとからあとから異国の軍艦や商船がやってきた。上陸した彼らが欲したものは、水や食料その他航海や交易に必要なものだけではなかったろう。その要求に、どれだけの貧しい女たちが應《こた》えたことか。このあたりの草むらにはみすぼらしい石の塚がいくつも並んでいたという古老の言い伝えを、お吉の菩提寺の住職が書きとめている。その数もむろん姓も名もわからぬままに埋められているのかもしれない赤ん坊たち――動乱の世のいつの時も、まっ先に犠牲になるのは女・子どもである。敗戦直後のわが国にもそれがみられた。

政治や経済それに軍事、重要とされる歴史的な問題にかかわる事実を突きとめることの大切さは言うまでもない。しかし、それら無数の重要な事実の蔭に埋もれているであろう名もない人たちにまつわる真実を問題にすることがなくていいのか。歴史の学はそんな小さな問題とは無縁だとしたら、そういう歴史学とは何か——少なくとも人間の学には遠い。

玉泉寺の入口の石段の脇に聳え立っている柏杉《びゃくすぎ》は、樹齢推定八百年といわれている見上げんばかりの大木である。この樹は昔この石段を昇って行った一人の女人のうしろ姿を見ていた筈だ。それは、三日であったのかどうか——。

石段を昇りつめて境内に入ると、たくさんの茉莉花《まつりか》の花がジャスミンの香りを放っていた。寺の一角にある「ハリス記念館」に収蔵されている古びた星条旗の星の数は三一——だがその同じ数の旗を掲げた三人の男たちの言いぶんはそれぞれ異なっている。

日本は十二歳の少年だ、と言ったといわれているマッカーサー元帥、威令並びなき占領者の奢りであろう。交渉人・ペリーはもう少しよく相手を見ていた。

「日本人が一度文明世界の過去及び現在の技能を所有したならば、強力な競争者として、将来の機械工業の成功を目指す競争に加わるだろう(13)」。

日本人をよく観察するとともに、それにからめて自分の内側をかえりみることがあったハリス。

「私は時として、日本を開国して外国の影響をうけさせることが、果してこの人々の普遍的な幸福を増進する所以《ゆえん》であるか、どうか、疑わしくなる。私は、質素と正直の黄金時代を、いずれの他の国におけるよりも、より多く日本において見出す(14)」。

お吉が彼のもとへ通ったのが三日であったのかどうかは問題ではない。かりに三日であったとしても、それを「もてはやされる」と諷し、「わずか三日」と軽んじているかぎり、その三日に先立つ一人の人間の内なる苦悩やその時胸に宿った真実がどんなものであったかはわかりはしない。わかっているのは、「わずか三日」が一人の人間の生涯を奪ったという事実である。

吉田松陰と斉藤きちが会ったことはあるまいが、ともに「狂瀾怒濤」の下田の海の風を吸って生き、やがて、一方は刑死し他方は水死するという非業の結末を同じくした。だが、松陰は一人だったわけではない。

明治の世になっても「門下」を口にする者は何名もいて、それぞれに出世を遂げたが、果して彼らはなす事ことごとく失敗に帰した旧師の行跡をどう見ていたのか、その実のところはわからない。

お吉は孤り《ひと》だったが、その死に一桑門の仏心と一個のサムライの義心が手向けられたのは事実であって、その真実はやはり格別のことであった。

二　兆民襤褸《らんる》

一

安政元（一八五四）年十一月の大地震と津波による災害は局地的には伊豆の下田が最大であったが、大阪と並んで土佐も大きな被害を蒙った。

流出家屋は三八八二戸、死者は三七二人、幡多郡中村の『木戸助八文書』は、当日の在所の惨状をまざ〳〵と目に浮かぶが如く書き残している。

「其日五日申の下刻（午後五時）果して地震はじまる。初はゆるゆる震ひたるが次第に強くなりて（中略）、地震の強き時は地裂け水湧き山崩るなどの話は聞居たれども……（中略）大家大木杯（など）の崩れ落つる音天地に轟き……生きたる心地はせざりけり……すはや今こそ津波入来るべしと騒ぎたる……暫時に山上は人の市をなせり、我直ちに長泉寺の後の山に上り南を見るに、潮は既に田の口の堤をのり越へ、田丁へたぶたぶと進み来る。就中四番の潮尤も猛大にして、直ちに家屋を漂流し幾かたまりとなく眼下になう〳〵と流れ来る。

其翌日六日夜の明を待て大方は山より下りて銘々の家に帰り見るに、或るは跡方もなくなるも有、或るは倒れて臥すも有、たまたま家存するものあれど大半破損して一宇も全きはなし。東西の町は一面の海と成り、園圃は渺《びょう》々たる白砂と成り」、町家は九分通り潰滅流出、死者も二九人に及んだ。[1]

幡多郡中村は、幸徳秋水（本名・傳次郎）の生地である。

明治四（一八七一）年生まれ、幼くして神童と呼ばれ長じて「万朝報」の記者となって、反戦・平和の論陣を張ったが、明治四十四（一九一一）年、政治的謀略をもって「大逆事件」の首謀者とされ絞首刑に処された。遺骨は暮夜ひそかに近くの港から故里に帰ったらしい。

墓は検察庁裏手の墓地にあるが、墓の数は少なく、探すのに手間はかからなかった。

おや墓前に佇んでいる人がいる。あれはK君じゃないか？　旧知の仲だがおとなしくて無口のわりにはちょっと小骨の多い男で、それがトシを取るにつれて妙に突きさささるようなところが出てきて、近頃は何となく敬遠していた。

『やあ、やっぱり君か……珍しいところで逢ったもんだ……何でまたここに？』

『ああ、中江兆民のことでちょっと知りたいことがあってね……』

今朝早く高知に着いて、知りたいことは調べてそこからまっすぐここへ来たということらしい。

『フーン』君がね……と言うと『ま、にわか勉強でフランス語もダメだけど』と言ったあとはなんにも言わず、ニヤリと笑っただけだ（お互いさま、ということか――）。

古色を帯びた墓石の「幸徳秋水」の字は親友だった小泉三申とか……これを書くのには相当の覚悟が要っただろう、昔は墓にまで鉄格子がかぶせてあったというのだ。傍にもう一基、同じく刑死した管野スガに夫を奪われた妻・師岡千代子の墓が立ち、秋水の墓前には彼岸花が咲いていた。

『「死人花《しびとばな》」などと言って今も嫌う人がいる』とKが呟いた。

秋水の生家は、酒造業で薬種業も兼ねていてかなり豊かだったらしい。生後一年で父親の死亡した後は、働き者の母親多治《たじ》の手で育てられて漢学塾に通った。母親思いの子であった。

後年、多治は上京して獄舎に愛児を訪ね、「傳次郎はにこにこしてかわいいかおをして出てきた」と、母子たがいの情の滲み出ているような文を書いているが、それから間もなくして死んでいる。自殺という説もある。

區々成敗且休論（区々たる成敗且《しばら》く論ずるを休《や》めよ）
千古唯應意気存（千古、唯だ応《まさ》に意気を存すべし）
如是而生如是死（是《か》くの如く生き、是くの如く死す）
罪人又覚布衣尊（罪人又《ま》た覚《おぼ》ゆ布衣の尊きを）

詩は、死刑を宣告された明治四十四年一月十八日、看守の頼みに応じて沈思数刻の後書き与えたものだという。罪人となって、あらためて無官の平民の尊さを覚ることができた云々……一海知義氏の釈文は意を尽くしている。

「無官の平民」には、想起したであろう友人知己、ことに恩師・中江兆民の俤《おもかげ》が重なっているだろう。師が書生の秋水に命じたのは、日に課すに漢籍を以てし、別に師に就いて英書を読みかつ多くの文章を作ることであった。秋水の書いた『兆民先生／兆民先生行状記』が漢文崩しの名文であることは故なしとしない。

『彼がこれを書いておいてくれてよかった』とKが言った。秋水の勧めにも嗤って、自伝如きものを残さなかった「布衣の人」の、意味深長なその日の一言がわかると満足げだ。目的は果したからこれでもう東京へ帰るという。勿体ないじゃないか、折角高知まで来て……ぼくはこれから兆民の生地跡を見に行くが桂浜や高知城も見たいと思っている。君も一緒に行かないかと誘うと、その気になったらしい。

　妙なのと同行する羽目になってしまった。

　中江兆民は弘化四（一八四七）年土佐国新町に生まれ、明治三十四（一九〇一）年十二月に死去した。生まれたのがペリー来航の六年前、死んだのは日露戦争の三年前であるから日本の近代化の全過程をほぼ見とどけた生涯であったということができよう。後に沢山の著・訳書を残した。

『民約訳解』（ルソー『社会契約論』の部分訳）明治十五年
『非開化論』（ルソー『学問芸術論』の訳）明治十六年
『維氏美学』（ヴェロン『美学』の訳）（上）明治十六年
（下）明治十七年
『理学沿革史』（A・フィエ『哲学史』の訳）明治十九年
『理学鉤玄《りがくこうげん》』明治十九年
『革命前法朗西《フランス》二世紀事《にせいきじ》』（フランス革命前史）明治十九年
『三酔人経綸問答』明治二十年
『平民の目ざまし』明治二十年
『道徳大原論』（ショーペンハウエル『倫理学の根本問題』の仏訳からの重訳）明治二十七年

と書き継ぎ、明治三十四年九月、病苦をおして書いた『一年有半』『続一年有半』が絶筆となった。
別に、『東洋自由新聞』、『自由新聞』『東雲新聞』等々に書いた沢山の論考がある。

中江兆民、本名は篤介、号の兆民は専ら明治二十年以降に用いられたものという。父は土佐藩の足軽であったが篤介十四歳の時死亡、母・柳の手によって育てられた。この辺の事情は秋水と似ている。幼い頃から読書を好み藩校（文武館）で儒学および洋学を学んだが、フランス語習得のために赴いた長崎では一時坂本龍馬に兄事した。『先生曾て坂本君の状を述べて曰く……「予は当時少年なりしも、彼を見て何となくエラキ人なりと信ぜるが故に、平生人に屈せざるの予も、彼が純然たる土佐訛《なま》りの方言をもて、「中江のニイさん煙草を買ふてきてオーセ、」など、命ぜらるれば、快然として使ひせしこと屡々《しばしば》なりき[2]』。

短い土佐なまりのたった一言、これだけでこの卓犖《たくらく》不羈《ふき》の人物のある日の姿が浮かんでくる。
その歴史に残る「船中八策」の第一は、天下の政権を朝廷に奉還せしめ、政令宜しく朝廷より出づべきこと。

第二、上下議政局を設け、議員を置き万機を参賛せしめ万機宜しく公議に決すべきこと。

第三、有材の公卿、諸侯及び天下の人材を顧問に備え官職を賜い、宜しく従来有名無実の官を除くべきこと。

第四、外国の交際広く公議に採り、新たに至当の規約を立つべきこと、というのは、欧米諸国に力ずくで結ばされた「不平等条約撤廃」のことだろう。

第五、古来の律令を折衷し、新に無窮の大典を選定すべきこと、は憲法制定のことだ。

第六、海軍宜しく拡張すべきこと。

第七、御親兵を置き、帝都を守衛せしむべきこと。

第八、金銀物価宜しく外国と平均の法を設くべきこと、とあるのは為替相場のことであろう。

目指すべき近代国家の大よその骨格を示したこの卓見の幾つかは、勝海舟やその周辺の幕府の開明派も口にしていたことだろうが、立場上言えないことを文字にしたのは一介の浪人の手柄で、後藤象二郎の「大政奉還」献策の基になった。


「奇なる哉《かな》、坂本龍馬君を崇拝したる当時の少年は、他日実に第二の坂本君たらんとしたりき。坂本君が薩長《さっちょう》二藩の連鎖《れんさ》となって、幕府転覆《てんぷく》の気運を促進し得たるが如く、自由改進の二党を打《う》て一丸となし、以て藩閥を剿滅《そうめつ》するは、是れ先生が畢生《ひっせい》の事業とする所なりき。而して坂本君は成功せり、先生は失敗せり、成敗の懸《かか》る所、天耶《か》、将《は》た人耶《か》」

為すこと悉く失敗に帰した兆民だが、同時代のもう一人の傑出した（啓蒙）思想家・福沢諭吉は、功成り名遂げて奇しくも同じ年（明治三十四年）に亡くなっている。成敗はまさに「天耶人耶」だが、多作・多言の福沢がなぜか兆民については一言も書いていない。

秋水の墓前でKが口にした「その日」は、

「明治二十二年春、憲法発布せらるゝ、全国の民歓呼沸《たみかんこわ》くが如し。先生嘆じて曰く、吾人賜与《ごじんしよ》せらるゝの憲法果して如何の物《もの》乎《か》、玉《たま》耶《か》将《は》た瓦《かわら》耶《か》、未だ其実《そのじつ》を見るに及ばずして、先づ其名に酔《よ》ふ、我国民の愚にして狂なる、何ぞ如此《かくのごと》くなるやと。憲法の全文到達するに及んで、先生通読一遍《いっぺん》唯《た》だ苦笑する耳《のみ》」

――天子様が下さった「絹布のハッピ」というのがこれじゃおか……

――イヤ、始めはこんなところかも知れんけんど、国の独立の危機はまだのうなっちゃせんき、それを防ぐためのともかくもの立憲制の出発じゃ、ここから始めて将来これを改める方途を探すしかあるまい、

――それにしても、これがわしも意を注いだことのある憲法かよ……あの苦心は何じゃったろうか、

この日の兆民の「苦笑」ほど、含意複雑なものはあるまい。その後半生の苦闘はこれより始まる。『福沢は何と言ったんだろうね』と横をみたが、Kは知らん顔をしている。

中江兆民は政府の高官・大久保利通や出身藩の板垣退助・後藤象二郎らの推輓によって司法省九等出仕となり、フランス留学を命ぜられて明治四（一八七一）年十一月十二日、岩倉具視全権大使一行とともに横浜を出帆した。任務とされたのは法律の研究であった。それから数年の後、留学生召還という政府の方針変更によって帰国を命ぜられた時、彼の才能を惜しんで残留を勧めたのは仏国だけでなく同じ留学生の中にもいた。彼がそれに従わなかったのは、帰国を待ち望んでいるであろう母を思ってのことであった。本来の任務はないがしろにして専ら哲学・歴史・文学の研究に没頭していたといわれるこの

一筋縄ではゆかぬ男が、こと母に関しては生涯全く従順で、常によく気を配っていたというのは秋水の記した通りらしい。

帰国は明治七（一八七四）年六月、国内の状勢は出発当時と一変していた。同年一月、板垣退助らが政府に突きつけた「民撰議院設立建白書」をめぐって運動は急速に拡がり過熱化していった。十三年、大阪で開かれた板垣らの政治結社「愛国社」第四回大会は、社名を「国会期成同盟」と改め、傘下の各政社は翌十四年の次回大会にはそれぞれの「憲法見込案」を持ち寄ることを決めていた。

民間の憲法案が続々作成されたが、全文全章の整っているものは一〇種以上にのぼると目されている。例えば——沼間守一の「嚶鳴社」憲法案は早くも明治十二年中に作成されたと考えられており、明治十四年に作られたものには、福地源一郎の「国憲意見」や「交詢社」の「私擬憲法案」、「五日市憲法草案」等があり、植木枝盛の「日本国憲法案」は、当時公表された形跡はないらしいが民権運動が目標とした国家像の最高のものをあらわすと言われている。

即ち——第一条「日本国ハ日本国憲法ニ循《したが》イテ之ヲ立テ之ヲ持ス」から始まって三五条に及ぶ人権保障規定があり、その中には国民の抵抗権や革命権も含まれている他に類例を見ないものであった(3)。

明治国家最高の実力者・岩倉具視は、民権運動の驚くべき昂揚に恐怖心を抱いていた。フランス革命前夜はかかる騒然たる状況を呈していたのでは……というのがその恐れである。運動のこれほどの発展や過熱化は、政府の予想を越えるものであったろう。

やがて岩倉や伊藤博文らの参謀役となるあの怜悧な井上毅でさえも、そうだったのではないか。明治九年夏、元老院に「憲法取調」の勅令が下った時、彼が左大臣・岩倉に提出した憲法意見書がある。「立憲ノ主義ヲ取リ、明ニ立法ノ権ヲ人民ニ分ケ、君臣共ニ憲法ノ下ニ立チ、大臣宰相ノ責任ヲサダメントナラハ、誠ニ国民ノ幸福ナリ」というのであった。(4)

『まるで中江兆民が言いそうなことだ』とKが呟いた。

『その通りだな……兆民の行く手を先廻りするかの如き俊敏さで遮った彼の生涯最大のライバル井上毅だが、若い日ともにフランスで学んだことのある二人は、互いに相手を高く評価していたようだ。兆民の学半ばの帰国を惜しんで政府にその延長を勧めたのは井上だ。彼は、頑迷なただの保守派とはワケが違うな』

Kの応えはない。知ってるよそんなことぐらい、というのか――。

井上毅は天保十四（一八四三）年、肥後国に生まれた。熊本藩陪臣の出身で家は貧しかった。幼時から異常な才能を示し、十二、三歳頃、早くも無点の「文選」を流暢に誦読し、先輩らと「左傳」「史記」を会読する折も息もつがず読み上げて少しも渋滞を示さなかったのには諸人皆舌を捲いて驚嘆したという。孝心篤く、母をいたわり朝は未明に起きて自ら竈の火を焚いたというが、それはその火の明りで読書するためでもあったらしい。

明治四（一八七一）年十二月、司法省に出任、五年六月、司法卿・江藤新平に随行して欧州各国を視察し、六年九月帰国した。(5)

わずか一年余りの視察だったが、この際収得した西欧の文明や各国の政治情勢、ことに法制に関する知識は並み外れたものであったに相違ない。明治十四（一八八一）年七月、岩倉具視が提起した「憲法意見書」はすでに後年の「大日本帝国憲法」の基本的骨格を示すものであったが、これは岩倉の依嘱を受けた井上が起草したものである。

即ち――君主権の強いプロイセン憲法を下敷きとして欽定憲法の体裁をとり、天皇は陸海軍の統帥権、大臣の任命権を持ち元老院（後の貴族院）を上院とする二院制とする等々。

ところが、これより早く同年三月に提出されていた参議・大隈重信の「意見書」は、国会の早期開設と政党内閣制を主張していて政府部内の分裂は避けられそうもない状況に立ち至っていた。

兆民は何をしていたか――明治七年六月に帰国して十月、東京に「仏学塾」を開いていた。翌八年二月、東京外国語学校長に就任、五月、新設の元老院に入って権小書記官となったが十年一月辞任し、以後は官職に就かず仏学塾の経営と専ら漢学の研鑽に努めていたらしい。

十四年三月、『東洋自由新聞』が創刊されるやその主筆となる。社長は在仏中に相識った西園寺公望――ここまでは彼の雌伏時代になるのだろうが、あまり詳しいことは判っていないらしい。外国語学校校長をわずか三か月たらずでやめた理由にしてもそうだ。

一説によれば、かれは当時教育界に勢力のあった福沢派の実学主義に反対し、国民道徳の維持に最も適当なのは孔孟の教えであると主張して、ほとんど逐われるように職を去ったという。

ところで――彼が務めた元老院調査課の職掌は、憲法制定事業の基礎的調査という国家的大事業で、それが元老院設立の目的であった。書記官には、大井憲太郎、沼間守一、島田三郎ら当時の錚々たる開明派の人材が集《つど》っていた(6)。

兆民らが中心となって元老院が作成した「日本国憲法」は、明治九年七、八月から十月中旬にかけて一か月余りで起草されたと言われているが、その後、第二次第三次と修正を繰り返して、明治十三年十二月二十八日天皇に提出された。これは、欧米諸国の憲法を参照して作られた「君民共治」を基本思想に据えたものであった。

だがこれは、岩倉具視や伊藤博文らの手によって国体に合わぬとか翻訳憲法とかの名の下に葬り去られた(7)。

元老院時代の兆民は、単物の着物に小倉の袴をつけ、袂には母親が炒《い》った好物のイリ豆を入れてポリポリ噛りながら仕事をしていたという(8)。

豆喰い書記官は、後年伝えられるような奇行に富んだ性行とは異なり極めて真面目な勤務ぶりであったらしいが、身にボロをまとい頭に蘆折笠《あしおれがさ》、腰に蓑といういでたちで集会場に現われたというような後年政治活動のさなかにみせたいわゆる「奇行」は、含羞が誘い出した真面目の反転かあるいは仮装であって、それを以てしなければ文人学者が心中に蔵した大真面目の本然を維持できなかったのではないか。彼の相手はまだどこかに血の臭いのする千軍万馬のつわもの連であり、直接に人を殺した経歴を持つ人物も政府中枢にいたのだ。尊王の妄念にかられて塙忠宝《ただとみ》を殺した伊藤博文だけではない、第二代総理大臣の黒田清隆も酒に酔ったあげく妻を惨殺したらしいが、地位もあり曖昧に付されて事は終わっている。これらが相手のたたかいだ、今日のような口先三寸の馴れ合い政争とはわけが違う。

兆民は仏学塾の経営のおりには、真面目に努力を重ねていたし、学問あるいは教育を天職と思う日もあったのではないか。彼がもし政治にかかわらず本来の学問研究に専念していたら、どんな哲学的大著述が残せたことか。

しかしまた、その惨たる政治的活動や絶望をぐって書き残した『三酔人経綸問答』その他の政治的考察は、古びるどころか今日ますます重要な意味を帯びてきているのだから、人の運・不運と社会・公共の利は相反するものがあるとでも言うべきか――。

『キレイごとに過ぎるようだな』とKが言った。

『奇行は子どもの頃からの性癖だと言うじゃないか。長じてからのそれにあまり意味をもたせ過ぎるのは少し滑稽じゃないか。それは今措いておくとしてもだね、兆民が研究や教育に専念していたらと君は言うが、彼は若い時からとてつもない政治的野心……といっても無論私心に発したものではないもっと大きな国の進路に関する展望や奇策と言ってもいい意見を持っていたし、実行に移そうともしていたようだな、兆民はそう簡単には行かないよ』（ああ、あの「策論」のことかと口まで出かかったが、今度はこっちが横を向いたまま黙っていてやった）。

「策論」は、政治思想史家の松永昌三氏が古書店で見つけたものだというが、明治八（一八七五）年の八、九月頃、勝海舟の紹介で、兆民が左大臣・島津久光に差し出した政治的提言である。前置きにあたる部分の末尾に「……空々茫洋ノ歎ヲ助ケテ国家ノ覆没ヲ坐視スルニ忍ビン、故ニ謹ンデ七策ヲ献ズ」とあって、始まったばかりの近代化の前途に彼が早くも危機感を抱いていたことがわかる。これはその打開策であった。

注目したいのは第三策である。兆民はここでモラルの普遍性を論じて、その点で英仏が我に勝《まさ》っているわけではない。彼が抜きん出ているのは技術と理論であってそれを学ぶことは必要であるが、今日自国のモラル仁義忠信をないがしろにしつつあるのは大きな間違いである。公私の学校に課して技術や理論の他に彼の国の道学を研鑽せしめ、かつ漢土の経伝を講習させるがいい。そのように努めるならば、我が国が英仏を凌いで「宇宙第一ノ善国ト成ルコト日ヲ計《かぞ》エテ待ツ可シ」というのである。(9)

これは、模倣に終始した西欧がモデルの近代化ではないいわゆる「内発的近代化」への初心を示すものであろう。

結論にあたる第七則は、よく言われる通り「一種のクーデター論」に違いあるまい。

彼はここでまちがった方向を辿りつつある現状の打開策を実行に移す前提として、新たな英傑の登用を提案している。その念頭には、勝海舟や西郷隆盛があったのではないかと目されている。

松永昌三氏は、この時期日本の未来の選択にはまださまざまな可能性があったとして、近代国家建設事業の推進者として「西郷＝兆民ライン」を想像してみることは、「伊藤博文（または岩倉具視）＝井上毅の現実ライン」よりも興趣の湧くことではあるまいかと述べているが、まことに魅惑的な発言である。(10)

「宇宙第一ノ善国」が「軍事大国」でないのは無論のこと、「経済大国」でもあるまい。それは「文化的平和国家」になる筈である。だが、ここに発したいわゆる「小国寡民」の夢は、実現を見ることなく歴史の底を流れ続けて、今に到っている。

民権運動のあまりな過激化を、兆民は岩倉らとは正反対の立場から懸念していた。それは、彼がフランス革命やその直後の仏国の状態を現地で見て学んだことに基づいている。明治五年の初頭、フランスに到着した兆民が見た政状は、パリコンミューンが政府側の徹底的な弾圧によって殲滅された翌年、生まれたばかりの第三共和制は暗中模索の段階であった[11]。彼はフランス政界の革命後の激動を「無前の禍乱」と呼んだという。フランス革命は理念に於て正、実際に於て負であり、その「形態」を模倣するのではなく「精神」を学ぶべきと考えた。

革命の「精神」を学びこれを民権運動に役立てたいという存念に基づく『民約論』は明治十年に訳了しているが刊行されず、手写本のかたちで民権家の間に回覧されたらしい。これは『民約訳解』と同じくルソー『社会契約論』の全訳ではなくその第二篇第六章まで、いわば原理論の摘訳であったが[12]、民権家に与えた感銘がいかに大きかったかは熊本の著名な民権家・宮崎八郎の漢詩に言う「泣読蘆騒民訳論」の一語が証明している。

兆民が『社会契約論』から学んだことのうちことに大きかったのはその「共和国」の論理であろう。「一般意志」によって指導されるあらゆる政府……君主国もまた共和国といえるという論断である[13]。「一般意志」に兆民は、「公共の利」あるいは「衆意」等の訳語をあてている[14]。

彼はまた、急進派が立法者たる際の留意点として「正則」と「変通」を説いた。「正理公道」に従いながらかつ自国の「歴史」「習慣」、「人民の諸条件」を勘案して「変通」することを知らねばならぬ[15]。かくして明治十四年以降の兆民は民権運動の実際にかかわることになる。『民訳論』に盛られたルソー流人民主権論を「正則」とし、これを天皇制日本に応用するための「変則」として「君民共治之説」をとなえ、これによって、急進、漸進多様に分かれた民権各派の国家構想の統一を計ろうとした。

明治天皇の侍講である元田永孚は、もろもろの憲法建議についての下問に応えて、「君民共治」とは国体の変更にして政府の決して言うべきことに非ず、とした。井上毅もルソーの人民主権論を欧州詭激の政論の最たるものとし、これを天皇制日本に適用可能なかたちにせんとする「君民共治論」の危険を説いたが、主唱者たる中江兆民の名はあげていない(16)。

井上はこの時期、岩倉や伊藤にさかんに書簡を送って所信を表明し、政府が対応を急ぐよう迫っている。伊藤博文自らが憲法起草の任に当たれというのだ。十四年七月十二日の書簡は、民間の憲法考究熱の高まりにふれて、数年後には彼らの「私擬憲法」が終に全勝を占むるに至るべしとの予見と憂いを述べた後、モデルとすべきプロシャ風憲法は英国風憲法論が未だ深く人心に浸透していない今なら出来る。よって憲法制定の挙は、早きに失うも其遅きに失うべからずと説いた(17)。

政府部内には、高まる一方の民権派の論潮に対抗するための策として官報新聞発行の動きがあり、世論誘導のために高名な福沢諭吉を迎えたらという意見もあったらしい。過激な民権論者や壮士の類《たぐい》を無知無識の輩《やから》と嗤いつつもその影響力を案じていた福沢にもその気がなかったわけでもないようだが、結果として受け容れていない。

これについても井上は、政府が新聞を出し、社説等で憲法にふれるならば政府が準備している憲法案を予知せしめることになり、政府と人民が学力をたたかわすことになるとしてこの企てに反対した。(18)　彼は民権派が深めつつある理論のレベルの高さを承知していたのである。

前にみた明治十三年六月の大隈重信の憲法建議は、十五年をもって憲法を公布し十六年国会を開設すべしという急進論であった。政府部内は無論、廟議破裂の危機は続いていた。

そこへ政府の関与した北海道開拓にからまる汚職事件が発覚した。開拓のために造った諸施設を藩閥出身の政商にタダ同然で下げ渡したという事件である。大隈は厳しくこれを論難した。岩倉・伊藤ら政府首脳にとっては絶体絶命のピンチであった。

この時政府のとった手段は、①払い下げ中止、②詔勅による国会開設の予約、③大隈の罷免という一種のクーデターである。この果断な措置の陰の立役者は井上毅であったとみられている。

国会開設を約した勅諭は明治十四年十月十二日に発せられた。二三年を以て国会を開くという天皇の名による約定である。それでもなお「事変《じへん》ヲ煽《せん》シ国安《こくあん》ヲ害《がい》スル者《もの》アラハ処《しょ》スルニ国典《こくてん》ヲ以《もっ》テスヘシ　特《とく》ニ茲《ここ》ニ言明《げんめい》シ爾有衆《なんじゆうしゅう》ニ諭《さと》ス」(19)。

「詔勅」の威力は絶大であった。これによって国会開設をめぐって揺れ動いていた人心を政府側に引きつけただけではなく、国会開設の要求という運動目標を見失った自由民権各派は致命的な打撃を受け、以後、自由・改進両派に分かれての内部対立や分裂を繰り返して行くことになる。

弱体化の一途を辿りつつあった民権派が再び勢いづく契機となったのは、所謂「三大事件建白運動」である。

これは、政府に対して、外交失策の挽回、地租軽減、言論・集会の自由の要求を突きつける運動であったが、ことに外交問題の失策批判については政府部内にも同意見の動きがあって、政府は再び窮地に立たされる羽目に陥った。

「外交失策」というのは――伊藤内閣の井上馨外相が進めていた条約改正交渉である。幕末、欧米諸国の威力に屈して幕府が各国と締結した不平等条約の改正問題は、明治政府発足当初からの重要課題であったが、井上外相は明治二十年四月には改正案について各国政府との間にほぼ同意をとりつけていた。やがて大きな問題となるのはその中の「外国籍の判事・検事の任用」や「外国人の関与する民事訴訟においては、その裁判官の多数は外国人裁判官であること、刑事の予審は外国人裁判官がこれにあたること」等であった(20)。

この改正交渉は国民には全く知らされていなかったが、政府の法律顧問・ボアソナードが外国人裁判官の任用等について反対するとともに、農商務大臣・谷干城も条約案に強く反対の意見書を伊藤首相に提出し、これらのことが民間にも伝わることになると民権派の条約反対運動は急速に力を増大させ、これに押された伊藤内閣は、七月には改正交渉の中止を決定せざるを得なくなった。

兆民は「三大事件建白運動」では中枢にあって後藤象二郎の「封事」を起草し、条約改正が国民の知らないところで秘密裡に進められてきたことを強く批判して交渉のやり直しを要求、外国人法官の任用にも反対で帰化させるべきだと主張した。「三大建白運動」を機に民権派の勢いが再び増大すれば、政府が成案にこぎつけていた憲法発布にも影響が及ぶことは必至の情勢となりつつあった。

政府は二〇年十二月二五日の深夜、突如「保安条令」を発動させてその動きを封じた。予定している憲法発布をスムーズに押し進めるために、これの妨げになると見られる者たちの（三年間と時間を限った）首都・東京からの追放令である。無論、兆民の名は五七〇名といわれている者のうちにある。二年間の退去処分であった。井上毅は、常に弾圧立法に加担したわけではない。辞意を明らかにして、これに反対したが、伊藤らは聞き入れなかった。

憮然たる兆民の呟きが聞こえている。

……とうとうワシも、一山四文の連中に入れられたか。

二

大阪に退去した兆民は、明治二十一年一月『東雲新聞』を創刊、その主筆となった。それからの活動をみるより先に、伊藤・井上らが進めてきた憲法制定の取組みを追っておく。因みに幸徳秋水が中江家の家僕になったのは、この年十一月であった。

明治十五（一八八二）年三月、憲法調査のためヨーロッパに赴いた伊藤博文は、プロイセンにおいて憲法学者グナイスト・モッセやオーストリアの大学教授ロレンツ・フォン・シュタインらから多くのことを学んだ。出発前の伊藤には民権派の憲法論からの影響もあったのか、憲法政治にはデモクラチック・エレメントも要るのではないかとの迷いもあったようだが、プロイセンで学ぶうち絶対的君主制への確

信を得たのか「死地をえたる心地」と岩倉あての書簡に記した。(21)

十六年八月に帰国した伊藤は、宮中に制度取調局を設置し、井上毅、伊東巳代治、金子堅太郎らを任命して憲法起草作業を開始した。作業の過程には伊藤と井上の意見の違いによる緊張した場面も再三あり、井上の辞表提出という事態もあったが伊藤はこれを認めなかった。右腕と恃んだ者に去られたのではどうにもならぬ。

かくて——二十一年三月には草案はほぼ出来上がって、伊藤が天皇に捧げた「進憲法案表」は井上の代稿であった。「立憲ノ大事ハ、唯陛下ノ獨リ能ク断定スル所ニシテ誰レカ臣子ノ敢テ　叨ニ預カル所ナリト謂ハンヤ（中略）憲典ノ文ハ精嚴明確ヲ尚ヒ、永遠ニ傳ヘテ偏倚ノ失ナキコトヲ期ス、故ニ立言短簡ニシテ該括極メテ廣ク、句法單純ニシテ意義尤精キ者アリ、此レ皆既ニ陛下鑑明ノ下ニ瞭然ナル所ニシテ、一々奏陳セハ……（中略）翻テ煩瀆ヲ致サンコトヲ恐ル……」というのであった。(22)

明治二十二年二月十一日、「大日本帝国憲法」が発布された。

第一條　大日本帝国ハ萬世一系ノ天皇之ヲ統治ス

第二條　皇位ハ皇室典範ノ定ムル所ニ依リ皇男子孫之ヲ継承ス

第三條　天皇ハ神聖ニシテ侵スヘカラス

以下七六條であった。

この時「憲法制定御告文」が同時に出されている。ここに憲法を制定するが、これは皇祖皇宗が残された統治の根本原則を述べたにすぎない、ということは天皇の地位は別に憲法によって定められたものではないということを示さんとするものである。

しかし、厳しさのあまり天皇を国民から隔離し過ぎてはならぬ。帝国の臣民は皇祖皇宗が恵撫慈養されてきたものである、という入念の気配りである。憲法の制定に影響を与えたシュタインはこれにふれて、日本皇帝はただに皇帝たるのみならずあわせて臣民の父たることを確認せざるべからずと言ったが、ここに天皇を父とする「家族国家日本」という「想像の共同体」の原像が出来上がった。

政治には「機があるものだもの……」というのは、いくつもの修羅場をくぐってきた勝海舟の身から出たことばだが、まことに井上毅は臨機応変にしてかつ用意周到であった。

「先生、通読一遍《いっぺん》唯《た》だ苦笑する耳《のみ》」。この日の兆民の苦笑は、論敵・井上毅に対する一種の賛嘆の念といささかの敗北感も含んでいたかもしれぬが、彼はこの時、直接には何も言っていない。発布直後には徹底的な言論統制が敷かれたからそれへの警戒の念があったのかもしれないが、憲法発布後約一か月の三月八日『東雲新聞』に掲載した「新聞雑誌の停止に就いて」にこと寄せて、早くも出来上がったばかりの立憲政体の実体の虚を見抜いて見せている。「筆舌の自由なくして人民相共《あひとも》に所思を通《つうず》るを得ざる時は憲法は終《つひ》に水面に書《かき》たる文字と一般なればなり国会は終に沙上《しょうじょう》に建《たて》たる家屋と同様《どうよう》なればなり」(23)。

これから先の兆民は、民権運動の理論がためというそれまでの活動から一歩進み出て、対立や分裂を重ねる民権派の団結のための実際的政治活動に乗り出すとともに、その団結の力による憲法の点閲路線の確立に力を注ぐことになる。と同時に、わかりやすい啓蒙的な文章を駆使した臣民の主権者人民への意識変革の取組みも続けた。ここにはもともとは学者であり教師だった人間の残像、というよりもその本来の姿が見えている。

兆民はすでにこの前年明治二十年五月に、『三酔人経綸問答』を発表している。これは漢文であったから一般人には判らなかっただろうが、敗北に帰したと言わなければならない自由民権運動を死に体にせず、なんとかこれに再び命を吹き込まんとする人民の教師の傑作である。容易ならざる事態に対処するその態度も方策も、すでに出来上っていた。

したたかに酒に酔った兆民が、最前からからのトックリを盛に振って追加の催促をしている。心得ている夫人がただのぬるま湯をさして渡すのをグイと呷《あお》った兆民が、珍しく歌をうたった。

言うたちいかんちゃ
おらんくの池にゃ
汐吹く魚が泳ぎよる

「汐吹く魚」は彼の意中のあるべき「人民」の姿であろうが、歌もなかなか飄逸《ひょういつ》放縦の味があるじゃないか……。

『演説ベタの兆民の歌のうまいわけがなかろ』と、Kは苦笑を浮かべている。どうも小骨の多い男だ。

三

桂浜の海は南に向かって大きく開け、空は青く高かった。よく晴れた日には沖を行く鯨の群れが見えたのかもしれないが、懐手をして突っ立っている坂本龍馬が遠く見ているのは何か――。

Kは龍馬にもさほど関心はないらしく、銅像はチラと一度見上げただけだ。それなら何でここまでついてきたのか、気になるのは兆民だけか……井上毅のことも、彼の方から口に出すことはない。

欽定憲法発布後の兆民が、これより主権者・人民への意識変革の問題に力を込めていくのと正反対の立場から、井上もこれから国民の帝国臣民たる意識の育成が重要な課題になることは充分にわきまえていた。中心になるのは道徳教育である。

法のみによる国家の秩序維持への懸念は、憲法発布と同時にその胸にあった。国民の父としての慈愛に満ちた天皇は、憲法上では驚くべき強権の主体である。大日本帝国天皇は、議会の招集・解散権（七条）、官吏任命権（一〇条）、陸海軍の統帥権（一一条）、宣戦講和・条約締結権（一三条）を持ち、臣民に認められた権利も「戦時又ハ国家事変ノ場合」には停止することができる（三一条）。そして、天皇のかかる絶対的権力の淵源は「皇祖皇宗ノ神霊」（告文）にあるとされた。

しかし――教育と近代的社会の発展にともなって、国民の知見も発展し意識にも変化が生じよう。その将来に、天皇の神威に隠れた国の絶対主義的統制に対する疑念が生じないという保障はどこにもない以上、教育による忠良なる臣民意識の確固たる形成によって法の補完を図らなければならない。

以上の如き「国民教育」の観点から国語や国史の教育を重視してきた井上だが、その中心に彼が考える道徳教育を据えるのは並々ならぬ配慮を要する難題であり難行であった。道徳教育の混乱はながく続いていた。


国民教育制度は、明治五年八月に布告された「学制」に始まる。それは、儒教をもととした従来の学問＝教育を弊風と断じ、福沢諭吉のいわゆる「実学」の普及を眼目とした。したがって、教育内容の中心は読・書・算の基本教科にあり、道徳教育は下等小学四年のうち一年と二年だけに「修身口授《ぎょうぎのさとし》」を置いて週二時間だけ教師が口授する程度で、教科書は大部分が欧米書の翻訳ものであった。

新しい学校は不評であった。国民は就学を強制する「学制」を受けとめる経済的基盤を欠いていたうえに、教えられる内容も生活の実態や直接の必要と結びついていなかった。明治十二年九月、「教育令」が制定されて「学制」は廃止となった。これは、強制や干渉によらない学校建設への方向転換で「学制」への抵抗を乗り切ろうと企てたものであったが、ここでも「修身」はまだ教科の末尾に位置していた。しかし、この「自由主義的」と見られた「教育令」は、ただちに翌十三年「改正教育令」に席を譲った。あわただしい変転の背景には、自由民権運動の急激な発展がある。

「改正教育令」は、それまでの修身教育を一変させて儒教主義に基づく道徳教育を強化する一連の施策の出発点となった。

その第一は――「修身」は諸教科の筆頭の位置を占める最も重要な教科となった。第二に、教科書の使用制限と文部省による修身教材の編纂があげられる。『小学修身書』は、巻一の巻頭に「教師須知七則」を掲げて、国体の教育と天皇崇拝に力をつくすよう指示している。また、従来の翻訳教科書は禁止となったが、福沢諭吉の『通俗国権論』や『通俗民権論』等も好ましくない教科書となった。自由民権運動の衝撃がいかに強烈なものであったかがわかる。

明治十八年十二月、太政官制を廃止して第一次伊藤内閣が成立した。十九年、文相・森有礼は、「帝国大学令」、「師範学校令」、「中学校令」、「小学校令」を制定して天皇制教育体制の枠組を完成した。教育をあげて国家目的に従属させることによって、上からの力で強力な近代国家を作り上げようというのがその狙いであったが、彼の目には儒教道徳による国民統合の限界は明らかであったから、儒教主義による修身教科書の使用を禁じ修身教授は「口授」を中心とすることに切り替えられた。

たび重なる修身教授の方針の変更によって、教育現場には大きな混乱が起った。それに終止符を打つかたちで、やがて「教育勅語」が渙発されるのである。

明治二十三年二月、地方長官会議の席上、文相・榎本武揚に対して徳育の根本方針を確立されたしとの要請があり、「教育勅語」発布の機が熟したところでまず「小学校令」が改正された。

その第一は――「小学校ハ児童身体ノ発達ニ留意シテ道徳教育及国民教育ノ基礎並其生活ニ必須ナル普通ノ知識技能ヲ授クルヲ以テ本旨トス」とあって、道徳教育が小学校教育の中心の位置を占めることに法的根拠を与えるとともに、これは昭和十六年までながく小学校教育の目的を規定する原典となった。

他方、「帝国大学令」は、帝国大学について、「国家ノ須要ニ応スル学術技芸ヲ教授シ及其蘊奥ヲ攻究スルヲ以テ本旨トス」と定めた。学問と教育は違うが、ここから両者はその関連が問われるのではなく明確に分断されて、双方ともにながくそれぞれに歪みをもたらす基となった。

「教育勅語」は、条約改正問題で総辞職に追い込まれた黒田内閣のあとを承けた総理大臣・山県有朋と芳川顕正文相の下で文部省案が作成された。

軍人上りの山県は、明治十五年に下付された天皇が兵士に諭す「軍人勅諭」の如きものが教育にも必要だと考えていた。彼の目は軍事も教育も同様にとらえていた。

原案作成の任にあたったのは中村正直である。中村は、多くの若者に迎えられた『西国立志編』の訳者・編者として著名であった。原案は数次にわたる訂正をへて短期日のうちに完成した。儒教的な折り目正しいモラルと、キリスト教的な博愛の精神をあわせもった哲学的な道徳の諭しである。

これについて意見を求められた法制局長官・井上毅は、明治二十三年六月二十日付の山県あての書簡で厳しくこれを批判した。文部省の原案は勅諭の体《てい》をなしていない。これは宗教や哲学上の知識に基づく教養のようなもので、君主の口から出るようなものではない、というのであった。批判七点のうちのことに重要なものだけをあげれば――立憲政治では君主は臣民の良心の自由に干渉しないのが原則であるから、この勅諭は政治上の命令とは違って君主の著作と見なければならない。宗教や哲学的意見は忽ち反対意見を引き出すであろうし、「政治上の臭味」を避けるべきだ。それが出ると、勅諭が時の政治家の勧告のように見えるからだと、宗教・哲学・政治との関連にわたらぬよう充分な配慮の必要を具申した。そして――作成さるべき「君主の訓戒は汪々として大海の水の如くなるべく浅薄曲尽なるべからず」としたうえでさらに、「王言如レ玉ハ只々簡短にありと奉存候」と書き添えた[24]。

『強引な権力者山県に対して、立憲制下の君主は内面の自由に干渉してはならないと正論を述べることができた井上だ。若し彼が生きていたら「大逆事件」もあそこまで無謀なことにならなかったのじゃないか……』と言ったが、Kの応答はない（山県が退くかよというのだろう）。

明治二十三年十一月三十日、井上毅が中心となって作成した「王言如玉」の、「教育勅語」が渙発された。

これは――

「朕惟フニ我カ皇祖皇宗国ヲ肇《はじ》ムルコト宏遠ニ徳ヲ樹《た》ツルコト深厚ナリ我カ臣民克《よ》ク忠ニ克ク孝ニ億兆心ヲ一ニシテ世世厥《そ》ノ美ヲ濟《な》セルハ此レ我カ國體ノ精華ニシテ教育ノ淵源亦實ニ此《ここ》ニ存ス」と荘重に始まり、中段では臣民の守るべき徳目を「父母ニ孝ニ兄弟《けいてい》ニ友ニ夫婦相和シ朋友相信シ」とし、「一旦緩急アレハ義勇公ニ奉シ以テ天壌無窮ノ皇運ヲ扶翼スヘシ」と諭した後、「斯ノ道ハ實ニ我カ皇祖皇宗ノ遺訓ニシテ」「朕爾《なんじ》臣民ト倶《とも》ニ拳拳服膺《けんけんふくよう》シテ咸《みな》其徳ヲ一ニセンコトヲ庶幾《こいねが》フ」と結んだ。

「大日本帝国憲法」に「教育勅語」を合わせることで、天皇制国家体制の創出は、ここにはじめてすぐれた芸術作品の持つような完成度の高さをもって完了したのであって、井上は心中深く満足するとともに、初めて胸を撫でおろしたであろう。

『そうかな……』。Kが首をかしげている。

『芸術に完成なんてありえないというだろう、作品は作者がもうこれまでとそこで中断したものだというが、君はどう思う……』

『うん……』と言ったきり黙っていたが、（そうかもしれんな）。

「大日本帝国憲法」は、いまだ独立の危機去りやらぬ弱小の国の保全のためにはこれしかないと考えたであろう井上の尽力の所産であり、「臣民の道徳」はそれを補完する「術」であったとするならば、兆民の考えた「道徳」は、主権者となるべき人民がそれにふさわしい人らしく生きる生き方の問題として、「目的」そのものであったと言えよう。

『東洋自由新聞』に拠った兆民の所論の根底には自由の意義の強調がある、という兆民研究の専門家の指摘に注目しよう。注目すべきは自由のとらえかただ――自由には二義あり、一は「リベルテーモラル」（心思の自由）、二は「リベルテーポリチック」（行為の自由）であるが、後者が相対的自由であるのに対して前者は普遍的自由であり、たとえばそれは孟子の「浩然ノ気」にも通じている。そういう自由は欧米の占有に非ずとする考えは、兆民に一貫して変わることはなかった、というのだ[25]。

また相対的自由としての「行為の自由」は、万人の自由と平和のためとあらば制限されることがあると兆民は考えた。しかし、その制約は権力によって強制されるものではなく、個々人の自制心（道徳的意志）によるべきであって、権力による自由の圧迫は、個々人の人間の自由だけでなく社会全体の平和の破壊に通じているというのが彼の「行為の自由」のとらえ方だという意見は卓見であろう[26]。

自由が、個々の人間の道徳的意志によって制限されるという兆民の考え方やその徹底した功利主義や快楽主義の批判は、一般の民権論者とは違っていた。

たとえば――大隈のブレーンだった小野梓の「通俗自由の理」の一節に、「自由とは、安心して我が為さんと欲する所をなし」とある。民権運動が短時日のうちにあれほど多くの支持を獲得した理由のひとつには、それが個々人の私利追求の欲求に正当化の原理を提供したからだ、という意見がある。また、兆民とは同じ派であった植木枝盛が「貧民論」の中で「人間の大目的は苦しきを去て楽しきを取るという一点にある」としたのは多くの民権派の考え方であって、兆民の政治的孤立は出発点から予告されていたというのもうなずける。(27)

西欧近代のイデオロギーとしての功利主義への批判は、兆民の「策論」(28)でも展開されていたが、「原政」でも、ヨーロッパが進んでいるのは技術の知や理論の面であって、欲望を充足させるのが政治だとする考えに基づく私欲の肯定や開発の拡大は破滅に通じているとして功利主義への批判は一貫している。(29)だが同時に、ヨーロッパの思想の中に流れている道義＝理義の精神は儒教倫理にも共通する普遍的なものであるとして、それを自らの思想の核とすることは忘れなかった。儒学が人間に本来的に内在するとした道徳的能力（惻隠の情）と自己努力を通じての人間と社会との道徳的完成への信頼、それが兆民の理義であったが、背後にはヨーロッパの理義の精神の徹底した探求がある。(30)

彼の『道徳学大原論』の訳出には、ショーペンハウエルが道徳の本源を「惻隠の心」においたことへの共感があるとする説がある。「道徳の行は他人の利益損害を配慮するときになされる」。それは人の心に「惻隠の心」がひそんでいるからだというあたりは、理想家的性情の濃い兆民に訴えるところがあった筈だというのである。(31)

ショーペンハウエルは、キリスト教のために欧州人は種々残忍酷薄のふるまいをしてきたという。

ショーペンハウエルが西欧社会のモラルの根底をキリスト教に置く一般的な説と異なって「惻隠の心」に置くのには、キリスト教批判があろう。

彼は「惻隠の心」には二箇の級度の違いがあるとして――一級は唯害を人に加えざるに止まって人を救うに至らず、二級は人と一体となり其害を安ずるをもって己の旨趣と為す。一級は義、二級は仁である。「惻隠の心」は人と人との間だけでなく国と国との間にもあって、「義」と「仁」は諸善行の総称であり、衆善を統《す》べると言っている。

これは欧州では新奇であるかもしれないが、アジアでは千有余年も前にその意を発見しているというのが兆民の考えであった(32)。

だからといってアジアの方が優れているというのではない。「シムパシイ(同情)」、「慈悲」、「惻隠の情」、これらは世界萬国に共通の人の心であり、言い方は違っても根底は同じである。その普遍性がモラルの根源にあると兆民は考えた。

『理学沿革史』の訳出にあたって、彼は生涯こだわった「善」に着目していただろう。その(上)に、アリストット(テレス)、ソクラット(テス)、「プラトント同ジク亦世界皆善ノ一説ヲ執ルヲ見ル」、「庶物皆至善ニ嚮往ス」とある。人間だけではない。万物が善を目指している――兆民の重んじた「善」は、このあたりにも一つの根を持っているのではあるまいか。その根は複雑多岐に分かれている。ソクラテスの道学は「意志ヲ指導シテ善事ヲ断行セシムルノ学」である。「人ヲシテ善ヲ為サシメント欲スルトキハ、明ニ善ヲ知ラシム可シ」。故に「知識ヲ磨クコト、是レ道学ノ尤モ緊要トスル所ナレハナリ」。このあたりは兆民が『三酔人経綸問答』の展開で、「道徳の元気」と「学術の滋液」とを一つに結んでとらえているところに通じている筈である。

プラトンが善の弱点を論じて、それは心外に存する空幻の一意志にすぎずとして、これを補足して「我カ心断行ノ自由アリテ好ミテ之ヲ実際ニ施スニ非サレハ、真ノ善ト為ス可カラス」としたあたりは、兆民が注目した「リベルテーモラル」と交叉しているだろう。デカルトが「意欲の自由」（考えること）を「広大無辺ノ旨義ト為セリ」としたのに対して、「パスカルハ仁慈ノ心ヲ以テ広大無辺ノ旨義トナス」とあるのは、知と徳を等価に把え、二にして一と考えた兆民には、にわかに首肯しがたいものがあったのではないか。

その点では、知と徳とを一体として把えるスピノザの所説には共感を誘われたのではあるまいかと思う。「神ハ一個避ク可カラサルノ至理トイフニスギズ」、「君子タル者ハ将ニ此ノ避ク可カラサルノ至理ニ循フテ以テ己レヲ処スコトヲ求ムヘシ、スピノザノ所謂道学ノ本旨ハ唯ニ此一事アルノミ」。「永劫不滅ノ至理ヲ知ルコト是正ニ是ノ至理ヲ愛スルナリ、故ニスピノザハ此愛ヲ名ケテ知恵ヨリ出ツル愛ト曰フ。之ヲ要スルニスピノザノ学タル、常ニ知慧ヲ先ニシ、意欲ヲ後ニシ、聡明ヲ右ニシテ道徳ヲ左ニス、是ヲ以テ其説タル「常ニ知ト愛トヲ一混シテ之ヲ分ツコト無クシテ、以為ラク、之ヲ知ル者ハ之ヲ愛スト[33]」。

『理学鉤玄』はあまり注目されてこなかったとも言われているが、彼の生涯にとってやはり重要な意味を持っている。『中江兆民評伝』の著者の言のごとく、兆民がルソーに学んでその一生を一貫させた「リベルテーモラル」は、ヨーロッパだけではなく東洋思想にも通じている普遍的テーマであって、その人間に本来的に備わっている道徳的能力を、彼は「リベルテーモラル」として位置づけたのであり、それをもって民権運動に哲学的基礎を与えるべく、その理念の理論的完成に努力を傾けた――その所産が『理学鈎玄』であったとすれば、軽視されてよい筈がない。

幸徳秋水はこれを、古来の哲学的諸派の学説を網羅して、能く其綱を提げ要を撮り……其文章も亦蒼《そう》勁《けい》精練、優に後進の模範となる、と評価していた。

『中江兆民評伝』の著者はまた、『革命前法朗西二世紀事』にふれて、『理学沿革史』や『理学鈎玄』で自己の理学の根底を築いた兆民の次なる課題は、その理論を基とする日本の現状分析と目指すべき立憲制の構想にあった。その前提として、立憲制の歴史的必然を明らかにする必要があってこれを書いたという。兆民は暴力や流血の惨事をひどく嫌った。ふらんす革命が自由平等の大義において英国よりも深化していたことは事実であったとしても、あの惨劇を免罪できるのか、日本の場合はどうあるべきか――その解答の書がこれであると指摘している。これも兆民の偉業であろう。

「教育勅語」の最初の起草者で原案をボツにされた敬宇・中村正直にも、戦争や流血の争乱を忌むつよい心があった。

彼は幕臣であり「御儒者」であったが、命により西欧に渡って西洋事情の研究もしていたから無論洋学の知識もあった。兆民と同じく学半ばにして帰国したのは幕府の崩壊によってである。戦争の敗者の側に身を置いた者の常として、彼はその痛苦はなめ尽くしている。敗者の側には戦争への批判と平和への熱い希求があり、勝者よりも敗者の目線の正しさは、いつの時代どの世にあっても同じであろう。敬宇の平和への希求と国際協調の精神はその『自助論・第一編序』に明らかである。

「地球の万国《ばんこく》、まさに学問文芸を持ってあい交わり、用を利し性を厚《あつ》うするの道、互いにあい資益《しえき》し、彼比安康《ひしあんこう》、共に福祉《ふくし》をうくべし。比《かく》のごとくなれば、すなわち何ぞ強弱を較し、優劣を競うことあらんや」。言葉をついで、「兵は凶器、戦いは危事」と断じたうえで次のように言った。「嗚呼《ああ》、六合《りくごう》の際、礼教盛《さか》んにして兵刑廃する、まさに日あるべし」。

しかし明治の世は敬宇の期待とは逆の方向に進んだ。「文明開化」を謳歌し、中国や朝鮮を蔑視する時代風潮を彼は危ぶんだ。「文明開化」といってもそれは外からの力で開化させられたものに過ぎず、欧米の模倣の域を出ていない。彼が危ぶんだのは、そういう「開化」である。その点も兆民と似ている。彼が言った「何ぞ甲兵銃砲の要あらんや」という国の将来は軍事や経済の強大国ではなく、平和的・文化的小国になる筈である。それは、兆民が『三酔人経綸問答』で論及した理義に拠って立ち自ら守る他に依るものはない「小国寡民」と通じているだろう。

四

『三酔人経綸問答』が世に問われた明治二十年という年は、兆民にとって画期的な意味を持つ年である。本の出た直後の六月、伊藤首相が神奈川県・金沢八景の沖にある夏島の別荘にこもって井上毅らと取り組んでいた憲法の起草は、最終段階に入っていた。兆民が保安条令によって二年間の帝都追放の処分を受けたのは、この年の十一月であった。

憲法についても充分な知見を持ち、かつて「君民共治」を基とする「憲法按」の作成にかかわった経験のある兆民である。「欽定憲法」がどんなものになるか、また、それによって西欧の後を追う国の近代化がいかなる方向に進んでいくか、彼にはほぼそれが見えていただろう。『三酔人経綸問答』は、やがて国民が直面することになる困難な事態を人民がどう把えいかに対処すべきか――錬りにねって作りあげた彼独特の処方箋であった。中心の問題は、天皇の慈恵によって下げ渡されるかたちになるであろう国民の諸権利の受けとめ方と、辿るだろう軍事大国に抗する平和の探求である。それが、「洋学紳士」・「豪傑君」・「南海先生」の三者の間の議論というユニークな形式で展開されたことは、今ではよく知られているところだ。

「洋学紳士」は、徹底した非武装の平和論を唱える。わが国を非武装の民主国家にすることが真の独立を達成する唯一の道である。その道程を、自由・平等・友愛という西欧近代の原則に基づき、現実にはそれに反するふるまいに及んでいる列強の帝国主義を批判しつつ、かえってわが国が彼らに模範を示さなければならないと言う。(34)

軍備ではなく、理と義によって自らを守るしかない。「民主平等の制を建立しその身を人々に還《か》へて城堡《じょうほう》を夷《たいら》げ兵備を撤して……一国を挙げて道徳の國と為し学術の圃と為」す。それはわが国の安全のためだけの問題ではない「……万国兵を寝《や》め和を敦《あつ》くするの好結果を得んと欲する時は諸国皆悉《ことごと》く民主の制に循《したが》ふに非ざれば不可なり」。そういう世界的な視野の上に立って「試に亜細亜の小邦を以て、民主・平等・道徳・学術の試験室となさん哉」というのである。(35)

「洋学紳士」の考えは言うまでもなく兆民の一面である。もはやそれを日常的にはなかなか口にしにくくなっている時点で、彼の口をかりて兆民はかねての考えを存分に展開してみせた。「洋学紳士」には、敬愛してやまなかった同じ土佐の民権家で、純粋であるために領袖・板垣をも厳しく批判し国を逐われてアメリカで客死した理想主義者・馬場辰猪の影がさしている。仁と義を重んじて互いの交わりを結ぶなら「何ぞ甲兵銃砲の要あらんや」と言った中村正直の声も聞こえてくる。

小国の進路を考えるに当って、道義外交論を展開し、日本のような小国が欧州諸国のマネをしてはならない。信義を堅持して、道義のあるところ大国を恐れず、「英仏虎狼の国何ぞ則とるに足らんや」という考え方は、『三酔人経綸問答』より早く、明治十五年に書いている「論外交」の中でも展開していた。偏狭ならざるナショナリズムの響きを帯びた理想主義の主張である。

これは、兆民よりもっとはやく福沢諭吉が『学問のすすめ』（明治五—九年）の中で似たような考え方を述べていたのを思い出させる。「天理人道に従て互いの交を結び、理のためには「アフリカ」の黒奴にも恐入り、道のためには英吉利、亞米利加の軍艦をも恐れず、國の恥辱とありては日本國中の人民一人も殘らず命を棄てゝ國の威光を落さゞるこそ、一國の自由獨立と申すべきなり(36)」。

極端なまでの理想主義者・洋学紳士に豪傑君が反論する。兵を撤するというが、それはひそかにメリケン、フランスのごとき民主国の来援でもアテにしているのか——「否々、一時の幸《しあわせ》を倖《さいわい》として国の大事を断ずること是れ政治家の動《やや》もすれば計を誤る所以なり。僕は唯理義を是れ視るのみ。米利堅、仏蘭西、或は他の魯英独の属が……我を保護するが如きは皆自《おのずか》ら彼輩の事なり、我れ何ぞ与《あずか》り知らん」。

われは理義を視るのみと言うが、もし凶暴国があって来襲する時、一体どう対処するのかね……と豪傑君が言う。

洋学紳士が答える。

「一兵を持せず一弾を帯びず従容として曰はんのみ『わが国が貴国に礼を失したことはない、攻められるいわれはない。速やかに兵を退いて欲しい』と。それでも聞かない時は「大声を発して曰はんのみ、汝何ぞ無礼無義なるやと、因て弾を受けて死せんのみ」これより他に別にうまい策があるわけではない。「人を殺すは悪事、敵国来寇せるとき、我も軍を発して自ら防ぐは既にこれ防御中の進撃にして悪事たるを免れず……我邦人が一兵を持せず一弾を帯びずして敵寇の手に斃れんことを望むは、全国民を化して一種生きたる道徳と為して、後来社会の模範を垂れしむるが為なり」。

豪傑君は失笑した。

争は悪徳、戦は末節と言うが、人には現に悪徳のあるのはどうにもならんよ。今もロシア百万の兵がまさにトルコを呑まん、朝鮮を併合せんとしているじゃないか。ゼルマンも百万の軍がすでにフランスを冒し、フランスはフランスでゼルマンに報復しようとしたではないか。イギリスは地球上いたるところ植民地の無いところはないありさまだ。魯英独仏たがいに腕を撫してたがいに機を窺っていて、一朝事あれば千万百万の兵はヨーロッパの大地を蹂躙し、百千の艦隊はアジアの海を渡るだろう。列強が来寇すればわが国は割裂されよう、実に危いかぎりだ。亡滅もあり得る、ポーランド、ビルマを見よだ。

幸い我国には富国強兵策がある。これを実行するしかない。

豪傑君は一杯呑んで言葉を続けた。

他国に遅れて文明の途上に上る時は、従来のやり方一切を変えなければならん。その時、昔がいいと言い出す者が必ず出て、二者の対立が起る。恋旧好新の二者が対立を続けたら国は危くなる。紳士君よ、この二元素の一つを除くことが出来なかったら、君の崇敬する進化の神の霊験なんぞあったものか——。洋学紳士が問い返した。「恋旧好新、どっちを取り除くのか」。

豪傑君が答える。「恋旧元素、これは言ってみれば病腫のようなものだ。取り除くがいい。君は純平たる好新元素、僕は恋旧元素だが、国のために病腫を取り除くことを求めている。どうやって取り除くというのかね、これを戦に赴かしむることだ。アジアかアフリカか名は忘れたが、大邦と戦端を開けば二、三十万の兵が動く。僕は病腫だからこれに加わる。事成ればわが国の外に別に一種の病腫社会を造る。事敗れれば屍を異域に留める。成るも敗れるも国のために一挙両得の策ではないか。アジアは風前の灯だ。万国公法など当てにはならん、小邦が何によって自らを守るのか、没落寸前の小艇を捨てて動かざる大艦に移るの策あるのみだ。天下の事、皆、理と術ありだ。洋学紳士君よ、君は理を講ずるがい い。僕は術を論じる」。

兆民の政治的言論活動の開始は明治十四年に『東洋自由新聞』の主筆となってからであったが、数あるその論説の中の「外交之説」は外交平和の説であって、非武装・反戦の説はすでにここでも展開されていた。人間の諸権利の源は生活であり、生活は諸権利の淵源である。しかし、生活は人間だけでなくあらゆる生物にあり、それが発達すること（させること）は万物に共通の権利であり自由である。「天地ノ間、苟クモ生気アル者、孰レカ長生ヲ願ハサルハナシ」。戦争はその望みを奪ってしまう。武器を持つこと戦争をすることは許し難い。

しかし現実の国際情勢は「暗愚ナル文明時代」であって、現実には武装せざるを得ない。しかしそれは道理・人情に反するという歯止めがなければいけない。戦争を起こさない方法を常に求めなければならぬ。しかし、だからといって、強大国との同盟はいけない。強国への依存の源は畏懼《いく》であるが、たとえ亡滅するも屈せずと一決するならば何の恐れもない。亡滅を畏れて他国に依頼するのは恥辱を招く。亡滅を覚悟して、外交に当るべきだ。亡滅するも屈せず、国家は亡滅するも人民は屈せずと、現実を見すえたうえでのその理想主義の展開であった。

洋学紳士の徹底した理想主義が兆民の一面を代弁しているとすれば、豪傑君もそうに違いない。兆民には「策論」で島津久光に提起したように、西郷を呼び戻して近代化の別の路線を構想するという一種の奇策嗜好というか癖があって、彼は単純な平和主義ではない。日清戦争に際しても熱心に反対した様子はみられない。敗れれば列強諸国につけ込まれてわが国の独立が危うくなるというナショナリズムの立場からであるが、勝って何がしかのものを得たとしても、それは結局は列強から奪い取られるだろうと、ここにははっきり同じ予見を述べて戦争に反対を称えていた勝海舟の現実主義と似通う面もあって、兆民は複雑である。

その点では、日清戦の勝利に歓喜して国に多額の金を寄付した福沢諭吉とは異なっている。違っているが福沢もまた国の独立を案じる立場からであったのは同じであって、ここでも事はそう単純には行かない。

「我国は隣国の開明を待て共に亜細亜を興する猶予ある可らず、寧ろ其伍を脱して西洋の文明国と進退を共にし、其支那朝鮮に接するの法も隣国なるが故にとて特別の会釈に及ばず、正に西洋人が之に接するの風に従って処分す可きのみ。……我は心に於て亜細亜東方の悪友を謝絶するものなり[37]」という福沢の脱亜入欧論は、どこかに豪傑君の主張とも似通うものがある。そういう主張も欧米の植民地化を免れるためにとった柔軟な現実主義者の態度の変化あるいは「術」であって、「一国の自由独立」への初心にいささかの変化もなかった以上、ことさら変節を言い立てることはあるまいが、それにしてもその「初心」は、『学問のすすめ』にみせた高邁な理想主義からは何歩も後退している。「入欧」が欧米の後に付くアジア侵略に転化したのは歴史の証明するところだ。

「南海先生」はその両面を見ていた。

「先生」の発言は、絵に描いたような理想主義と極端な現実主義——理論と実践——二つの相反するものの総合の上に立つ第三の立場である。紳士君の非武装独立も豪傑君の大国（中国）侵略も、現実に実行し得るものではない。歴史の進歩はジグザグで段階的にしか進むものではない。いずれ付与される中途半端な「恩賜の民権」を、西欧諸国が成し遂げたような「恢復民権」と肩を並べることが出来るようにするには何をしたらいいか、それが現段階の課題の筈で、現実に成し得ることを積み重ねて歴史の進歩を押し進めて行くしかない。

これはさまざまな経験を積み重ねて、いよいよ複雑な政治的実践とかかわる姿勢を固めた兆民の思考の深まりを示すものであろう。

しかし、理想主義からやや現実主義へということではない。むしろその逆だ。現実を見すえることで理想主義の精神は単なる観念的ではない現実的な厚みを獲得したというべきだろう。紳士君に与えたことばは、その端的な証明である。

――紳士君、紳士君、思想は種子なり、脳髄は田地なり。君真に民主思想を喜ぶときは、之を口に挙げ、之を書に筆して、其種子を人々の脳髄中に蒔《う》ゆるに於ては、幾百年の後、芃々然《ぼうぼうぜん》として国中に茂生するも、或は知る可からざるなり。

兆民が愛読した『碧巌録』第四則の「垂示」に言う。「時節因縁亦須應ニ病與レ薬」と。『三酔人経綸問答』の随所に見られる「南海先生」の曖昧さや「ごまかし」は、「時節因縁」を考慮し薬は病に応じて与えねばならぬとする深慮洞察に基づいているが、当時一体何人がそれを理解していただろうか――。

幸徳秋水がいた。多く意を経ざるの所、却って先生の天才を発露し得て余有り。先生の人物、思想、本領を併せ得て、十二分に活躍せしむる、蓋し此書に如くは無し。

井上毅もいた。彼は本の出た前年からこの年の初頭にかけて、秘密裡の憲法起草作業の主役として最初の草案を完成させていた。徳富蘇峰の伝えるところによれば、「明治二十年の頃かと覚ゆ、一日兆民君と井上梧陰先生の邸に会す。先生君の『三酔人経綸問答』の稿本を繙《ひもと》き、且つ読み且つ評して曰く『素人には解らぬ』」。

「素人には解らぬ」――この一語に込められた含意の深さ、恐らくは兆民の論の射程距離の遠きことへの感嘆の念と同時に、それが一般国民には「解らぬ」ことで、おのずから胸中に湧いていた在官人としての一種の安堵感をも包んでいたであろう。

蘇峰はどう読んだか――。

この書は「兆民君の叙情詩なり」。（中略）「三酔人の撞着、扞格《かんかく》するところ、皆、一に君の一身に於て、撞着、扞格する所、要するに君の脳裏には、恒に幾多反対の要素戦争しつゝあり」と――[38]。

同時代の優れた政論家・陸羯南もこれほどの読みはできなかった。彼は明治二十四年の『近時政論考』では兆民の「政理叢談」を自由民権に新しい時期を劃すものと評価したのだが、『三酔人経綸問答』は日本の現実を見ず、理論のみで実践のないものと読み誤った[39]。

井上清氏は、「兆民ほど日本の現実に密着してその思想を展開したものはない。それこそ彼の最大の特徴の一つである」と言う[40]。

兆民は、分裂と対立を深める一方の民権諸派の再結合に力を尽くし、いつかその深みにはまってしまう。

結末は見えていた――。

『ボロ切れにされてしまうだけだ、と君は言いたいのだろうが……』とKが何か含んだような言い方をした。『違うのかね』と訊いたがまた黙ってしまった。何が言いたいのか、互いに黙したまま、桂浜から戻って市中を歩いた。歩くといっても彼はもともと別にこれといった目当てはなかったのだから、つまらなさそうな顔つきで付いてくるだけだ。「自由民権運動記念館」に入っても資料など買うでなし、板垣退助の大きな記念碑など見上げもしない。わずかに植木枝盛の旧居には興味でも湧いたのか、旧居といっても別に大きくも何ともない当り前の家の前にしばらく足を止めて立っていたが、それが、播磨屋橋にさしかかると表情が動いた。『これが土佐の高知のハリマヤバシか、ちっぽけなもんだな、やはり来てみるもんだ』とはじめて声を立てて笑った。

五

兆民の新たな課題は「恢復民権」への取り組みをどうおし進めるかであったが、それを担うべき政治的母体はもうなかった。

明治十四年十月、板垣退助や後藤象二郎らによって結成された自由党は、多分に旧士族層によるものであったことから脱皮して、しだいに中農、貧農層をも巻き込むかたちになって行った。「十四年の政変」の後、財相・松方正義のとった幣制整理の結果農民層の階層分解が進行して、没落した貧民層は借金年賦償還や小作料軽減、質地返還等の要求を掲げて運動は激化し、福島事件・群馬事件・加波山事件・秩父事件・飯田事件を引き起こした。対応しきれなくなった自由党は、十七年十月解党に追い込まれて、民権運動の指導部は消滅していた。

まずはその「恢復」から始めなければならない。

明治二十三年一月、自由党再建にくみした時、兆民が党議案三二項目の第一に推したのは「国会に上請して憲法を点閲する事」であった。それによって第一議会を迎える同志を糾合しようとはかったのであるが、その底には無論「恢復民権」への展望を潜めている。

「憲法点閲」の骨子は、人民の代表たる国会の承認を経ぬ憲法は真の憲法に非ず、と厳しいものであったが、それは上奏権の活用であって別に天皇親裁と抵触しないと細心の注意を払っていた。憲法七三条に「将来此ノ憲法ノ條項ヲ改正スルノ必要アルトキハ勅令ヲ以テ議案ヲ帝国議會ノ議ニ付スヘシ」とある。「点閲」の議案を議会から願い出て勅令として審議するかたちがとれれば「欽定憲法」であっても人民の参加した憲法の名をとることが出来るというのが彼の企図したところであったが、それでも当局の忌避にふれた。(41)

明治二十三年七月、山県内閣は反政府政党の進出を防ぐために選挙運動や政党の連合を抑圧することを意図した「集会及政社法」を公布したが、これは十三年四月の「集会条例」を改正・補強したものである。旧法は、政治結社は結社前にその社名・社則等を管轄の警察署に届出てその許可を受けることを義務づけており、「国安ニ妨害アリト認ムル」ときは集会も結社も許可しない(第四条)ことを定めていた。

「憲法点閲」はこれによって不許可となり、削除を余儀なくされた。

結局──第一回の国会議員選挙を目前に「再興自由党」に結集しようとした旧自由党系は「愛国公党」、「自由党」、「大同倶楽部」の三派鼎立のかたちとなって、兆民の前途には早くも容易ならぬ事態が予測された。

七月、第一回選挙で兆民は大阪四区「被差別部落」民の支持を得て当選した。獲得した票は三五二票、選挙人・二〇四一名の六六パーセントに該当する強い支持であった。選挙後、兆民所属の「自由党」を含めた各派に「九州同志会」を加えた四派は「立憲自由党」を結成したが、一枚岩には遠く、内部に対立や反目も孕んでいた。かつて革命的な憲法案を示したことのあった植木枝盛はこの時、板垣を中心とする土佐派の活動家であった。

しかし、そういう「立憲自由党」と大隈の率いる「改進党」が民党連合を形成するや、その議員数は国会で過半数を占めることとなって、「政費節減・民力休養」を唱えて軍備の拡充を含む政府提出の予算案を大幅に削減し、藩閥政府と対決の姿勢を示した。

憲法六七条には、政府提案の予算は「政府ノ同意ナクシテ削減スルコトヲ得ス」とある。松方蔵相はこれを盾に衆議院の減額案に同意出来ずとした。大事な国の予算について政府の案を形式的な審議だけでただ承認するのでは、議会には何の意味もない。

第一議会最大の争点となった予算削減問題は、憲法解釈にかかわる議会の審議権擁護の問題であり、問題の中心は、政府の「同意」や「不同意」が審議のどの段階でなされるかにある。しかし憲法にその規定はなかった。

兆民の「恢復民権」への取りくみは、阻止された「憲法点閲」から「議会の予算審議権の確立」へと向かった。兆民はもう一歩も退けない。

窮地に立たされた政府——ここでも井上毅が出てくる。

井上は胸の病のため、第一議会を目前に首相・山県に休養願いを提出していたが、山県は承知せず伊藤も然りでその意見は、議会が政府の同意なくして政府案の廃除・削減を議決した場合、政府は原案を執行できるとするものであった。「民党」は同意せず議会の混乱は深まる一方であった。

突然ここに、「大成会」の天野若円議員から緊急動議が提出された。内容は、衆議院の議決の確定前に政府の同意を求めるべきだというものであった。

当初兆民は、これが通るとは予想もしていなかった。

ところがこれが通った。植木を含めて「土佐派」二十数名が賛成票を投じた所謂「土佐派の裏切り」で、「民党」は敗北して兆民の努力はまたもや水泡に帰した。

彼は、代議士たちの行動にそう信を置いていたわけではないが、第一議会前に出した『選挙人目ざまし』には、「凡そ代議士の候補者と自ら切り出す程の人物ならば真逆《まさか》に下等動物には非るべし、無血虫には非ざる可し、多少の考は脳中に蓄え有る可し」と書いている。

その「真逆」が現実に起った。

――タマルカ！

国会を「無血虫の陳列場」と痛罵した文章が、緊急動議の成立した翌二月二十一日『立憲自由新聞』に掲載された。

「衆議院彼は腰を抜かして、尻餅を搗きたり。……解散の風評に畏怖し、再度迄否決したる即ち幽霊とも謂ふ可き動議を、大多数にて可決したり……議一期の議会にして、同一事を三度迄議決して乃ち竜頭蛇尾の文章を書き、前後矛盾の論理を述べ、信を天下後世に失することと為れり、無血虫の陳列場……已みなん、已みなん」。

植木ら二九議員は「立憲自由党」を脱党した。「無血虫の陳列場」への反撥であろうが、兆民の方は、これを発表したその日、衆議院議員を辞職した。二月二十一日付で議長にあてた辞職届けは、同じく痛快なものである。

「小生事近日亜爾格児《アルコール》中毒相発シ行歩艱何分採決ノ数ニ列シ難ク辞職仕候此段及御届候也」

兆民はこの年四月、小樽で創刊された「北門新報」の主筆を引き受けていたが、七月下旬、北海道に渡って直接筆を執ることになった。

この時期の論説は、北海道開拓の政策や同胞のアイヌ迫害に怒り、「水晶で作りたる童子の如きアイヌを汚す」と手厳しい。彼はあらためてわが国の「近代化」と「開化」を問い返す思いであったろう。[42]兆民健在である。

しかし、二十五年八月、「北門新報」を退いた後は、札幌で紙問屋を開業し、以後も鉄道事業その他の実業活動に従事したりしたが、三十一年には群馬県での公娼設置にまで力をかしている。

これは一体どうしたことか――。

兆民の転身ぶりを伝え聞いた北村透谷は、「兆民居士安《いず》くにかある」を書いてこれをつよく批判した。

「社会は彼を以て一部の思想の代表者と指目せしに、何事ぞ北海に遊商して、遠く世外に超脱するとは。……今や居士在らず、徒らに半仙半商の中江篤介、怯懦にして世を避けたる、驕慢にして世を擲げたる中江篤介あるを聞くのみ[43]」。

かつて自由民権運動の渦中に身を置き、やがて政治にもおのれ自身にも失望し文学の世界に転じた透谷――それ故に、汚濁の政界にありながら高い理想を持して変わらなかった思想家の高風を彼は敬慕していたのだ。それ故の、批判というより深い嘆きであった。「兆民居士安くにかある」。

兆民はどこへも行きはしない――政界の汚辱にまみれた襤褸をまとって、今は実業の世界に身を挺しているだけだ。金が欲しい。金がなければ何事も成らない。金を得た上での捲土重来を期していたのだろう。この時期の己を語った秋水あての手紙がある――売れば利を得ることが明らかな毛武鉄道の権利株を、発起人だけは売らずに仮株券となるまで持つべきだと主張して、自分だけでなく発起人一同にも損をさせてしまった。世間の人はその愚を嗤うだろうが、迂闊に見えるほど理想を守るのが自分だと、いささか自慢げだ。

銭もうけに没頭している今の自分の言いわけのようにも聞こえて彼らしからぬが、己の本姿を見失うまいとする心根ともとれて、微笑ましくもある。しかし、売春事業への協力等は（これにも彼の言いぶんはあったが）理解に苦しむ。

『盗賊と詐欺のほかは、金もうけならば犬殺しでも何でもやる。人間の職業に貴賤上下の違いはないと嘯いたというじゃないか。身にまとった襤褸が、いつか心にもまつわりついていた、ということだろう』

とKはニベもない（おや兆民に惚れ込んでいるのかと思っていたが、そうでもないのか……）。

兆民は人が変わったのか……。

変わらなかったのは、母思いの心情である。

「保安条令」に逐われて関西に下る時、馴れぬ旅に伴う母への申しわけない思いを綴った文章には悲痛なものがあったが、寒冷の地に「本貧」と自ら嗤った貧しい暮しを母にさせることに苦しみつつ、成すすべもなく、その死をみとった心事には真情溢れるものがあった。孝子兆民の本姿だけは一貫して不変であった。

明治三十三（一九〇〇）年九月、伊藤博文が自由党と提携して「立憲政友会」を作ったのに怒った兆民は、秋水に手紙を送って、新政党の「非立憲」「非自由」を衝く「自由党を祭る文」の作成を依頼した。「……嗚呼自由党死す矣。而して其光栄ある歴史は全く抹殺されぬ。嗚呼汝自由党の事、吾人之を言ふに忍びんや」。

同じく九月、近衛篤麿らが新政党に対抗するかの如く国権主義的な性格のつよい「国民同盟会」を結成するや、兆民は秋水の反対にも拘らずこれに加盟した。彼にはこれを反政友会の拠点に、との考えがあったのだろう。兆民にはあせりがあったのか、老いも加わっていたか――。

その年の十二月、水戸で開かれた「国民同盟大会」に出席した兆民は演説をしたが声が出ず――既に癌が発症していた。

首のシコリは大きくなるばかりで、翌年三月、大阪の医師・堀内は切開を勧めた。五月、その手で手術を受けたが、兆民は死期の告知を頼んでいる。下咽頭癌で余命一年半と告げられた。

兆民は、手術の傷口の癒えようとする六月はじめ、養生先の堺の寓居で書き上げたのが遺稿となった『一年有半』であるが、九月上旬、東京の自宅に帰って『続一年有半』を書いた。

死は、予告されていた一年半には満たないわずか八か月後、明治三十四（一九〇一）年十二月十三日である。解剖をすること、葬式はしないことを言い残したが、その言葉に従って宗教上の儀式一切を廃した告別式が、この世との訣別であった。行年五十四。奇しくも福沢諭吉も同年二月三日死去、六十八歳であった。

兆民の病床の業苦は尋常のものではなかった。安楽死を望んだこともあったらしいが、どうしても書き残したいことがあると思い直して机の上にうつ伏せて書き、声が出ぬために時に筆談し、疲れれば休み目覚めればまた書くという難行の連続で、肉体は文字通り襤褸と化したが、精神はかえって益々、本来の輝きを増した。「民権是れ至理なり、自由平等是れ大義也……百の帝国主義有と雖《いえど》も此理義を滅没することは終《つい》に得可からず、帝王尊しと雖も、此理義を敬重して茲《ここ》に以て其尊きを保つを得可し、此理や漢土に在りても孟軻（孟子）、柳宗元早く之を覰破《しょは》（見破る）せり、欧米の専有に非ざる也」。

「五年十年の歳月を費し、千万巻の圖書を資して組織せん」とかねて心に期していた自身の哲学体系完成の雄図空しく、売却して一冊の参考文献も手許にないまま、わずか八カ月で書き上げた遺書とも言うべき『一年有半』並びに『続一年有半』を、「是れ即ち余が眞我也」と言い、出版を委ねた秋水に形見として与えた書は、「文章経国大業不朽盛事」というのであった。

「善」への信帰は生涯を一貫していささかもゆるがなかった兆民であるが、その現実的達成をめざした政治的取りくみを振り返ってみたとき、末期の眼に映じた己の姿は次のごときものであった。

——吾はこれ虚無海上の一虚舟。

『一年有半』は形式の備った論文ではない。思い出すままに書き綴ったエッセイで、あちらに飛びこちらに触れるという気随気儘な作品にみせて、実はその句々言々真実味に溢れて、読む者の肺腑をつく。根底には、「文明開化」政策に基づく「近代化」への批判、というより絶望に近い憤りがある。

明治社会は三十余年にして腐敗堕落の社会になったという。そうなった責任の第一は、社会の指導者たち政治家にあるが、「大政治家」と呼べる者は大久保利通唯一人、「今の五等爵位の輩、此れ特に太陽の前の爝火《しゃくか》のみ」。

伊藤博文とは何者か、その漢学は下手な詩を作るぐらいのことはできる。その洋学は目録を暗記するだけの下地はあるが、口は達者でその場その場を切り抜けることは達者だが、宰相の器ではない。「故に俟の総理と為りて企画する所を観るに宛然下手の釣魚者《ちょうぎょしゃ》也」。反対派の大隈はどうか、これまた宰相の器ではない。「目前の智富て後日の慮に乏し、故に百敗有りて一成なし、野に在て相場師たらしめば、正に其材を竭《つく》すことを得べし」と手厳しい。「嗚呼今の貴官、大職、代議士政党員は直ちに是れ啖《たん》人鬼と謂う可きたるのみ。我日本帝国の如きは斯の如き智者の啗食《たんしょく》に供して、果して幾何年所《いくばくねんしょ》を延るを得可き乎」と、早くもいずれ訪れるであろう亡国の予感を記している。

事は政治家不在や政党だけの問題ではない。「我日本古より今に至る迄哲学無し、時の必要に応じて変身して絶えて哲学無き人民は、何事を為すも深遠の意無くして、浅薄を免れず」……輿論を盗まれてもまだ考えようとしないと、人民にまで及ぶ無念の深さを隠さなかった。

彼ほどの人が、日本にも哲学のあったことを知らない筈がない。拠るべき者はつまるところ人民しかない。兆民の希望はやはりそこにしかなかった。「速やかに教育の根本を改革して、死学者よりも活人民を打出するに務むるを要するは、此れが為のみ」と――。

折から黒岩涙香の「万朝報社」が「理想団」の結成を唱えた。兆民は深くこれを喜んだ。「理想団の本旨とする所は、余未だ其詳を得ずと雖も、然も人々自ら修明し（中略）一言すれば君子と為ることを求めて怠らざらんとするに在る可し。是れ善意志也（中略）既に理想と云ふ、縦令ひ其勢今日に行ふ可からざる者、即ち純然たる理義の正の如きも、之を口にし之を筆にし、他日必ず之を実行に見ることを期するなる可し。即ち自由、平等、博愛其他万国と隔離する所の境界を撤去し、干戈を弭《や》め、貨幣を一にし、万国共通の衙門を設け、土地所有権及び財産世襲権を廃する等の如きも、其請求の中に在る可し。是大志也。（中略）果して然らば団員諸君請ふ加餐せよ、余も亦石碑の後より他日手を昂《あ》げて之を祝する有らん」。

夢寐の中に兆民は、若い日島津久光に示した己の初心「宇宙第一の善国」の昔に還っていたのだろう。しかし、彼の死後程なく黒岩は日露非戦論から主戦論へ転じて、秋水や堺利彦、内村鑑三等の退社のため、社は実質的に消滅した。

兆民襤褸――最後の望みもかくの如くボロ切れと化したが、その心底には一つの「楽地」があった。文楽を観る楽しみ、義太夫を聴く喜びである。

「余既に不治の疾を獲て所謂一年半の宣告を受け……（中略）唯死期を待つのみ。余や男子、且つ頗《すこぶ》る書を読み理義を解する者、箇《こ》の中又自ら楽地有りて、時々《じじ》大疾の身に在るを忘るるに至る」。

手術のため入院する前も、大隅太夫の浄瑠璃を聴くために明楽座を訪れている程である。そして、越路太夫、大隅太夫らの芸を「戯曲界の一偉観」と讃え、「神品」と評している。

「壺坂霊験記」や「伽羅先代萩《めいぼくせんだいはぎ》」のような悲劇的なものが好みだったというが、「仮名手本忠臣蔵」ことに七段目「一力茶屋」が好きだったようだ。時の到るのを待って同志にさえ仇討の本心を隠して遊興に耽っている大星由良之助――彼はそこに過ぎた日の己の姿を重ねていたか……などと言えば、しばらく黙って歩いているKがまたすぐ口をはさむに違いない。

兆民にはそんな自己憐憫の女々しさはないさ……よほど太夫らの声や節まわしが良かったのだろうな、それと義太夫の文章、ウットリと聴き惚れていたのだろうさ。そう言われればそうかも知れん……義太夫の文章を日本文章の第一等と推奨していたな……。

兆民が訳した『維氏美学』(上)には、耳・目の快と鼻・口・手足の快との別についての論述がある。鼻口手足の快は一局部の快に過ぎず「脳髄ノ神気ヲ活溌動転スルニ到ルコト有ルコト無シ(44)」。

義太夫を聴く楽しみは単なる道楽ではなかった。政治という俗事の奔命に疲れた日々、彼はそれによって「脳髄ノ神気」、精神の活溌を回復させていたのだろう。『一年有半』の末尾は、芸人たちへの深い感謝のことばで結ばれていた。

「今両三回大隅太夫、越路太夫の義太夫を聴き、玉造、紋十郎の人形を視て暇《いとま》を此娑婆世界に告ぐるを得んこと至願なり……(中略)、而して此等傑出せる芸人と時を同じくするを得たるは眞に幸也、余未だ不遇を嘆ずるを得ざると謂ふ可し」。

『続一年有半』の主題は、無神無霊魂論である。「余は頑固なるマチリアリストなり」と宣していた。

これは病苦のため初めは起稿を断念していたようだが、痛みは薬剤で抑えるという医師の言を容れて、六月はじめ大阪から自宅に戻った九月十三日から始めてわずか十日余りの後には完結させている。

その「マチリアリズム」は、万物の根源をただ物質に還元させて事終れりとするような単純な「唯物《ただもの》論」ではない。「凡そ意象の過半、否な殆ど全数は、皆客観的で、而して又主観的で有る。……世の中に純然主観的なものも実に寡《すくな》い、純然客観的なものも寡い。万物皆客主映じて、両鏡の繊翳《せんえい》無きが如くで有る」。

兆民は精神の働きを重視する。ただそれは五尺躯という本体から発する作用であり働きである。記憶の能や感情や感覚、皆精神の作用の種類であり、その働きは本体である躯体を出て太陽系の天体を透過し、世界の全幅を領略する。この働き即ち作用たる精神は躯体の解離せざる間は立派に存在して、常に光を発している。

ことに自省の能の存在、これは正に精神の健全か否かを示す証拠のようなものであり、その能の有無は、賢愚の別というよりは人獣の別にかかわる。これがあるのが人であり、無ければ獣である。

彼はここでもまた善の問題を出している。一切身外の利益を眼底に置かず、ただ善のために善を為し、悪のために悪を避ける。そうであって初めて善と称することができると、いかにも兆民らしい。

人と獣との違いを自省の能や善の考察に求めた兆民だが、だからといってそれは、人間のみを尊しとするような人間第一主義ではない、凡そ生気あるもの、即ち草木といえども人獣と変わらぬというが、それでいてそこに宗教味を帯びるアニミズムとは明確に一線を画していて、さすが「頑固ナルマチリアリスト」である。

他の動物即ち禽獣虫魚を疎外し軽蔑して、ただ人という動物だけを中心に考えるから、神の存在とか精神の不滅、身死すともなお各自の霊魂を保つことができるとか、この人間という動物に都合のよいことを並べ立てることになる。「プラトンや、プロテダン（プロティノス）や……デカルトや、ライプニットや、皆宏遠達識の傑士で有りながら……己と同種の動物即ち人類の利益に誘はれて、天道、地獄、唯一神、精神不滅等、煙の如き否な煙なら現に有るが、此等の物は唯言語上の泡沫であることを自省しないで、立派に書を著はし、臆面もなく論道して居るのは笑止千万で有る」と容赦しない。

彼は、スピノーザやヘーゲルは神物同体説に属していると称して、前者とは別に論を立てる。「神物同体とは、世界の大理即ち神で、凡そ此森羅万象は、皆唯一神の発現で有る、故に神は、世界万有を統べたるもの即ち神で有る云々、但《ただ》し、此説に在ては、唯一神とは曰ふけれど、実は殆《ほとん》ど無神論と異ならぬので有る」と微細に論じている。

若い日、『理学沿革史』その他の著・訳書であれほど多くのことを学び敬意を持していた西欧の哲学者たちの観念論の偏頗を正面から衝いているのは、「頑固なマチリアリスト」の面目躍如たるものがある。『兆民はボロボロになったあげく、そのボロ着一枚をも脱ぎ捨てることで本来の姿に立ち返ったんだナ』とKが神妙な顔つきで言った。

『全集』一〇巻の解題は、当時の思想界は前著に比べて、こちらは一般に厳しい批判をもって応じたと記しているが、これは当時の思想界のレベルの程度を示すものであろう。彼は言う。精神は無形で実質あるに非ずというが、およそ無形とは皆今日迄の学術で未だ補足し得ないか、または学術では補足されても肉体に感得せられないものである。即ち、光、温、電等の如きものでも、学術益々進闡《しんせん》した後は、果して顕微鏡で看破し得るかも知れないでは無いか。彼の精神の如きでも、灰白色脳細胞の作用で以て、其働く毎に極めて幺微《ようび》の細分子が飛散しつつ有るかも知れないではないか……軀殻中の脳神経が絪縕《いんうん》し摩盪《まとう》して、茲に以て視聴嗅味及び記憶、感覚、思考、断行等の働きを発し、其都度瀑布の四面に濆沫飛散するが如くに、極々精微の分子を看破し得るに至るだろう、と壮大な科学的空想を展開している。現代科学が、それが単なる空想に過ぎぬものでないことを証明するとして、それがいつのことか、「素人にはわからぬ」。

これに比べれば、現代の人文科学者たちが『一年有半』に寄せたことばには、理解ができて極めて興味深いものが有る。『三酔人経綸問答』の現代語訳にあたった島田虔次氏は、兆民の文章にもっとも頻繁にあらわれる「理義」について、これは「孟子」告子篇上に見えることばで、兆民の儒教主義は「孟子的儒教主義」と言っている(45)。

これは兆民と同じく為すこと盡く失敗に帰しながら己が理義に殉じた吉田松陰の孟子好きとも重なっていて、興をそそられる。

福永光司氏は『続一年有半』の論述は、『荘子』の文章と思想哲学が何らかの形で典拠として踏まえられていると言い、彼がかつて愛読した『碧巌録』の思想や言語、フランス唯物論の思想などより『荘子』の「道」の哲学の方がたくましく息づいていたと見てよいのではないかと指摘している(46)。

また、上山春平氏は、兆民の思想・哲学における禅の影響について注目し、兆民の唯物論がフランス唯物論に負うところ少なくないが、すくなくとも無神論に関するかぎり、影響はフランス唯物論の思想

などよりさらに徹底していて、それが人間中心主義の否定に通じていると述べている。(47)

『三氏の強調点の違いやその比較、ことに、兆民の唯物論には西欧の思想より禅や荘子の影響をよりつよく認めるということなど――ぼくにどれだけ理解がとどくかどうか怪しいもんだ』とKが笑っている（こちらに向けて言ったのだろう、イヤな奴だ）。

知らん顔でいたが、秋水が知人にあてて言ったという自分の社会主義は西欧のそれよりも儒教に負うところが大きいという何かで読んだ言葉などを想い出していた。

「科学的社会主義」でないものは幼稚・未熟なものと言われてきたと思うが、その「科学」がいかなるもので、それに基づくとされた社会主義国の実態がいかなるものか判明した今日、秋水の「ソシアリズム」は勿論、師の「マチリアリズム」もあらためて見直されるに値する筈である。

意外なのは、正岡子規の評価だ。『一年有半』を「際物《きわもの》」と痛罵し、兆民はいまだ美といふ事少しも分からず、生命を売りものにしたるは卑しと論難している。(48) 短歌や俳句の改革に力を尽くした人文分野の傑物も、こと兆民理解に関しては、同時代の哲学者等の水準と相等しいと言うべきか。

六

論難と言えば、福沢諭吉が「瘠我慢の説」（明治二十四年）で勝海舟を強く批判したのは周知のことであろう。幕府の崩壊に手を貸した者が新政府の枢機に参じているのは何事か、というのであった。

勝との会見で江戸城の平和的開城を決めたといわれている西郷隆盛も含めて、一方に幕府の徹底的な壊滅を計った薩長勢力があれば、他方には抗戦の余力を残している憤懣やるかたない旧幕臣や同情勢力もあった。「一国独立」の危機を招く抗争をおさえるべく、双方にニラミを効かせるためには新政権の内側に席を持っていることが得策である。事実、その「危機」のキザシのみられた「明治十年の変」に、はやりたつ幕臣の挙動を押さえたのは勝であった。彼はまた、生活に困窮する彼らのための助力を惜しまずいろいろ手を尽くしている[49]。

それは、幕府の崩壊に手を貸した者の道義的責任だという自覚もあったろうが、それと同時に勝には、独立の危機が去ってはいない国内の内紛をなんとしても防がねばならないという「政治的人間」としての危機感が強くあったのだろう。

そういう自分に対して、「ヤセガマン」が足りぬという批判には、何を言うかと胸中に気色ばむ思いがあったとしても何の不思議もないが、勝の返答は簡潔なものであった。「行蔵は我に存す。毀誉は他人の主張、我に与からず我に関せずと存候」。

福沢の負けである。

子規の言に対して若し求められたら、兆民の返すことばも勝のそれに等しかったのではないか。

——行蔵は我に存す。

しかし彼の航路その行くてには、一片の白い雲も浮かんではいなかった。

福沢の名誉挽回のために、彼がその「瘠我慢の説」の中で、勝に勝るとも劣らぬ含蓄のあることばを残しているのは見ておこう。「立国は私なり、公に非ざるなり」はけだし名言であろう。

福沢と兆民はさまざまの面で相違をみせている。諭吉は十二歳年長であったが、この歳の差がもたらす隔たりだけでも違いは大きいものがある。福沢の学んだのはまず蘭学であり、ついで英学に移る。それによって西欧に学んだものは、物理と科学に代表される所謂実学であったのに対して、兆民の学んだものは仏語による文学・哲学でありいわば虚学である。「虚学」といっても無論浅薄なものではない。西洋のイデオロギーを含んだ近代史についての知識も持っていた。

西洋の学問に学ぶとき、兆民は漢学を下敷きにしたが、福沢はそうではない。「親の仇でござる」と言って嫌って対峙した封建社会に対して、他方の志向したのはあるべき近代社会であった。宮村治雄氏の言を借りれば、福沢が「終わるべき時代」と対峙したのに比して言えば、兆民は「始まるべき世界」に対したのであった(50)。

無論共通点はある。両者ともに欧米列強の植民地化への危惧の念をもち「一国独立」の達成に深く心を傾けた。そしてそれはほぼ達成された。諭吉は『福翁自伝』で、自分の過ぎた日を顧みるとき、遺憾なきのみか愉快なことばかりであると述べ、日清戦に勝利した三十年代後半には手放しの明治政府支持の姿勢を見せたのに対して、兆民は『一年有半』で明治の社会について常に甚だ不満であったと述懐して、死に到るまで藩閥政府への攻撃の手をゆるめようとはしなかった――二人はやはり違う。

両者は勿論、会ったことはある。馬場辰猪・八周年追悼式、後藤象二郎葬儀の折もあった。兆民が「福沢先生卒す」で彼を明治の俊傑四人の一人にあげ、あれほど重んじた文章にしてもその文のわかりやすさをほめて――その「何の変哲もないところがいい」と彼らしい諧謔を含んだ言い方で讃えていたが、他方は相手について一語も残していない。福沢ほどの人が、兆民を理解していなかった筈がない。それどころか、『帝室論』では兆民の「君民共治」の深意を見抜いて、世の民権論者は帝室を尊崇すると言うが、それは真実至情に出るものではあるまいと述べている――だが、井上毅と同じように、兆民の名はあげていないのは明治人のたしなみというものか――[51]。

諭吉は、兆民を敬遠したのであろう。

二人の間は近いようで遠い。

これに反して兆民は『一年有半』の中で二度も井上毅にふれている。近頃の中産以上の人物は皆横着の標本のようなものばかりだが、そうでない人物としては唯二人を見ただけだと言って、その一人に井上の名を挙げている。これからの世で必要なのは豪傑的偉人よりも哲学的偉人だと言ったあとでも、「近時、我邦政事《ママ》家井上毅君較《や》や考ふることを知れり、今や則《すなわ》亡《な》し」と惜しんでいた。

二人がめざしていたところは実はそう違ってはいない。危機のいまだ完全に去ったとはいえない段階にある明治日本の独立の達成と近代国家としての内実の確立である。彼らはただその方法を異にした。「在官為務」の身、官僚的合理主義者・井上は独立に欠かせぬ国民の知と徳を国家が管理する制度の策定に全力を傾けた。「民間為業」の兆民はその対極にあった。

井上には一種の愚民観があったのに対して兆民は拠るべきものは人民としたが、何事も包み隠さず述べた最後の著作では、人民はすでに財布を盗まれ今また輿論まで盗まれているのにまだ考えることをしないのかと、痛憤は人民にも及んでいる。対極は水と油の如きものではない。

「在官為務」の合理主義者が政治的作為の限りをつくして作り上げた天皇制国家は、強国をめざして列強の後を追っている。しかし、儒教的教養人としての本来の理想は、「億兆之師表たる」天皇の徳を基に「誘掖勧導」上より人民の幸福文明を進むる「クルツールスターツ」（教化国）であり[52]、それは「滅私奉公」という下からの自発性によって支えられるべきものであった。だが、目標としたところと現実との乖離の進行は、すでに役目を終えた病む身にはよく見えていたのではないか。彼も絶筆といわれている文章の中に、苦い言葉を書き残している。

「余ハ支那ノ哲理ノ夙ニ高尚ニ達シ不滅ノ確説己ニ千古の前に卓立せることを認む曰仁也者人之道也一言ニして足れり……余ハ深く此の宝鼎の空しく汚泥に埋没することを惜しむものなり　嘆息のまま筆を抛《なげう》つ[53]」。

直接的には中国にふれてのことのようであるが、そこに祖国の姿も重ねているとみてよいのではないか（仮名の混用原文のまま）。

中江兆民と井上毅——二人の間は遠いように見えて意外に近い。ともに下級武士の家に生まれ貧窮に育ち、いずれ劣らぬ孝子であった。儒学の深い教養をもとに、若い日ともにフランスに学んで互いに相許した二人が、やがて敵対する関係に立たざるをえなくなった政治というものの酷さを思う。

しかし、立場の違いを超えて認めあうものを持ち続けた二人——野に在って立国の「私」を貫き通したのは兆民であり、官に在って「私」を立て通したのは井上だった。福沢の「私」は二人に比べればはるかに自由なところに在った。

同時代の史論家・山路愛山の言の如く「彼は地上を歩めり」——福沢の「私」は自在の言論を以て明治の世に対処し、自ら力を尽くした近代化の一定の成果に後年深い満足感を表明したのであった。

再び「恩賜の民権」の道を歩まねばならなかった戦後日本にとって、「道徳の元気」と「学術の滋液」とをもって養い育てれば、「恩賜の民権」といえども「恢復民権」と肩を並べる日が来ると言った兆民の言葉は、明治当代への励ましであっただけでなく、百年後の世への激励でもあった。その点から言えば、戦後日本が拠るべき師表は中江兆民であって、福沢諭吉ではなかった筈である。

七

天災・人災の合した「東日本大震災」は、実は「日本大震災」であって、東北地方の復興それも経済の再建ということだけで済む問題ではない。戦後の出発点に立ち帰ってもう一度国のあり方、進むべき方向を根本から考え直さなければならなくなっている今、中江兆民の再検討も、一つの大きな課題であろう。専門家から学ぶべきことはたくさんあるが、あえて「素人」が兆民から学んだ考え方の自家用の原則を言えば、

一、現実と理想の双方を見すえて立ついわば複眼的理想主義の追究――「ダブル・スタンダード」ととられてもかまわない。矛盾は発展の母体である。

二、功利主義や効率第一主義の克服――それは個々の人間と国全体を貫くモラルの追求という強固な姿勢がなければ叶うまい。

三、上山春平氏のことばを借りれば「伝統の革新的再生」――思想の単なる直輸入ではない内発的な思考の手順をふんだ革新でなければ役には立たない。単純な「文化的ナショナリズム」ではないが、そうとられることを恐れない。

四、軍事同盟や軍事大国化に抗する平和的文化国家の現代的なあり方の探究――これは政治的目標というより教育的目標に近い。「道徳の元気」と「学術の滋液」の働きがなかったら実現しないものである以上、必然的にそうなる。

五、そして、つつましく互助的な日常生活の再建に努めたい。すこし前までのわれらの暮しには、それがあった。貧しくても決して卑しくはない庶民の渡世、そこにはどこか満ち足りた楽しさ、真の「ゆとり」というものがあった。

「あった」以上、再建はできる。『これを、自分で繰り返し確認するために、「兆民問題」と呼んでいるが……K君、どうだろう、「自家用の原則」だけど』。

黙って聞いていたKが、やや気色ばんだような顔つきをみせて、すぐに応じた。『なんかひっかかるなあ、どこか小骨がささったようで……。「自家用」の原則なんて言ってるが、「他人様」にさし示すような姿勢が見えて仕方がないんだ。「兆民問題」なんていう言葉も「輸入品」くさいしね。まあ、それは措いておくとしてもだよ、ここにはほとんど具体がないじゃないか、あるのは原則だけかい、それもだよ……』Kの追及はまだまだ続きそうなのを遮って言い返した。

『具体ねぇ……で、君の具体はあるの、あったらそれを聞きたいね』

彼は一寸考えていたが、やがて、言葉をつないだ。

君は兆民惚れのようだが、僕は実業家時代の彼は好きになれない、まるで似合わないよ。尊敬するのはいいが人間なんて尊崇の対象にするもんじゃあるまい。君が推賞してやまない『三酔人』だって、これをパロディとして読むことができると言った文学者がいたが、面白いな[54]。第一兆民本人が「是れ一時遊戯の作、未だ甚だ稚気を脱せず」と言ってたろ、言論弾圧への警戒心ともとれるが案外本心かも知れんじゃないか。「兆民問題」なんて固くならないで、もっと自由に読んだ方がいいんじゃないか……。

僕が彼に学んだことは、「善」への意志の勁さだ。これだけは生涯変わらなかったんじゃないか。「善」への意志も具体的な内容はさまざまだろうが、明治には中村正直がいた、内村鑑三もいた、堺利彦も加えていいな、それを平和や文化国家建設への意志ととらえるなら、大正ではすぐに柏木義円などが浮かんでこよう。その精神は、敗戦後では早く、たしか一九五〇年だったか「日本再建の基本的態度」を書いた長谷川如是閑のことばの中に引きつがれていると思う。

わが国再建の目標は「世界に雄飛する強大国にあるのではなく、国は弱小無力だが、……最高文明の水準にあって人類生存の過程に有力に貢献する国民たることにある」だったな。

弱小無力であるにも拘らず強大国の暴力に負けず世界の表面に立っていられたら、そのこと自体が世界の国々の協同的性格の現実性を示すもので、世界的協同体への歴史の一歩前進でなければならない、と堂々たるものだった。(55) これは「日本国憲法」の理想の具体的表現だし、一言で言うなら兆民が理想とした「宇宙第一の善国」の姿だな。

これを別の言葉に置き変えるなら「小国寡民」への意志ということか——それは歴史を貫いて今に続いている、というよりシビレを切らして今、自分の方から顔を出したということかなあ。

僕が君の言葉で一つだけ「具体性」を感じたのは、「東日本大震災」は実は「日本大震災」であって、東北地方の経済の再建だけで済む問題ではない、ということだ。その通りだな。

今、指導層が考えている「ホンネ」は、恐らくまた（より安全な）原発に依存しての経済発展ということだろうが、福島の事故そのものが「安全神話」の無残な崩壊であった。そんな後戻りが許されるような問題ではない。しかし、後退はもう始動している。加速化する一方だろう。

原発を止めると言えば、すぐエネルギー問題をどうするんだという政・財・官一体の展望のないキメツケになるが、今回の「災害」に学んで問題を根本から考え直すとなれば——人と人、人と自然との共存を根本に据えた技術知の抜本的な改変が必要になる。日本の科学技術の水準は世界に比べて劣るものじゃあるまい、むしろ高さを誇っていいんじゃないか、そのあり方や方向を変えるということは、やる気になればやれるだろう。原発に頼らぬエネルギー問題の解決は、多少の時間がかかってもできる筈だし、それこそがさし迫っている現代の全く新しい「学術の滋液」の具体的内容だ。われわれには、農業・漁業・林業、いわゆる「第一産業」を基にそう豊かではないものの平和で安全な暮しをいとなんできた永い歴史と伝統がある。そこを基本に据えた国のこれからの新しい再建のかたちをどうするかだ。これまでのようなきりもない生活上の利便の自粛を心ある人たちはすでに始めている。

世界には食糧不足で苦しんでいる人たちがたくさんいる。「減反」だの「休耕田」の見返りに金を与えるという政策ほど人をバカにした話はない。農民は米を作りたいんだ、当り前じゃないか。どんどん作ったらいい。あり余るというんならそれを必要としている国々にまわせばいい。与えるというような高ぶったことじゃない、無利子・無催促の現物支援だ。それができたら、危険なかたちにもなりかねない自衛隊の海外派遣より遥かに世界の平和的安定に貢献できて、喜ばれもしようし、「災害救助隊」としてのめざましい働きで、今国民の信頼を獲得しつつある「自衛隊」の隊員もその方がいいにきまっている。そこに止まるべきあるべきかたちが見えているのに、その存在が「憲法第九条」に合わなくなっているから、現実に合わせて改憲をというのは、考え方の逆立ちであって、まちがっているのは国益や民族問題、イデオロギーや宗教の違いなどを言いたてて、すぐ武力に訴えることしかしない世界の現実の方であって、日本国憲法じゃない。

それを逆立ちして、最高の「善」を最大の「悪」と引きかえにするような愚をおかす必要がどこにあるんだ。

これ以上海を汚さなければ、わが国には一億が食べていくには充分の漁業資源があり、優れた漁法の蓄積もある。

林業はひどいことになってるんだな。君と訪ねた秋水の生地・中村で運転手さんが言ってたね、あのあたりでも森林がどんどん外国資本に買い取られているというじゃないか、これは大変なことだよ、君は案外平気な顔で聞いていたがね。

第一次産業は密接につながっているんじゃないか……林業の保全は農業や漁業の発展のためにも不可欠だろう。昔の人たちはそこをよく考えて、営々として必要なところに木を植え森を育ててきたんだろう。それを「列島改造」なんて経済発展の目先の利益やそのための効率だけを考えて、やたらに山を削り森をつぶして道路ばかり造ってきた。その結果がどうだ、少し大雨が降ればすぐ土砂崩れだ洪水だという大騒ぎになる始末、昔だって大雨もあれば長雨もあったさ。そこへ今度は外国の資本も加わって、もうかるとなれば遠慮会釈なくどんどん木を切り森をつぶしたらこの国は一体どうなる——本当に大変なことだ。そう思わないかい。

そこでだよ、すぐにでも林業を興さなければならないとなれば、さしあたって小学校の机と椅子だけでも全部国産の木で造ることに出来ないか、条令でも何でも作ったらいい、行くゆくは小・中・の校舎はすべて国産材で建てかえる。少子化は変るまいから二階建ての校舎でまにあうじゃないか。学校も土曜日は休みなんてサラリーマンじゃあるまいし、小学生も中学生もそれぞれの地域の山や林に入って下草伐の手伝いなんか始めたらどうか、そうして育てた国産の木が、いずれ自分たちの後輩の使う机や椅子や校舎になるとなれば、子どもたちもきっと頑張るだろう。「道徳の時間」のようなお説教より遥かに内容のある教育にもなる。

あり余っている食料で国外の困っている人たちを扶け、たがいは安全な田畑の作物や海の幸で昔のようなつつましい暮しを立て、子どもたちは自分らが育てた木の香りに包まれた学校で学ぶ気分の良さ——まさに現代の「道徳の元気」の充実じゃないか。

強大国との同盟はいけないと兆民も言っていたな――亡滅を恐れて他国に頼るのは恥辱を招く、とね。それでなんとか恥辱を招かず明治が終り大正も終って、遥か後代のわれわれが今米国との軍事同盟にすがっている。

無論、「安保問題」の解決は容易なことじゃあるまい。時間をかけた辛抱づよい取り組みを重ねて行くしかないのだろうが、その重要な取り組みの一つに「国連」の機能の強化と充実への協力があると思っているがどうだろう――。

米・ソ・中の強大国には「拒否権」がある現状では、国連といったってその機能は始めから制約と限界付きだ。そんな理不尽なことがいつまで許されるのか、……いわゆる「途上国」も力を増して行くその将来、きっと特権への異議申し立ての時がくるだろう。こなければおかしい。

国連による紛争解決をさまたげているもっと大きな制約は、「国家主権」という聖域じゃないか。そこには一歩も踏み込めない。

「国家主権」というのはいわば「必要悪」で一歩まちがえば忽ち「国家悪」に転落する。だが国家の名をもってするどんなに無法なふるまいでも、止めようがないのが世界の現状だ。

どの国も拒否権を持たない国連のもとで参加国全員の論議をつくした多数意見の決定にはいかなる国も従うという国際的慣行――理義に基づく国家主権の一定期間の制約という道が開けないだろうか。

「機があるものだもの」、いずれは機が動こう――機が動いて世界に全く新しい国際関係が生まれたら、他国の侵略に備えるための軍事同盟は必要なくなる筈だし、「安保問題」という困難な問題の解決も当然その「機」のなかにある。

これはまだ過渡期の問題にすぎんが、これだけでも絵に描いたような理想主義の、まるで夢のようなお話で、ちっとも「具体」性がないじゃないかと君にシッペ返しを食いそうだが、もっと現実的で急を要する具体的課題がないわけじゃない。――沖縄の基地問題への取り組み方の改変だ。

沖縄県の安全と権益を守らなければならない筈の日米交渉に、軍事基地の約七五パーセントが集中している沖縄県の代表が参加してないのはおかしいんじゃないか。国が先頃決めた「東日本大震災」の復興基本方針には、「復興を担うのは市町村が基本」と明記してある。「地域主権」の重視ということだろう。正しい考え方だと思うが、それならどうして沖縄の「地域主権」を認めないのか、それでは筋が通るまい。国が努力を重ねているという対米交渉に沖縄伝統の辛抱づよい平和外交の手腕が加わったら、既成事実の執行とは違う方向が出てくるかもしれない。アメリカにだって、新しい考え方がないわけじゃあるまい――。

問題は、保守党政権がその「機」を摑むかどうかだ。

戦後ずっと政権を担ってきた保守党には保守の存在理由があるわけだが、同じようなものがいくつあっても、根はつながっている。それよりも、国の根本からの立て直しが必要な今もって、相も変わらず経済第一主義の巨大な保守党に対抗できるだけの議員の数も政治的力量も備わった労働者や農民の党が存在しないのはどうしたことか、合点が行かぬ。国のこれまでとは全く異なる発展の形や原発に代るエネルギーの問題の展望を含めた国民生活の具体にふれたグランドプランの提示がどうしてないのか、

「機があるもの、機が過ぎてから、何と言ったって夫だけのことサ(56)」。

「機があれば動く」と海舟は言ったが、それを摑まえるのは容易なことではあるまい。第一、「機」はそこらにころがっているようなものじゃない。江戸城の平和開城というあわやの「機」も、西郷との話し合いで生まれたというような呑気なものじゃなくて、どうも勝が前もって幕府支援のフランスとの関係をあらためておいて、対抗上薩摩支援だったイギリスの政治的姿勢の変化を誘い出し、大使パークスにも説いて西郷が無血の開城を呑まざるを得ぬ機運を前もって造り出しておいたものらしい(57)。

沖縄の参加もそういう「機」の問題だろう。

沖縄には大国・中国と強国・ヤマト（薩摩）にはさまれて、それぞれの身勝手な要求に対処してきた永い歴史がある。辛抱づよい平和外交の努力で両大国の争いにもさせず、両国のいずれとも事を荒立てずにやって来た。「両属」なぞと言うのは、その苦労を察せぬ者の言うことだ。

琉球王国は立派に立っていた。いたからこそ、幕末に突如やって来たアメリカのペリーの燃料や食糧・水の置き場が必要だという、割地要求に発展しただろう申し入れにどう対処したと思うね。……実に穏やかにだ、それはお困りでしょう……その施設はわが方の費用でこちらが造って差し上げましょうと返答したと伝えられている。そう言われれば、さしもの強引なペリーもそれ以上は言いようがなかったんじゃないか。

同じ幕末に攘夷を決行した長州藩に対して、その領地の彦島を租借させろと言うのがイギリス側の示した停戦承諾の一つの条件だった。それを、外国人には何が何だかわけがわからぬ滔々たる懸河の弁を振るって、香港一島の租借を認めたばっかりに全土を扼された国の二の舞になったかもしれぬ難題をかわした長州代表・高杉晋作、その狂気に見まがう必死の努力に対して、片や琉球王国は、にこやかな平和外交の手腕を以て下手をすればアメリカへの隷属につながったかも知れない危機を乗り越えている。いずれ劣らぬりっぱな対処の仕方だった。

「伝統の革新的再生」というならだよ、たとえばこういう伝統をあげるのが今一番「具体的」じゃないか、それをだよ、――無口とばかり思っていた男の突然の長広告に閉口して、いつ果てるやもしれぬ行手をまたさえぎって言ってやった。

『いやあ、驚いたな、君は僕を「兆民惚れ」かとからかったが、そっちは「海舟惚れ」かね、「機」の連続、連発には参った参った。君の具体は何とも言いようがないパロディのパロディ、というよりマンガかねこれは……』

小骨の刺さる言い方で何度も当方の発言をさえぎられた腹いせもあって、つい意地の悪い言い方をしてしまった。怒るかと思ったが、意外や彼はにこやかに笑って応じた。

『パロディというよりマンガか……いいよ、マンガでけっこう、僕も実はそのつもりなんだ。今必要なのは、われわれ一人ひとりが、国のこれからの在り方について自分のことばで自分の考えを言うことじゃないか。今黙っているのが一番危ない。それでは戦後の日本を支配してきた政・財・官主権は変わらない。変わるどころかもっと強まるかもしれない。マンガでいいんだ、君もむつかしいリクツでなくてもっと自由なマンガを描いたらどうか――。

そう言ったあとで、フッとKが……僕はもう君の引用や孫引だらけの長話を聞いているのは倦きた、と呟くように言うのを聞いたように思った。

『え？』

と振り返ってみたが彼の姿はなかった。

どこに消えてしまったのか――。

気がつくと高知城「追手門」の前であった。だが、三層六階の城は石垣の修復中の幕で覆われていて、全容を見ることはできなかった。


K君、僕は本当は君の言うことはよくわかっているんだ――この長話も僕なりのマンガのつもりだったんだが、君はそうとらなかったようだね。

でもいいや、やっと終わった。これでオシマイ、もう政治にまたがるような小リクツは言わない。


タクシーを拾って大きく赤丸をつけた観光地図を示しながら『ここへ……』と言うと、年とった運転手さんはしばらく黙って見ていたが、やがて車は動き出した。

『このチョウミンという人は何をしちょった人ですか……土佐は坂本龍馬じゃき龍馬のことならたいていのことは知っちょりますが、龍馬は郷士じゃき元は長曽我部でしょうが、ワシもどうも山内は好かん……』

行きついた先は高知八幡宮の裏手の細い道路端で、車は入らない。そこに「中江兆民先生誕生地」と刻まれた御影石の小さな石碑が建っていた。

そこは、おそらく無縁ではないかと思われる個人の家のガレージの脇であった。

三　山椒太夫雑纂

一

森鷗外の『山椒大夫』は、中世の『説経節』「さんせう太夫」を題材として小説化した鷗外五十二歳の作品である。大正四（一九一五）年『中央公論』一月号に発表された。

史実に即した史伝ものの傑作を幾つも書いた彼が、この異説や異本の多い伝説をどう扱ったかは、エッセイ「歴史其儘と歴史離れ」に書き残されている。

『わたくしは「歴史」の「自然」を変更することを嫌って、知らず識らず歴史に縛られた。わたくしは此縛の下に喘ぎ苦しんだ。そしてこれを脱せようと思った。

まだ弟篤二郎の生きてゐた頃、わたくしは種々の流派の短い物語を集めて見たことがある。其中に粟の鳥を逐ふ女の事があった。わたくしはそれを一幕物に書きたいと弟に言った。弟は出来たら成田屋にさせると云った。まだ団十郎も生きてゐたのです。

粟の鳥を逐ふ女の事は、山椒大夫伝説の一節である。わたくしは昔手に取った儘で捨てた一幕物の企てを、今短篇小説に蘇らせやうと思ひ立った。山椒大夫のやうな伝説は、書いて行く途中で、想像が道草を食って迷子にならぬ位の程度に筋が立ってゐると云ふだけで、わたくしの辿って行く糸には人を縛る強さはない。わたくしは伝説其物をも、余り精しく探らずに、夢のやうな物語を夢のやうに思ひ浮べて見た。

昔陸奥に磐城判官正氏と云ふ人があった。永保元年の冬罪があって筑紫安楽寺へ流された。妻は二人の子を連れて、岩代の信夫郡にゐた。二人の子は姉をあんじゅと云ひ、弟をつし王と云ふ。母は二人の育つのを待って、父を尋ねに旅立った。越後の直江の浦に来て、応化の橋の下に寝てゐると、そこへ山岡大夫と云ふ人買いが来て、だまして舟に載せた。母子三人に、うば竹と云ふ老女が附いてゐたのである。さて沖に漕ぎ出して、山岡大夫は母子主従を二人の船頭に分けて売った。一人は佐渡の二郎で母とうば竹とを買って佐渡へ往く。一人は宮崎の三郎で、あんじゅとつし王とを買って丹後の由良へ往く。佐渡へ渡った母は、舟で入水したうば竹に離れて、粟の鳥を逐はせられる。由良に着いたあんじゅ、つし王は山椒大夫と云ふものに買はれて、姉は汐を汲まされ、弟は柴を刈らせられる。子供等は親を慕って逃げようとして、額に烙印をせられる。姉は弟を逃がして、跡に残って責め殺される。弟は中山国分寺の僧に救はれて、京都に往く。清水寺で、つし王は梅津院と云ふ貴人に逢ふ。梅津院は七十を越して子がないので、子を授けて貰ひたさに参籠したのである。

つし王は梅津院の養子にせられて、陸奥守兼丹後守になる。つし王は佐渡へ渡って母を連れ戻し、丹後に入って山椒大夫を竹の鋸で挽き殺させる。山椒大夫には太郎、二郎、三郎の三人の子があった。兄二人はつし王をいたはったので助命せられ、末の三郎は父と共に虐げたので殺される。これがわたくしの知ってゐる伝説の筋である。

わたくしはおほよそ此筋を辿って、勝手に想像して書いた(1)』。

二

鷗外の「歴史離れ」した物語はどのように展開されたか。よく知られている三人の旅立ち、前半までの話は省く。人買いに買われ、親子別々の舟に乗せられて別れて行く時、『母親はもの狂ほしげに舷に手を掛けて伸び上がった。』

『もう為方《しかた》がない。これが別だよ。安寿《あんじゅ》は守本尊の地蔵様を大切におし。厨子王《づしわう》はお父様の下さった護刀《まもりがたな》を大切におし。どうぞ二人が離れぬやうに。』（中略）

『子供は只「お母あ様、お母様」と呼ぶばかりである。

舟と舟とは次第に遠ざかる。後には餌を待つ雛のやうに、二人の子供が開いた口が見えてゐて、もう声は聞えない。』

山椒太夫に買われ過酷な労役に追いやられた二人は、そこから逃げようと相談していたのを太夫の末子・三郎に盗み聞きされ、太夫の命によって三郎の手でそれぞれ額に十文字の焼印を押される。姉弟はどうなったか。

『二人の子供は創の痛みと心の恐《おそ》れとに気を失ひそうになるのを、やう〳〵堪へ忍んで、どこをどう歩いたともなく、三の木戸の小家に帰る。臥戸《ふしど》の上に倒れた二人は、暫く死骸のやうに動かずにゐたが、忽ち厨子王が「姉え《ママ》さん、早くお地蔵様を」と叫んだ。安寿はすぐに起き直って、肌の守袋を取り出した。わななく手に紐を解いて、袋から出した仏像を枕元に据ゑた。二人は右左にぬかづいた。其時歯をくひしばってもこらへられぬ額の痛が、掻き消すやうに失せた。掌で額を撫でて見れば、創は痕もなくなった。はっと思って、二人は目を醒ました。

二人の子供は起き直って夢の話をした。同じ夢を同じ時に見たのである。安寿は守本尊を取り出して、夢で据ゑたと同じやうに、枕元に据ゑた。二人はそれを伏し拝んで、微かな燈火の明かりにすかして、地蔵尊の額を見た。白毫《びゃくがう》の右左に、鑿で彫ったやうな十文字の疵があざやかに見えた。』

それから安寿の様子がひどく変わってきた。顔には引き締まったような表情があり、眉根に皺が寄って目は遠いところを見詰めている。そして物は言わない。日の暮れに浜から帰ると、これまでは弟の山から帰るのを待ちうけて、長い話をしたのに、今は言葉すくなにしている。厨子王が心配して、『姉さんどうしたのです』と言うと『どうもしないの、大丈夫よ』と言って、わざとらしく笑うだけであった。

ある日安寿は二人を優しく扱ってくれていた二郎に、どうぞ私たちを一緒に山へやって欲しいと懇願した。

『あくる朝、二人の子供は背に籠を負ひ腰に鎌を插して、手を引き合って木戸を出た。山椒大夫の所に来てから、二人いっしょに歩くのはこれが始であった。』

『まあ、もっと高い所へ登って見ましょうね。』安寿は先に立ってずんく登って行く。厨子王はいぶかりながら附いて行く。暫くして雑木林よりは余程高い、外山《とやま》の頂とも言うべき所に来た。

安寿はそこに立って、南の方をじっと見ている。目は由良の港にそそぐ大雲川の上流を辿って一里ばかり隔った川向こうに、こんもりと茂った木立の中から塔の尖《さき》の見える中山に止まった。そして『厨子王や』と弟に呼びかけた。

姉は弟に向って、わたしたちは恐ろしい人にばかり出逢ったが、人の運が開けるものなら善い人に出逢わぬとも限らない。あの中山を越して行けば、都はもう近いのだよ。お前はこれから思い切ってここから逃げのびて、どうぞ都へ登っておくれと告げる。でも、わたしが居なくなったら山椒大夫たちがあなたをひどい目にあわせましょうとしぶる弟に、『大丈夫よ、あの塔の見えていたお寺へ這入って隠しておもらい、しばらくあそこに隠れていて追手が帰ったあとで寺を逃げるといい』とつよく勧めた。

『「さうですね。姉《ママ》えさんのけふ仰やる事は、まるで神様か仏様が仰やるやうです。わたくしは考を極めました。なんでも姉えさんの仰やる通りにします。」

「おう、好く聴いておくれだ。坊さんは善い人で、きっとお前を隠してくれます。」

「さうです。わたくしもさうらしく思はれて来ました。逃げて都へも往かれます。お父様やお母あ様にも逢はれます。姉えさんのお迎にも来られます。」厨子王の目が姉と同じ様に赫いて来た。

「さあ、麓まで一しょに行くから、早くお出。」

二人は急いで山を降りた。足の運《はこ》びも前とは違って、姉の熱した心持が、暗示のやうに弟に移って行ったかと思はれる。』

『山椒大夫一家の討手が、此坂の下の沼の端《はた》で、小さい藁履《わらぐつ》を一足拾った。それは安寿の履であった。』

無事に逃げのびた厨子王は中山の国分寺の曇猛律師《どんみょうりつし》に救われるが、あくる日、安寿入水の事を聞いた。僧形になり律師に伴われて都へ上った厨子王は清水寺に泊まった。そこで娘の病気平癒祈願に参籠している関白師実《もろざね》に出会う。厨子王が所持していた安寿の守本尊の地蔵を借りて拝むと、娘の病気は拭うように本復した。

『師実は厨子王に還俗させて、自分で冠《かんむり》を加へた。同時に正氏が謫所《たくしょ》へ、赦免状を持たせて、安否を問ひに使を遣った。併し此使が往った時、正氏はもう死んでゐた。元服して正道と名告《なの》ってゐる厨子王は、身の窶《やつ》れる程歎いた。

其年の秋の除目《ぢもく》に正道は丹後の国守にせられた。これは遥授《えうじゅ》の官で、任国には自分で往かずに、掾《じょう》を置いて治めさせるのである。併し国守は最初の政《まつりごと》として、丹後一国で人の売買を禁じた。そこで山椒大夫も悉《ことごと》く奴婢を解放して、給料を払ふことにした。大夫が家では一時それを大きい損失のやうに思ったが、此時から農作も工匠《たくみ》の業《わざ》も前にまして盛になって、一族はいよ〳〵富み栄えた。

国守の恩人曇猛律師《どんみょうりつし》は僧都《そうづ》にせられ、国守の姉をいたはった小萩は故郷へ還された。安寿が亡き跡は懇《ねんごろ》に弔はれ、又入水《じゅすい》した沼の畔《ほとり》には尼寺が立つことになった。』

正道ははかなく死んだ姉や任国のためにこれだけのことをしておいて、佐渡へ渡った。役人の手で国中を調べてもらったが、母の行方は知れなかった。

ある日正道は一人旅館を出て市中を歩いた。そのうちに人家の立ち並んだ所を離れて畑の中の道にかかる。どうして母の行方が知れないのだろうか。役人なんぞに任せて自分で捜して歩かぬのを神仏が憎んでか、などと思いながら歩いていた。ふと見れば大きい百姓家がある。生垣の内の一面に蓆《むしろ》が敷いてあって、その上に刈り取った粟の穂が干してあった。その真ん中に襤褸《ぼろ》をまとった女が座って、手にした長い竿で雀を逐っている。女は何やら歌のような調子でつぶやいている。正道はなぜか知らず心を引かれて立ち止まった。女の乱れた髪は塵にまみれている。顔を見れば盲《めしい》である。正道はひどく哀れに思った。

『そのうち女のつぶやいてゐる詞《ことば》が、次第に耳に慣れて聞き分けられて来た。それと同時に正道は瘧病《おこりやみ》のやうに身内が震って、目には涙が湧いて来た。女はかう云ふ詞を繰り返してつぶやいてゐたのである。

安寿恋しや、ほうやれほ。
厨子王恋しや、ほうやれほ。

鳥も生《しよう》あるものなれば、
疾《と》うく逃げよ、逐はずとも。

正道はうっとりとなって、此詞に聞き惚れた。そのうち臓腑が煮え返るやうになって、獣《けもの》めいた叫が口からでようとするのを、歯を食ひしばってこらへた。忽ち正道は縛られた縄が解けたやうに垣の内へ駆け込んだ。そして足には粟の穂を踏み散らしつつ、女の前に俯伏した。右の手には守本尊を捧げ持って、俯伏した時に、それを額に押し当ててゐた。

女は雀でない、大きいものが粟をあらしに来たのを知った。そしていつもの詞を唱へ罷《や》めて、見へぬ目でぢっと前を見た。其時干した貝が水にほとびるやうに、両方の目に潤ひが出た。女は目が開いた。

「厨子王」と云ふ叫が女の口から出た。二人はぴったり抱き合った。(2)』

「歴史離れ」の細部をもう少し辿ってみると――。

『永保元年に謫せられた正氏が、三歳のあんじゅ、当歳のつし王を残して置いたとして、全篇の出来事を、あんじゅが十四、五になり、つし王が十二、三になる、寛治六、七年の間に経過させた。さてつし王を拾ひ上げる梅津院と云ふ人の身分が、わたくしには想像が附かない。(中略)そこでわたくしは寛治六、七年の頃、二度目に関白になってゐた藤原師実を出した。

又山椒大夫には五人の男子があったと云ってあるのを見た。就中太郎、二郎はあん寿、つし王をいたはり、三郎は二人を虐げるのである。わたくしはいたはる側の人物を二人にする必要がないので太郎を失踪させた。

こんなにして書き上げた所で見ると、稍妥当でなく感ぜられる事が出来た。それは山椒大夫一家に虐げられるには、十三と云ふつし王が年齢もふさはしからうが、国司になるにはいかがはしいと云ふ事である。しかしつし王に京都で身を立てさせて、何年も父母を顧みずにゐさせるわけにはいかない。それをさせる動機を求めるのは、余り困難である。そこでわたくしは十三歳の国司を作ることをも、藤原氏の無際限な権力に委ねてしまった。十三歳の元服は勿論早過ぎはしない。

わたくしが山椒大夫を書いた楽屋は、無遠慮にぶちまけて見れば、ざっとこんな物である。（中略）兎に角わたくしは歴史離れがしたさに山椒大夫を書いたのだが、さて書き上げた所で見れば、なんだか歴史離れがし足りないやうである。これはわたくしの正直な告白である。』

三

作品所収の『第五巻』の解説（小堀桂一郎）によると、山椒大夫伝説や安寿と厨子王受難物語の口碑は、かなり古くから佐渡を始め奥羽・北陸に散在したが、寛永年間に説経節の一つとして刊本にもなったという。

『鷗外が素材として利用したのは、享保十年に印行された浄瑠璃本の復刻で、それは寛永・明暦の古版の説経節正本に比べると字句はより簡略で、仰々しい文飾なども削り落として簡楚の趣をなした部分が多い。一言で言へば鷗外の仕上げた形にやや近いのである』という。未見であるが、解説者は、「説経節正本」のテキストは近世の文芸としては『かなり泥臭い、かつ粗野なものである』と述べている。『これに接した後で立ちもどってまた鷗外のこの文章にふれてみれば、人はさながら奇蹟にあったやうな思ひを禁じ得ないであらう。卑俗な比喩だが、どんな醜いものでもただ手をふれることによって総て黄金の姿に変へてしまふという魔術師がまさにここでその術を使ったのではないかと思ひたくなる。残酷な趣向や粗笨な情念の表現等を洗ひさったといふばかりではない。全篇にわたって駆使されてゐる言葉が、地の文にせよ会話部分にせよ、いかにも高雅で品が高いのである。（中略）鷗外がこの作に寄せた愛着と自信のほどを窺ふことができる』とある。

「泥臭い、かつ粗野な」山椒太夫の語りを「説経節正本」の一つ、天下一説経与七郎正本『さんせう太夫』（寛永十六年頃刊）によって聴いて見よう。[3] これは、鷗外が拠った本の八六年程前に刊行されている。

『**コトバ**　ただいま語り申す御物語、国を申さば、丹後《たんご》の国、金焼《かなや》き地蔵の御本地《ごほんじ》を、あらあら説きたてひろめ申すに、これも一度《ひとたび》は人間《にんげん》にておわします。人間にての御本地を尋ね申すに、国を申さば、奥州、日の本の将軍、岩城《いわき》の判官、正氏《まさうじ》殿にて、諸事のあわれをとどめたり。この正氏殿と申すは、情《じょう》の強《こわ》いによって、筑紫《つくし》安楽寺へ流され給い、憂き思いを召されておわします。』

これから**フシ**となって『あらいたわしや御台所《みだいどころ》は、姫と若、伊達《だて》の郡《こおり》、信夫の庄へ、御浪人をなされ、御嘆きはことわりなり（もっともなことである）』と、「コトバ」と「フシ」が交互に縷縷延々と続く。三人が人買いにだまされる苦難の物語の運びはほぼ一般に知られている通りだが、かなりようすが異なるのは逃亡をめぐってやりとりされる姉弟二人の言いぶんである。鷗外の作品では厨子王は素直に姉のことばに従っているが、これでは違う。

厨子王は、「姉御の口に手を当てて、のうのういかに姉御様。今当代の世の中は、岩にも耳、壁のもの言う□《(ご)か》ときなり。自然このことを、太夫一門聞くならば、さて身はなにとなるべきぞ。落ちたくば、姉御ばかり落ち給え。さてそれがしは落ちまいよの」。姉御このよし聞こしめし、「みずから、落ちようは安けれど、女に氏《うじ》はないぞやれ。また御身は、家に伝わりたる、系図の巻物を御持ちあれば、一度は世に出て給うべし」

このやりとりは三郎に立聞きされた。報告を受けた山椒大夫はどうしたか。

『**コトバ**　太夫は大の眼《まなこ》に角《かど》を立て、姉弟を、はったと睨んで「さてもなんじらは、十七貫で買い取って、まだ十七文ほども使わぬに、落ちようと申すよな。落ちようと申すとて落とそうか。いずくの浦ばにあるとても、太夫が譜代下人と呼び使うように、印をせよ。三郎いかに」との御諚なり。』

太夫の意を承けた三郎が大庭に「かりこの炭をずっぱと移し」燃える火を大団扇をもってあおぎ立て、安寿の黒髪をくるくると手に巻いて膝の下に掻込《かいこ》んだ。それを見て厨子王が言う。

『姉御にお当てある。焼金を二つなりともそれがしに御当てあって、姉御は許いて給われの』。『**コトバ**　三郎このよし聞くよりも、「なんの面《めん》に当ててこそは印《しるし》にはなるべけれ」と、金真赤《かねまっか》に焼き立て、十文字にぞ当てにける。厨子王丸は御覧じて、大人《おとな》しやかには（おとなびては）おわしけれども、姉御の焼金に驚いて、ちりりちりりと落ちらるる。三郎このよし見るよりも、「さてもなんじは、口ほどにはない者よ。なに逃げば逃がそうか(逃げようといったって逃がそうか)」と髻《たぶさ》を取って引き戻し、膝の下にぞ掻込《かいこ》うだり。**フシ**　あらいたわしや姉御様は、わが焼金に手を当てて、「ののういかに三郎殿、さても御身様は、罰《ばち》も利生《りしょう》もないことをなさるるぞ。姉こそ弟《おとうと》に落ちよと申したれ、弟は太夫殿のためには、よい教訓を申したる。それ夫《おっと》（男子）の面《おもて》の傷は、買うても持つとは申せども、傷こそは傷になれ《(よか)》、これは恥辱《ちじょく》の傷なれば、二つなりとも三つなりとも、みずからにお当てあって、弟は許して給われの」。**コトバ**　三郎このよし、聞くよりも、「なんの面々に当ててこそは、印にはなるべけれ」と、じりりじっとぞ、当てにける。太夫このよし御覧じて、「さもなんじらは、口ゆえに熱い目をしてよい□《(かか)》」と、一度にどっとぞ笑いけれ』

安寿は額の焼傷が地蔵菩薩の加護によって消し去られたのを知ると、太夫と三郎がそれをこのまま見逃しはすまい。落ちて世に出よと、再び弟に言う。

『厨子王殿は聞こしめし、「一度には懲りをする、二度に死にをするとは、姉御様の御事なり、落ちたくば、姉御ばかり落ち給え。さてそれがしはおちまいよの」』

厨子王の不甲斐ない言葉に安寿は、それならばもう姉でもない弟とは思わぬと強く迫るのに、弟はようやく逃亡を承知する。姉はみずからの守り本尊地蔵仏を弟に渡して、逃亡の成功を祈る。

やっと弟を逃した姉は、太夫と三郎に弟の行方を告げよと湯責め水責めの拷問にかけられるが口を割らない。大団扇《おおうちわ》をもってあおぎ立てた炭の猛火に、『責め手は強し身はよわし、なにかはもって(こか)たらうべきと、正月十六日《ひ》ごろ四つ終りと申すには、十六歳を一期《いちご》となされ、姉をばそこにて責め殺す』。

まだ十六歳だがおのれの分をわきまえ、身を捨てて弟を救おうとした姉の逃亡の勧めを、行くなら姉さん一人で行くがいいと拒んだ弟——二度までもである。

声を励まして遂に弟を落ちのびさせた安寿の凛々しさに比べて、三郎からも『口ほどにはない者よ』と嗤われたわが身の安全第一の厨子王の浅ましさが目に立つ。まだ十三歳の年端の行かぬ少年ではあるが、あるいはそれが人間というものの本音《ほんね》かもしれぬ。

姉の持たせてくれた地蔵仏の功力によって若くして国司にまで出世を遂げた弟の復讐の為様《しざま》は、太夫、三郎に勝るほど凄まじい。

国分寺の広庭に掘らせた五尺の穴に山椒太夫の肩から下を埋め、竹鋸《のこぎり》をこしらえて『構えて、他人に引かするな、子どもに引かせ、憂き目を見せよ』と下知する。自分たちに配慮のあった兄の太郎と二郎には『鋸許せ』との御諚《ごじょう》あって、三郎に鋸が渡る。『一引き引《ひ》きてては、千僧供養《せんぞうくよう》、二引き引いては、万僧供養、えいさらえいと、引くほどに、百に余りて六つのとき、首は前にぞ引き落とす。さてその後に、三郎を、やすみが小浜《こばま》に連れて行き、行き戻りの、山人たちに七日七夜、首を引かせ』、そのあと越後の直井の浦で、始めに親子を買った人買い・山岡太夫を荒簀《あらす》に巻いて柴漬けにして殺して復仇を成し遂げる。

かくて怨みをはらした厨子王は、『十万余騎を引き具して、陸奥《みちのく》さして下らせ給う。いにしえのその跡に、数の屋形を建て並べ、富貴の家と栄え給う。いにしえの、郎等《ろうどう》ども、われもわれもとまかり出て、君を守護し奉る。上古も今も末代も、ためし少なき次第なり』。

『さて書き上げた所を見れば、なんだか歴史離れがし足りないやうである』と鷗外は書いたが、山椒太夫にまつわるさまざまの伝説や「説経節」の粗雑な構成や語り口、「金焼き地蔵」の由来やおぞましい残酷な箇所などはものの見事に削り取られて、後には親子・姉弟の情愛の美しさ「夢のやうな」物語が残った。

しかし、削り取られた『説経節』の「残酷な趣向」や「粗笨な情念」が映し出していた人の世と人間のもう一つの姿、あるいは本姿は消えてしまっている。

四

柳田国男の『物語と語りもの』の中に「山荘太夫考」という一篇がある。それによると——民間の歌謡と伝説とは大きな関係をもっている。昔の人の律語をもって事績を伝承する習性は、謡い物の中から種々の口碑を拾い上げた。後世伝奇を愛好する傾向が田舎の方にも瀰漫するようになっては、さらに芸術の立場からその口碑の急激な成長を促す者が現われた。これらの地方的民譚が、山荘太夫の浄瑠璃などの如く一国の文学として世に行われるためには、更に一段の幸福なる機会が必要であった。すなわち、その話が一般興味の豊かであること、およびある非凡な語部の手を経て話に一応の筋道が通り、中古の物語の要件たる因果の理法が程よく敷衍されていることである。右の想像を援護するために山荘太夫と云う名称を説明したいと思う、とあって、土佐国には古く山荘太夫と称する一階級の人民が住んで居たという。長曽我部元親よりの證文を所持していて、山荘または算所と呼ばれた土佐の太夫は……一種の祈禱業者であった、というのである。

「要するに山荘は自分の所謂ヒジリの一種である。サンショのサンは「占や算」の算で算者または算所と書くのが命名の本意に當たって居るかと思ふ。卜占祈禱の表藝の他に、或ひは祝言を唱へ歌舞を奏して合力を受け、更に其一部の者は遊藝賣笑の賤しきに就くをも辭さなかった爲に、其名稱も區々になり、且つ色々の宛字が出來て愈々出身が不明になったものと考へる」。

「自分の見る所では、丹後由良の長者が其名を山荘太夫と呼ばれたのは偶然で無い。あれは最初あの話を語ってあるいた伎藝員が、或算所の太夫であったのが、いつの世か曲の主人公の名と誤解せられたのである(4)」。

『説経節』(前出)の編注者は、この柳田説には異論もあると言う。

「算所とは散所とも書き、荘園領主に隷属し、労役に従事する散所民の居住地域のことである。説経の語り物を伝播《でんぱ》したのが散所の民といった社会的に差別された賤民芸能者であったことを明らかにされたのは、柳田氏の功績であったが、では、散所民によって語られた語り物はさまざまあったろうに、なぜ安寿と厨子王の物語にのみその名が付されたのか。柳田説にはここに難点があると批判し、柳田説を一歩進めて、さんしょう太夫とは散所の長者であろうとされたのは林屋辰三郎氏である。林屋氏は、散所の長者は、散所民の統率者として、散所民を二重に隷属させ、彼らを過酷に駆使したのであって、説経の『山椒太夫』は、古代末期の散所生活と解放への願いを形象したものであると説かれた」。

(「山椒太夫の原像」『文学』昭和二十九年二月号)

また言う。

「青森県のイダコの語った『お岩木様一代記』というのがある。岩木山の山の神あんじゅ姫が語る身の上話であって、説経の『山椒大夫』と筋の上で共通点が多い。あるいは、この語り物が原形で、そこから説経の『山椒大夫』が成長したかとも考えられるが、そう簡単にも決せられない」。

太宰治は、安寿厨子王津軽人伝説は、「和漢三才図絵」の岩城山権現《いはきさんごんげん》の條にも出ていると書いている。

「相傳ふ、昔、當国（津軽）の領主、岩城判官正氏といふ者あり。永保元年の冬、在京中、讒者の爲に西海に謫せらる。本國に二子あり。姉を安壽と名づく。弟を津志王丸と名づく。母と共にさまよひ、出羽を過ぎ、越後に到り直江の津云々」などと自信ありげに書き出してゐるが、おしまひのほうに到って、「岩城と津輕の岩城山とは南北百餘里を隔て之を祭るはいぶかし」とおのづから語るに落ちるやうな工夫になってしまってゐる。鷗外の「山椒大夫」には、「岩代の信夫郡の住家を出て」と書いてゐる。つまりこれは、岩城といふ字を「いはき」と読んだり「いはしろ」と読んだりして、ごちゃまぜになって、たうとう津輕の岩木山がその傳説を引き受けることになったのではないかと思はれる。しかし、昔の津輕の人たちは、安壽厨子王が津輕の子供であることを堅く信じ、にっくき山椒大夫を呪ふあまりに、丹後の人が入込めば津輕の天候が悪化するとまで思ひつめてゐたとは、私たち安壽厨子王の同情者たちにとっては、痛快でない事もないのである。(5)

所蔵の梅暮里谷峨著葛飾北斎画『繪入山枡太夫榮枯物語』（文化己春・一八〇九年刊）では、正氏は讒言

によって身を滅ぼすのではなく、あくことのない生き物の殺生の報いで殺されることになっていて、岩城山に猟をしては罪なきあまたの獣を殺す。父狐母狐を殺された白狐の妄執にそそのかされた逆臣村岡玄蕃の手にかかって殺されるのである。しかし、人間に化身していた白狐・梢は正氏の子を宿していて、生まれたのが都志王丸であった。安寿にとっては腹違いの弟である。全五巻のおぞましい話の展開は、本の出だしから始まっている。

綿々と語り継がれ、いろいろの変型も生じた「山椒太夫」物語であるが、底流にあるのは人間の宿縁や業、それにまつわり付いている悪と罪の連鎖の問題ではないかと思う。

日本人、あるいは日本文化における罪の問題に関する柳田の言には聞くべきことが多い。

いわゆる「文化型」の理論を展開したルース・ベネディクトが、その著書『菊と刀』の中で、「罪の文化」とパターン化した西欧のそれと対比させて、日本の文化を「恥の文化」と規定したのは、文化人類学という学問の目新しさや日本人の欧米コンプレックスも手伝ってか、敗戦後の一時期かなりの評判をよんだ。柳田はこれを厳しく批判した。

　日本人の大多数の者ほど「罪」という言葉を朝夕口にし居た民族は、西洋の基督教國にもすくなかったろう。（中略）

ベネヂ《ママ》クトは此本の中で、佛法の教へが是ほど深く入込んだ國なのに、輪廻轉生の教理が一向に體得せられて居ないのは不思議だと、いふやうなことを書いていたと思ふが、それは明白に事実と反する。第一に佛教の力は、實は一部にしか行はれて居なかったにも拘らず、この罪業観ばかりは最も弘く徹底してゐるのである。（中略）因果といふ言葉が日本に於て、いつまでも理由の知れない災厄不幸を意味するやうになったのは、考へてみると哀れなことだった。日本人のあきらめの良さは、この世の悩み苦しみを悉く、前の生に於ける我が魂の悪行に基づくものと解して、愈々今生の行爲を愼しまうとしたのであった。（中略）ベネヂクト教授がもし活きて居られたなら、知らせて上げたかったと思ふことは、日本ではつい此頃になるまで、女人は全體に罪深きものといふ、法師の説教が徹底して信じられて居た。今から批評すれば誤った論理だが、女に生まれて來るのがすでに全世の業《ごう》であり、その女であることが、更に又罪を作りやすい状態であるとせられて居た。それを怪しみも疑ひもせずに、餘分の忍苦を以てその二重の罪を滅ぼさうとしたのが、信心深い女性の普通の生活であった。辛抱しきれなかった者はもちろん段々と多くなって來たが、ともかくも日本女性の理想は、明かに罪を犯さぬことを目標とした生活であった。(6)

五

宮津市由良の如意寺に祀られている「金焼地蔵」は、檜材一本造りの座像で高さ五三・二センチ、円頂で衲衣の上に袈裟を着し、右肩から胸にかけての焼跡は、今も痛々しく安寿と厨子王の身代わりになったという昔を物語っている。

昭和五十四年の文化庁の調査で、これは鎌倉時代の仏師・快慶作ではないかとみられていたが、六十一年の解体調査によって彼の無位時代——文治五（一一八九）年〜建仁三（一二〇三）年——の作と判った。

安寿が身につけていたというには大きすぎるが、世の人びとの尊崇の念は篤く「身代り地蔵」とも呼ばれて今に至っている。当地の地蔵信仰は、平安時代末期にまで遡ることになろう。

地蔵のまえに置かれている説明文「如意寺の歴史」によれば、寺歴は古く「用明天皇（一四〇〇年前）の創立にかかる。当時は由良山宝珠院長福寺と言い、寛永十七（約五八〇年前）年現在の土地に移る。享保五（約二五〇年前）年牧野氏の二代舞鶴因幡守の所望により長福の寺号を幼君に献じた代わりに如意の二字を授けられ、由良山宝珠院・如意寺となった、とある。

約九〇〇年前、快慶作の金焼地蔵菩薩座像を安置し、昭和六十三年、京都府指定文化財として認定された。

境内の一隅に「山椒太夫首塚」があるのは意外であった。五輪塔の前の立札「首塚由来」を読むと、

奥州五十四郡の大守であった父岩木判官政氏の冤罪が晴れ、その旧領及び丹後の国司となった厨子王丸は恨み重なる山椒太夫を引捕え青竹の鋸で首引きの極刑に処した　太夫臨終の折當寺の住職の許しに依り浄菩提を発し「我れ今より後諸人の奇禍に遭う者あるを見ればそれを救うの祈願を立

てん生来所造の諸悪の罪障この発願に依って消滅せしめ給え」と唱えて命終えたりと云う　後世の人大夫及びその一族の霊を憐れんで供養のために首塚として建てたのがこの宝道印塔である　南北朝時代乃至室町時代のものであり　約六百年を経過している

『説経節』の金焼地蔵は、安寿・厨子王姉弟を哀れんでその身代わりとなったというが、二人の傷跡を消滅させると同時に、加害者の罪も消し去ったのではあるまいか、と勝手に想像してみたくなった。

『説経節』にあるように、金焼地蔵の「本地《ほんじ》」が岩城の判官・正氏であったというなら、正氏は二人の吾子の苦難を救っただけでなく、加害者・山椒太夫の罪をも赦したということになるではないか。それがこの「首塚」だと塔をみながら勝手な思いは続く。

お地蔵さまというのはまこと不可思議な仏である。

また柳田だが、彼は金焼地蔵と似たような地蔵尊――人に首を切られた「首切地蔵」、「手無仏」、人間の刀刃によって威厳を失墜したにも拘らず、庶人の尊信を失われなかった地蔵の例を上げている。

「相州鎌倉二階堂圓覚寺の黒地蔵、地獄を廻りて罪人の苦しむさまを見、自ら火中に投じ救はれしより、火にくすぼりて色黒し（中略）、又火焼地蔵とも云ふ（東海道名所圖繪）。山海里巻十に火焼地蔵又は黒地蔵とあるのと多分は同じ地蔵であらうが、此には地獄の罪人の苦しみを軽めんために獄卒に代って火を焼きたまふとある」。

「地蔵は要するに理想的の社会改良者であった。聖者の聖たることを解せぬやうな無智蒙昧の者を得度するのが其御誓願であった。故に屢々好んで右様の虐遇を受けられた(7)」。

地蔵信仰の日本伝来について、速水侑氏の所説の一部を要約すると――室町時代や江戸時代に書かれた書物のなかには、六世紀の敏達天皇の時代、あるいは聖徳太子の時代に地蔵像が造られたとかいろいろの伝承を記しているが、『日本書紀』など比較的信用できる文献には、奈良時代以前の地蔵信仰についての記載は全くない。しかし奈良時代になると、入唐僧などにより唐の経典や仏像が直接わが国に伝えられるようになり、当時中国で盛んであった地蔵信仰はなんらかの形で伝来したと思われる、というのである。「こうして、民衆にとってもっとも親しい存在となった地蔵菩薩は、中世後期から近世にかけ、さまざまの民俗信仰と習合し、本来の経説の枠をこえた独特の信仰を形成する。いわば地蔵信仰の民俗信仰化だが、その場合、地蔵を子供の守護神とするなど、地蔵と子供をむすびつけた信仰形態が、特徴的に認められるのである(8)」。

著者は――『今昔物語』の地蔵説話では、地蔵はほとんど例外なく「小さき僧」「若き僧」の姿で現われ、地蔵と子供の通有性が、地蔵はとくに子供を守護するという観念の最大の基盤になったと思われる、という。この「特徴」の歴史的な形成に関しても著者が引く歴史学者や民俗学者の意見には興趣つきぬものがあるが、これとは別に――われわれの多くが尊崇の対象である他の仏像とは異なって地蔵に抱くふしぎな親近感やなにか格別の思いの底には、自らのいたらなさの害を蒙ることが多かったであろう子どもたちへのわびの気持や、その他もろもろの罪の赦しを直接ききとどけてくれそうな仏という直感のようなものが潜んでいるのではないかと思う。

「恥の文化」が世間や人とのかかわりで生ずるものであるとすれば、「罪の文化」は神に対するものであろう。わが国の「文化型」を「恥の文化」と言うならそれでもよい。世と人に対して身のおかした恥ずべき行為の自覚があれば、その深まりはおのずから罪の自覚に達するはずである。もっとも当世は、「恥」という感覚そのものが有るのか無いのか、極めてあやしくなってきているところに問題がある。

「罪の文化」というのは、神の前で身の犯した罪を謝して「悔い改めよ」というのであろうが、滅多に悔い改めることのないのが人間である。欧米の歴史は延々とその歩みを辿り、今も一向に改まっていない。改めるどころか攻撃や報復の手段・手口は、狂暴の一途を辿るばかり、弱小国にテロがあれば強大国には組織的な軍事攻撃があり、彼らは原爆を手放さない。

「罪の文化」と言ったところで、どこかで心を決めた互いの赦しがなかったら、罪と悪との連鎖は断ち切れない。罪は罪を呼び悪は悪を重ねるだけだ。

『説経節』の厨子王も悪に悪を重ねただけであった。さきに『説経節』の世界を悪と罪との連鎖の世界だと書いたが、あらためて考えてみるに、あの粗笨で残酷な語りの世界はもう少し複雑ではないか。

「金焼地蔵」の「本地」正氏は、わが娘を殺した「山椒太夫」をも赦したのではないかと書いたが、悪と罪との重層延々と果てもない世界の根底に「赦し」が隠れていると言いたいのだ。それは日本の庶民の心根ではなかったか。

しかし、赦すということは悪を許容することではあるまい。それでは、人の世が成り立たない。赦すという行為は、赦すことができないほどの相手をも憎まぬ、という心を持ち続けることだということを、ある人の告別の記事で教えられた。

その人とは、広島で被爆した以後の生涯を反核運動に捧げた元「広島原爆資料館長」高橋昭博《たかはしあきひろ》氏である。二〇一一年十一月二十日、八十歳で逝去された。

——十四歳だった一九四五年八月六日、爆心地から約一・四キロの旧制広島市立中学校の校庭で被爆。全身に大やけどを負った。

「戦争を憎んでも人を憎んではいけない。人の心の痛みのわかる人間になって」。自らの被爆体験を話した後で必ず掛《ママ》けてきた一言だ。核兵器廃絶と平和の大切さを訴え続け、世界の著名人や修学旅行生に話した回数は三〇〇〇回以上に上る。（中略）その間にローマ法王ヨハネ・パウロ二世ら多くの著名人に被爆体験を伝えて、八〇年には原爆を投下したB29爆撃機の元機長ポール・ティベッツ氏と米ワシントンで面会した。

政府の非核特使となった晩年、車椅子から静かな口調でこう話していた。「米国に謝罪を求める人もいたが、私は求めない。憎しみは乗り越えていかなきゃ、平和はあり得ないと思う」。

（『東京新聞』二〇一一年十二月二十七日）

赦すということは、堅固な自律と自制の心のはたらきなのかとの考えも浮かぶが、故人のばあいはそんな境地を遥かに超えたものであろう。自分には到底思い及ばぬ。それを宗教的な心境というようなわかったような言い方はさしひかえよう。ひかえて、なにかとてつもなく大きな器を満たしてこぼさぬ水の張力を見つめていたい。

安寿の汐汲みの浜辺に立った。苦難にみちたはかない生涯。海の色も心なしか暗い。桂浜とは明らかに違う。あの豪放な明るさがなければ世の中は変るまい。しかし、この暝《くら》い海に潜む負の情念がなかったら、人の心の奥深さ、悲しみも苦しみもたたみ込んだ心の襞《ひだ》は育まれまい。

功成り名遂げて復仇を果し母にも再会し、「十万余騎を引き具して奥羽《みちのく》さして下り」、もと住んでいた屋敷跡に幾つもの屋形《やかた》を建てて富み栄えた弟を、姉は果たして喜んだであろうか。

安寿が泣いている。

泣いて憎い仇をも赦したのではなかったか。その情念の深さ。自ら選びとった死をもって弟を救い、死んで生きたいのちの勁さ、けなげさ。

はかないものか

はかないものか――

第二部　無縁私記

家族合わせ

一　母の手記

母はさびれた田舎町の病院の一室で死んだ。

いよいよとなって、四人部屋から畳の敷いてある二階の個室に移って十日あまり、病人の傍に妻と交代で寝泊りした。

流動食がわずかに通るような状態でも、日に何度も溲瓶《しびん》のせわが必要だった。旧式の石油ストーヴの青い火は一晩中揺らいでいたが、三月初めの夜の部屋はまだ寒く、布団の裾をまくると手早く用器を差し込む。それがたびかさなると私の扱いはかなりぞんざいになっていたかもしれない。

それでも母はそのたびごとに、やせ細った腰をなんとか少し浮かせるように努めながら、『すまないね、あんたにこんなことまでさせて……』と、何度も同じことばを繰り返していた。

わけがあって、小学校五年の時、九つ年上の姉のところへ引取られることになった。昭和十四年の秋、姉はかぞえでまだはたちになったばかり、綾子といった。

以後、そこで育てられ、大学まで出してもらったのだから、文字通り母親代わりの姉だった。結婚してその許を離れてからは三人別々に暮していたが、やがて母の世話をしなければならなくなった時、私はもう五十に手のとどく歳になっていた。

風が冷たい冬の朝、母はわずかな身のまわりのものだけを持って越してきた。帯地でも解いて作ったらしい綿入れのチャンチャンコを着て、老犬を一匹連れていた。犬好きで犬はそれまでにも何匹か飼っていたが、名前はいつもジョンといった。

夜は雨になった。

風が激しく雨戸をたたく音に目がさめて起き出すと、玄関脇の四畳半から母も顔をのぞかせて言った、『今夜だけ、ジョンを玄関の隅にでも置いてやってくれないか……』

裏でゴホゴホ咳込むような物音がしていた。フィラリアで、もうあまり生きられまいよと言うのに、連れてきたときの嫌な臭いが気になって、『玄関に入れるのはどうも……』とだけ言って引込んだ。

風は朝には止んでいた。

ジョンは持参のそまつな小屋の奥でもう固くなっていた。派手なチャンチャンコをまとっていた。

母は自分の部屋ときめられた四畳半で食事をしていた。初めは家族と一緒だったのが、いつのまにかそうなった。女子高生が一人、中学の男の子が一人のにぎやかな団欒への遠慮があったのだろう。

折りたたみ式の丸い茶袱台の隅に、小さな泥人形の犬を置いていたのに気がつかなかったが、ある時、追加のおかずを持って行ってわかった。母はそれを人形に供えた。

ジョンのつもりか……と思ったが、口には出せなかった。

愛犬が死んで母はずっと一人だった。


それまで寝息もたてずに眠っていた病人の息づかいが、急に乱れ出した。言われていた通り部屋の隅のベルを押すと、宿直だったのか婦長さんが飛んできて、あとから、パジャマに白衣をまとった院長もやってきた。あわただしく何本か注射が打たれ、母の耳もとに口を寄せた婦長さんが右手で胸をさするようにしながら、『井上さあん、井上さあーん』と何度も何度も呼びかけていた。すると、眉根を寄せてあるかなきかの息をしていた母の表情にチラと動くものがあって、薄目があいた。

『良かった！　よかったねぇ井上さん、もう大丈夫よ……』

『……橋がありましてねぇ、向うに奇麗なお花がたくさん咲いていました。渡ろうとしていましたら、うしろで井上さあん井上さあんと呼ぶ声がするので振り向くと婦長さん、それで、引き返してきました』

『駄目よ、そんなとこへ行っちゃぁ』

二人は微笑みを浮かべながら、そんなことばを交わしていた。


夜が明けていた。

窓をあけると、待っていたかのように、外からサッと冷たい空気の入ってくるのがわかった。何か花の香り……梅だろうか？　安堵の胸の奥に、妙なこだわりが浮かんでいた。死んで行く母を呼び止めたのは自分ではなかった。

母を哀れに思う気持が胸をよぎった。

その時、ふっと、カルタのことを思い出した。昔、姉のところへ引き取られて行く時、母が持たせてくれた「家族合わせ」。

『姉さんに遊んでもらうんだよ……』

どこへ越す時も、これだけは持って歩いた。「ドカ弁」のようなボール箱の蓋に家族の顔が描いてある。髭をはやした父親、丸まげの母親、おさげに赤い大きなリボンをつけた娘と学帽をかぶった小学生、さすがに絵柄は古くなっていたが、箱はまだしっかりしていた。

『憶えている？　これ……』

母は一瞬なにか不思議なものを見るような目をしたが、すぐ、『ああ、それ……よくとってあったねぇ』と驚いたような表情で手をのばしかけたが、点滴に気づくと、『ほんとに、よくまあ……』とことばだけになって、涙ぐんだ。

昔を思い出させるカルタを見たせいか、少し生気が戻ったように見えた。落着いた口調で、『あの目の悪い人に、あとで何かしておいておくれね、気持だけのものでいいから……』と言った。

何回かこわばった体をもんでもらったことがある、まだ歳の若いマッサージ師のことだ。いつも、すまないすまないと言っていた。「盲人」への母の格別の思いは知っている。

『わかってる……大丈夫だよ』と言ってやると、安心したのか微かに笑った。その後眠っているように見えたが、ふっとひとりごとのようにつぶやいたのが聞こえた。

『とうとう、やまがへは行けなかった……』

――やまが？　ああ、いつも言っていたあの山鹿のことか。

食べものをうけつけなくなった。

スープも拒んで、目に見えて弱った。

酸素マスクがとりつけられて、母は別人のような顔になった。

一日たち、二日が過ぎた。

くぐもったような声で何か言っている。マスクを取ってくれないか、というのである。こんなものを着けたままで死にたくない。点滴ももういい。みんなとって、サッパリして死にたい。

もちろんそんなことはできない。黙ってうなずいたまま聞き流していたが、何度も何度も同じことを言う。よほど嫌なのだろう、マスクと点滴。『わたしはこれでも武士の娘』と、ふだんよく冗談まぎれに言っていたが、それがいま本気で、潔くサッパリして死にたいと頼んでいるのだと思った。

『はずしてしまえば、三日ともちませんよ』

院長にそう言われて尻ごんだが、本人がつよくそう望んでいると繰り返し話し合っているうちに、自分でもそれがいいのかもしれないと思うようになっていた。

『会わせておきたい人がいれば、いまのうちに……』

また明け方、呼吸がおかしくなった。肩で息をしている。身を寄せて手を握ると、自分でも思いがけないことばが口をついて出た。

『母さん、ぼくたちはずっと一緒だよ、これからもずっと――』

ずっと別々に生きてきた。

いまわのきわになって、それまで心の底にあったものが突然そう言わせたのか。

母は薄目をあけてこちらを見た。顔が見えていたかどうかわからない。「しあわせだった……」とやっと言えたが、最期の声ははっきり聞こえた。

『綾子を、タノム！』

胸もとで、自由になった手を合わせ、念仏を称えて息が絶えた。

「武士の娘」は立派に死んだ。

噴門ガン、八十三歳、私は五十二、涙もこぼさず、ぼんやり死顔をみつめていた。なにがしあわせなものか……そればかりが頭にあった。ふだん念佛を口にしたことはない。それも妙に気になっていた。

一人で「焼き場」のしごとをしていた老人が、『ホトケは胃をやられていたんべ』と言った。

『これでわかる』

彼の採って見せたいくつかの骨片は、あの白々と乾いた骨とは違って、ところどころに薄墨を流したようなまだら模様の滲みがあった。どうしてこんな色になるのか、『まちがいあんめぇ？』得意げに彼は言っただけだったが。

家族だけの葬式をすませて二、三日たった夕方、マッサージ師にマフラーをとどけたあと、すぐに家には戻らず、近くの縄暖簾をくぐった。

酔いが回ってくると、母がまだあの部屋にいるような気がする。入院する日の朝、少しはずかしそうに言うのを笑って聞いていた。こんなに早いとは思わなかった。

『押入れの隅のふろしき包みの中に、郵便局の通帖が入っている。お骨にする費用の足しにと思って……』

出てきたのは数冊の古びた大学ノート。ノートには私の小学校五年生の時の通信簿がはさんであった。それと言っていた通りの預金通帖。だが、名儀はなぜか井上ではなくて旧姓の西田になっていた。金額はちょうど十万円――小遣いらしいものを渡したことはないのに、どうやって貯めたものか……。

古ぼけた煙突の先から吐き出されてゆっくりと冬空を漂い流れていった薄墨色の煙、あれは母の骨の色だ。そう思ったとたんに、はじめて涙がこぼれた。

あれからのながい月日、……三回忌も十三回忌もやっていない。あれは、徐々に死者を忘れて行くための儀式だと思ってきた。やっていたら、今年あたりでもう何もかも済んだという気持になっていたかもしれない。これを書くこともなかった。

母が残した大学ノート。一生を振り返って書いたという『手記』の中に、私の出生についての記述があるのは知っていた。死後、何度か読みかけたことがあったが、いつも途中でやめていたのを思い出して、取り出してみた。

ノートの表紙には、ペン書きで「六十年ノ歩ミ続ケタイバラノ道ノ記録」とあり、下に、菊子と小さく名前を書いている。

子どもに、ろくろく聞いてもらえなかった話……それでも書いておけばいつかは、と思ったのだろう。ところどころにインクの滲んだような跡がある。二、三枚の空白もある。思い直して書きついだのだろうか……今度はエンピツで書いている。用字用語の混乱や、かなづかいの新旧混交も目立つ。句読点もつけず、思い出すままに書いた読みにくい文だが、それでも自然についた段落らしいものはある。句読点をつけて書くことを習わなかったのか、学校はたしか小学四年までしか行っていないと言っていた。

今ならしまいまで読める。読んでおかなければ、という気になった。自分の終りもいつくるかわからない。

二人の子どもをかかえて幾度かの死線をこえて難路をあるき困苦の続く逆境に育ち両親の愛を知らず悲しい思い出ばかり　仏教で言う因縁因業とか過去前世ということがあるとすれば前世においてよほどあく人であったと思う　今世では人の喜ぶことをして　草木にまで愛情をかけて　過去の罪あればいくぶんなりと今世でおぎないを付けねばと思ってきた　封建時代と同じ自由のない幼女時代少女時代どんなこともいつでも親の言いつけ通りに生きてきた　近代は自由の時代になったのに少年犯罪が増える一方なのはどうしてだろう　私は小さい頃は親の言う通り親にさからわずに生き　自分が親になれば　二人の子どもを手離すまいと　旅館の仲居　なっとう売り　映画館の売り

子　屑屋までしても　くさってても鯛とほこりを失わずに生きてきたすぎし六十年の才月を振り返ればあまりにも悲運　苦しい悲しいことのみ多い　世の中のためになったわけではないが　子供たちにもごかいされている事もあると思う　思い出は月日がたつと忘れ去るというけれど　私にはとうてい忘れることができない　どうしてもゆるすことのできないことがある　それでも心にこびりついていることをみんな書いてしまいたい　そしてきれいに流してしまいたい

わたしは明治卅一年十一月廿日　島根県の金山《かなやま》というところで生まれた　父は林きん　母は石口ミ子《ね》といって　子供のころは「金山子一」といわれたかわいい子だったらしい　父は細川藩家老の孫になる人だと聞かされていたが　子供の頃は馬に乗って　ご学問所に通ったそうだ　明治維新で武士はなくなりいろいろの職についたらしいが　鉱山技師をしていた関係で金山にきたらしい　国を出るときは山鹿郵便局というところに家伝来の刀やその他みんな抵当に入れて金をつくって来たんだという　しばらく金山にいたときに私のおじいさんと知りあいになり　娘をやるということにて母と結婚　其内山をやめて熊本へ帰ることになったけれども　近代ならアメリカといってもとなりへ行くようにして出かけるけれどそのころは島根と九州といへば死んで別れるような心持であったらしい　母はかなり年のちがう父をきらっていたらしいのでひとまず父一人で帰り　私出生を通知したら菊子と命名してよこして　それから一年たって父がはるばる引き取りに来たところぢいさんばあさんが孫がかわいくて手ばなせない　この子が三才まであずかるという話のもとに父は一人で熊本へ帰った　父は先祖代々の土地があった山鹿というところで後には「なべ屋」といえば知ら

ん者はないほどの成功者になったと聞いた　何度か手紙をよこしていたらしいがそのうち便りもとだえて　いつのまにかそれきりになってしまった　近代なら考えられない話だろうけれど明治時代ではよくあった話　遠く離れた島根と熊本　島根の方では山鹿がどこか見当もつかず熊本の方でも父のほかには金山といってもまるで知らぬ土地　手紙といっても近代のようにすぐ着くというでなしずるずるとそえんになって　父と母はそのまま赤の他人になってしまった

稚拙な文字で綴られた古めかしい文章のなかで、「近代」ということばだけが妙に新しくておかしいが、母が生まれた頃の明治日本は、それこそまさに近代化の激動期、母はそのただなかに産み落とされた八か月の未熟児だった。

金山は雪が多く　寒いからといって近代のようによい設備があるでなし　ぢいさんは小さい私を真綿にくるんで自分のフトコロの中に入れて育ててくれたらしい　私三才の年に　母は私を残して浜田の岩田家へ嫁いで行った　私はその頃浜田の近くの長浜というところへ嫁いでいた母の姉夫婦に子がないところからゆくゆくは養女にということで　それまではぢいさんばあさんが育てるという話になった　生まれた石口の家はゆうふくな家で　何不自由なく四、五才までは育ったらしいが　身内に放とう者がいてだんだん家計がくるしくなったために長浜村に移っておぢいさんが日やとい人夫などをしてやっとその日ぐらしをするような有様になった　年はとるし私のゆく末を案じているうちに　下関にこしていた叔母の方から子がなくて淋しいから早く菊子をよこしてくれとの

ことで　私九才の夏　いやだというのを無理やりなっとくさせられて下関へ行くことになった　下関の方から送ってきたよい着物と赤い鼻おのついたこっぽれ下駄がめずらしくてそれにだまされた　こっぽれ下駄というのは　うらが丸くくりぬいてあるのでそれをはいてあるけば　こっぽれこっぽれといい音がするのではいて喜んで長浜の家を出た　浜田のはとばまでまる一里の道をおばあさんは泣きそうな顔をして私のあとになり先になりして浜田町入口の茶店に入り　やきもちと桃を食べさせてもらい　三つばかりの桃をふろしきに包んで船にのったら食べるようにと言って買ってくれた　それを持って浜田港はとばにとう着　本船は沖にていはくしているので伝馬船にのりこみ本船まではこばれてゆくのです　いよいよ伝馬船にのりうつりどうなることかと只うろ〱するばかり

　はとばのがんぺきにつかまりおばあさんが菊子やー菊子やーと呼んでいた　ギイ〱ろをこいで船が沖へ〱と遠ざかって行ってもまだおばあさんが菊子菊子と叫んでいる声がかすかにきこえてくる　いよいよ本船に当着　はとばをながめたとき　まだかすかにおばあさんがうろ〱しているように見える　ここまで来て急に悲しさがこみあげてきて　船の上をはしりまわりおばあさんのところへかえして下さい　たすけて下さい　桃はいらんけぇ　帰してやりんさい　桃はいらんけぇ帰してやりんさいと　しまいには大事に持っていた桃を海へほうり出して大声をあげて泣いたそのときの悲しい思いを今でもわすれない

母は、養母のことは幼い頃から菊子のお母さんだと言いきかされていたから、すぐお母さんと呼ぶことができたらしい。だが、養父をどうしてもお父さんと言えない。ある日、ごきげんとりにみやげを買って帰った養父――それはだれにもらったのかと養母に言われて、この人がくれた、と答えた。業《ごう》を煮やした養母が、井戸ばたに引っぱって行って裸にして頭から水をかぶせるというようなこともあって、やっとお父さんと呼べるようになった。一時さがっていた学校へも通うようになって、一年あまり、養い親の愛をうけてようやく落着いてきたところに、どうしたことか、二人の間に子が生まれた。妹の名は重《しげ》子《こ》、母は十歳になっていた。

養父は小さな蒸気船の機関手をしていた　酒好きで　二人の子をかかえることになって家計は楽ではなかった　それで私を奉公に出そうということになった　私は十二才　自分の立場はわかっているし　長浜にいるぢいさんばあさんのところへも少しでもお金を送ってやりたいとの思いで　養父母の言う通り下関の新地遊廓の入口の「さぬき屋」といううどん屋に　一ヵ月一円二十銭で奉公に出た

下関は港町の事とて船員が多く遊廓は大はやりその上夜ふけまでトバクが盛ん　そのため夜中十一時十二時頃になればおなかがすくのでうどんの注文があちらこちらから来るそれを配達せねばならん　明治時代は街燈と言っても近代のように電気でないガス燈といって石油ランプになっており　夕方その商売の人がはしごをかついでマッチで火をつけて行くが　夜中の十一時十二時ごろは暗夜となる寒風ふきまくる雪の夜などつらい

両手につゆの出るものを持ち　手はヒビだらけ血をふき出している　足はアカギレでいたいし当

今の様に長グツなどあるでなし　雨具など着用しようにもないし只手ぬぐいでほっかぶりとゆう身なり高い下駄をはいているので下駄のはに雪がいっぱいはさまりころころして歩けない　ころんではうどんがこぼれるので少し歩いては何かささえるものにつかまって下駄の雪をけとばしけとばし　ほんとに生きた心地はない思いでウドンをとどけてやっとの思いで店へ帰れば又次の家よりの注文　注文をとどけて帰りの道は　手ばなしで泣いて歩けば犬にほえられころび乍ら家へ帰れば遊廓帰りの客で店はたてこんでいる　流し場には茶わんが山とつんである皿を血のにじむ手で洗わねばならん　そうしてほっとするいとまもなく　今度は夜中一時二時までひっきりなしに女郎の夜食の　うどんの出前持ち　だんのついた長い箱にうどんを入れて両手にさげて何十回となく行き帰りせねばならない　暗夜はこわくて泣いて歩いたが月夜がまたこわい　月影にうつってプラ〱するものはなんでもおばけに見える　泣いてはしり出せば自分のかげぼうしがうしろからおっかけてくるような気持でこわくてたまらなかった　そうして夜中の三時ごろ　皿洗いをすませ　二銭のうどん一つ食べさせてもらってやっとねるのであった

十二才の秋　メカリ神社の祭禮が来た　となりの米屋の子守におくにさんという人がいて二つばかり年上だからちえをつけられ　メカリ様へお参りしよう子供をだまして背負っておいで　待っているからと言ったから朝九時ごろより急いで前夜のうどんの丼をあつめて洗って　朝食もせずに三才になる男の子を背負っておくにさんと喜び勇んでメカリ神社へと急いだ　関門海峡の先端壇ノ浦が目の前に見える所に神社がある　金など持っているでなしなに一つ買うこともできないが色々な店をのぞいたり　そのころのぞきとゆっていたが　めがねから箱の中をのぞいてみていると　色々

なえを取かえて見せる　丁度今の紙しばいのようなもの　面白い調子をつけて唄をうたい乍ら　武雄と浪子だの貫一お宮だのむちゅうになって遊んでいるうちにおひるもすぎて二時ごろになった

朝食も食べてないので子供は泣き自分もおなかがすいてくる　それでもまだ遊びたくて泣く子の足をつねったり　あたまであたまをこづいたりして遊んでいたがとうとう子供の泣くのに負けて帰る事にしたが　今度は家の中に入るのに一苦労した　大声でどなられてこわい思いをしたが　子供は親に私が足をつねったり　こづきこんぼした事を思うように口がきけないものだからしぐさをして見せる　それにはみんな大笑いをしていた

さぬき屋で楽しかったことは一つもない　まだ十二才の子供をよくもあんなにこき使ったものだが今でもおぼえているのは　遊廓のそばに芝居小屋があって　夜も九時を過ぎると下足番のぢいさんも居眠りをしている　そのすきにはきものをフトコロにしまってそっと前を通って中に入る　阿波の十郎べえなんかの話やトトさまやカカさまのという悲しい声にひきこまれて早くお店へ帰らなければ叱られると思い乍らもう少しもう少しと胸をドキドキさせ乍ら盗み見をした芝居の楽しかったことを忘れない

ワルイことをしたもんだ

そして十五才まで働き通しているうちに店も手広くなって　四国の高松より親せきの者だといって二十才ぐらいの男女が来るようになりおひまとなった

また母の言ひなりに幸町の質屋さんにつれて行かれた　その家が又ひにくにも私の学校友だち二年間同じ机をならべた千代さんの家　そのころ質屋さんの質札は上等な紙をつかって有ったか

ら　その不用な紙をムダにしないそれを切ってコヨリをより　それをまた二本合わせて質物を包むヒモによるのである　今でもコヨリは上手だ

千代さんは一人娘で毎夜私が仕事をしている時間となりの部屋で琴のけいこをしている　いちばんいやなことは千代さんが琴の会に行くとき　小さな体に琴をひきずるようにしながら持ちはこびをしていた其時のつらかった事ったらない

そして十六才になり　その頃実母のとついだ岩田伝次郎が島根の浜田から下関へ移ってきて魚の仲買商をはじめたがこれが当たって岩田は下関豊前田遊廓というところで大じん遊びをしていた　その関係で「竹雪」という芸者屋に仲働きと言って　やり手のおばさんが引いた客に相方といって女が上がってきて酒肴をととのえるのを助ける仕事についた　奉公しているより金になる　養父が失業病気をしていたから　四、五日おきに養母が金を取りにくる　親をたすけ島根の祖父母へ送金おこたりなくしていた　十八才の時祖父八十五才でなくなったが其時は帰ることができなかった　十九才にて祖母八十四才で亡くなった　まだ汽車が全通していないので船で長浜へ帰ったのだけれど海が荒れて出航せず一日おくれて帰ったら入かんしてあって　私を待っていたらしくておばあさんと声をかけたら不思議やパラ〱とはな血が出た　二年続けてのなつかしい祖父母との死別　悲しみのうちにも私としては思ひのこしはない

養家の父もまた仕事につき　家計も少し楽になって妹の重子は女学校に行っていた　岩田も近くで義理の姉妹は皆学校に上り教養を身につけていたが私だけはその後も一人ぼっち只もく〱

1989年11月創立 1990年4月創刊

一九九五年二月二七日第三種郵便物認可　二〇一三年二月一五日発行（毎月一回一五日発行）

月刊
機
2013
2
No. 251

発行所　株式会社 **藤原書店**©
〒一六二―〇〇四一　東京都新宿区早稲田鶴巻町五二三
電話　〇三・五二七二・〇三〇一（代）
FAX　〇三・五二七二・〇四五〇
◎本冊子表示の価格は消費税込の価格です。

編集兼発行人
藤原良雄
頒価 100円

近代に警鐘を鳴らす〝世界文学〟の金字塔を打ち立てた石牟礼道子。

遂に、『石牟礼道子全集』全十七巻完結！

近代に警鐘を鳴らす〝世界文学〟の金字塔『苦海浄土』で、水俣病を鎮魂の文学として描ききった石牟礼道子。彼女の小説作品だけでなく膨大なエッセイ群に至るまで余すところなく収める『石牟礼道子全集　不知火』（全十七巻・別巻一）が二月、いよいよ別巻を残して、全十七巻の完結となる。企画から十年以上かけた一大プロジェクトだ。最後の配本となる第十六巻には、新作能『不知火』をはじめ、未発表作品『沖宮《おきのみや》』や新作狂言、歌謡『しゅうりりえんえん』ほか関連エッセイが収録される。

編集部

●二月号 目次●

「石牟礼道子の作品には『持ち重り』がある。」(松岡正剛)

「石牟礼道子ただ一人」

松岡正剛

三・一一のメッセージ

先だって(二〇一一年一一月一二日)の連塾ブックパーティ「本を聴きたい」で、高橋睦郎さんが三・一一以降の日本をなんとかできるのは妹の力であろうこと、いま日本でただ一人だけ詩人を選ぶとすれば石牟礼道子であること、この二つの話をつづけさまにした。

鎮魂? 救済? 女流? それとも災害? 残念? 漂泊? 聞いていた聴衆がどういうふうなことを感じたかはわからないが、高橋さんの語気にただならないものがあったこともあって、会場に静かな決意のようなものが走った感じがした。高橋さんは石牟礼さんが三・一一の生まれだということは知っていてのことだったのだろうか。

ぼくはぼくで、あれはいつごろの句だったのだろうか、おそらく六〇年代後半だったのだろうが、石牟礼さんの「祈るべき天とおもえど天の病む」を思い出していた。あとで仕事場に戻ってから、この句が句集『天』のなかに「死におくれ死におくれして彼岸花」などとともに収録されていることを確かめ、そのまま『はにかみの国』のページを開いて、「こなれない胃液は天明の飢饉ゆづりだから/ざくろよりかなしい息子をたべられない」「わかれのときにみえる/故郷の老婆たちの髪の色/くわえてここまでひきずってきた/それが命の綱だった頭陀袋」をあらためて読んだ。『乞食』という詩だ。これって三・一一のメッセージなのでもある。

その連塾ブックパーティは続いて唐十郎が望憶の声で出てくれて、最後に観世銕之丞が稽古着のまま『頼政』の仕舞を見せたうえ、『智恵子抄』の一節を謡い読みをするというふうになっていた。ぼくはそのため銕之丞さんを舞台に呼び招き、下手のはしっこでその仕舞を見るという段取りだったのだが、銕之丞が立ち位置のまま発声をし、立ち所作を見せ始めると、急にその前の高橋睦郎の「石牟礼道子ただ一人」という言葉が重なってきて、能『不知火』をしばらく脳裡から消すことができなくなっていた。舞台袖に『不知火』を演出した笠井賢一さんが来ていたこともあったかもしれない。

石牟礼さんの「持ち重り」

ことほどさように、ぼくのなかでの石牟礼さんは神出鬼没というのか、複式夢幻能というのか、だいたいは予告なくあらわれて、また理由なく去っていく人なのである。

けれどもシテではない。直面《ひためん》の、すっぴんのワキなのだ。鏡の間から橋掛りをすべってくる無念の思いのシテのため、ひたすらその背後の顛末を言葉と所作として汲み上げていくワキなのである。しかもそのワキは石牟礼さんのばあいは一人ではないし、個人でもなく、むろん個性などに細ってはいない。さまざまな記憶と形象を紡いで消えていったものたちの、その複式夢幻を担う集合能（集合脳ではありません）としてのワキなのだ。だからそこには石牟礼さんの「持ち重り」が生きる。

ぼくはあるときからこの「持ち重り」という言葉にいたく感動して、その後も会う人と石牟礼さんの話になると、必ず「持ち重り」を出してきた。石牟礼道子の詩歌や小説の言葉が美しくも凄いのは「持ち重り」があるからだとか、『あやとりの記』や『おえん遊行』や『十六夜橋』が胸かきむしられるように忘れがたいのは「持ち重り」の響きが消えないからだとか。

もうひとつ、石牟礼さんを形容したい言葉がある。これは「そこを浄化」というものだ。これはぼくが『椿の海の記』について書いているうちに思いついた言葉で、ご本人がそう言っているのかどうかはわからない。けれども、どうしたって石牟礼さんは「そこを浄化」なのだ。そこへさしかかったそこをまずは浄化する。そういう意味合いだが、いや、説明したくはない。ともかく鎮魂であれ道行であれ沈黙であれ、「そこを浄化」なのである。

いま石牟礼さんは、天草四郎を新作能に仕立てている最中だと聞いた。代官鈴木重成も亡霊になるらしい。志村ふくみさんの装束である。なんだかいまからどぎまぎしてしまいそうであるが、きっと今日の日本がどうしても必要なものを聞かせてくれるのだろうと思う。「石牟礼道子ただ一人」がそこかしこで椿するにちがいない。

（後略　構成・編集部）

（まつおか・せいごう／編集工学研究所所長）

「『不知火』は、能として書かれた石牟礼道子の内海の文化論である」(土屋)

石牟礼道子の能と内海のモラル

土屋恵一郎

石牟礼道子さんとの出会い

私は能の興行師であった。批評家ではない。石牟礼道子さんとの出会いは、この能の興業のなかでのことであった。だから私の前にあったのは、石牟礼さんの言葉ではなく、まだ作品とはならない、未だ生まれていない言葉へと起き上がってくるなにかを待つ時間であった。

最初に出会った時、石牟礼さんははっきりと言った。水俣で失われた命を鎮めるためには、もう言葉だけではない、「歌と音楽が必要なんです」。

私にとって水俣は遠い場所であり水俣病についての理解もとおりいっぺんのものであった。石牟礼道子という作家の『苦海浄土』は読んでいても、ユージン・スミスの写真を知っていても、水俣病の患者の、言葉にしてしまえばどんな言葉であっても上っ面のことになる、苦しみ、痛み、そして死も、遠いものであった。だから、私は水俣病について語ることはできなかった。自分の問題として考えることもできなかった。理解することは尊大であり傲慢であると思った。今もそう思うことに変わりはない。理解をこえるほどの苦しみを理解するのは、その苦しみのかたわらにいた者だけである。

私が、石牟礼さんの新作能を舞台にあげ、上演して、最後には水俣の地で上演しようと思ったのは、最初の出会いの時の石牟礼道子さんの言葉に動かされたからであった。「鎮魂のためには歌と音楽が必要です。それも能であってほしい。」

石牟礼さんは静かな声で、東京の水道橋の道ばたに立ち止まって、私に語った。

石牟礼さんが言ったことが、歴史上、能が担っていた役割であった。魂を鎮めることであった。能の主人公は多くはかつての物語の登場人物であり、亡霊となって登場する。能はその魂を祈りによって救済する。能は芸能であって、同時に救済の音楽であった。そもそも芸能は救済の祈りであったことを、能は今に伝えている。

もし、この能が果たす役割を、水俣

病のために亡くなった人々への祈りへとつなげていくことができるならば、能にとって意義がある。私が考えたことはこの程度のものであった。

新作能『不知火』の冒頭の言葉

そして、わずか数カ月で、石牟礼さんは『不知火』という作品を書き上げてしまった。この本の冒頭に出てくる『不知火』が、原作である。読みながら、その言葉が私の声を刺激していることに気づいた。私は謡を習ったことがある。また、長年にわたって能を見て、聴いてきた。能のリズムで気持ちがいいところには反応する。その音楽を感受する器官、耳ではなく、読みながら声へと上がってくる声帯の奥にある器官が、反応している。

原作の冒頭の、主人公不知火の言葉がそもそも音楽として聴こえた。

夢ならぬうつつの渚に、海底より参りて候

素晴らしい。その時は、その言葉は私の声であったが、今、こうして書いている時は、この能の主人公、不知火を舞った、梅若六郎（現・玄祥）の声で聴こえる。

それは、この能の申し合わせの時であった。能は稽古とは言わず「申し合わせ」という。最初に立って「申し合わせ」をしたのは、青山の銕仙会の小さな能舞台であった。梅若六郎が、橋がかり（歌舞伎で言えば、本舞台につながる花道のようなもの）に立って、「夢ならぬうつつの渚に、海底より参りて候」と謡った時、私は本当に全身に電気が走った。鳥肌が立つというところだが、そんなものではなかった。

梅若六郎の声と謡は、現在の能にあって天下一品の声である。柔らかで深く響く。石牟礼道子の言葉が、初めて能役者の声によって語られた瞬間であった。しかし、それはまるで何百年も昔から語られてきたかのように、能の言葉であり、音楽であった。渚から現れた海の精霊であった。その時は、申し合わせなので、六郎は能装束をつけているわけではなく、着流しであった。もちろん能面もつけていない。それでも、ただ声だけで、海の精霊になっていた。

（つちや・けいいちろう／明治大学教授）

世界史の中で見た、日本のアジア外交二千年。

日本のアジア外交 二千年の系譜

小倉和夫

アジアとの抗争の歴史

友好の歴史をひもとくことは、いたって易しいが、抗争の背景を探ることは、なかなか難しい。

たとえば、日中関係にしても、とかく次のような言葉をはく人が多い。すなわち、

「日中関係二〇〇〇年の歴史は、友好の歴史であり、二〇世紀の日中抗争の歴史は、長い友好の史書のほんの一頁にすぎない」

と。しかしこれは間違いである。

義和団事件を除くと、過去、日本と中国は、五回、戦火を交えている。宋朝をのぞけば、中国の主たる王朝あるいは政権のいずれとも、日本は、戦闘行為を行っている（元、すなわち蒙古の日本侵略には、宋王朝の降将、兵士たちも加わっていたことを勘定に入れると、宋朝も例外とは言えぬと言う人さえあるかもしれぬ）。

韓国ないし朝鮮との関係についても、

「朝鮮通信使を通じた、徳川時代の日本と朝鮮の関係を始めとして歴史的には、日韓両国は友好の絆で結ばれていた」

と強調する人たちがいる。本当にそうであろうか。

それも間違いである。

大和朝廷、平安貴族、鎌倉幕府、そして秀吉から明治の初めの征韓論まで、日本の内部では、常に、朝鮮に対する征服、支配、干渉の動きがあった。

「精神的空間」としての国家

今日、日本と中国との間、また、日本と韓国の間は、領土問題も手伝って、緊張関係にある。北朝鮮については、まさに、「懲罰」外交的姿勢が継続されている。

このように、緊張をはらんだ東アジア情勢のなかで、日本のアジア外交の明日のビジョンが求められている。

そうしたビジョンを考えるにあたっては、観察の時間軸を長くのばし、卑弥呼や聖徳太子の外交からも、教訓をえるこ

とが必要に思われる。なぜなら、日本近代のアジア外交が、欧米外交の従属変数になってしまったことの反省の上に立って、新しいアジア外交を再構築しなければならないと思われるからである。すなわち、日本外交が、欧米を中心とする国際社会にどう対応すべきかという課題をつきつけられた「近代」に突入する以前の段階で、日本とアジアがどう向かい合ってきたかを考察してみる必要があるのではなかろうか。

▲小倉和夫（1938- ）

こうして時間軸を長くとって日本のアジア外交の軌跡を追ってみると、第一に浮かび上がってくる点は、日本のアジア外交が、とかく内政上の思惑によって影響をうけ、長期的な観点からの戦略性を欠きがちだったことである。従って、まず、外交と内政のからみあいが、どのような形で、日本のアジア外交に影を落としてきたかが、問われねばならない。

同時に、抗争や摩擦の背景として、国家観や領土観の問題があることに注目せねばなるまい。

今日の竹島、尖閣諸島問題にしても、一見、法的な意味での領土問題に見えるが、実は、その裏には「領土」にまつわる歴史観や国家観の問題が秘められている。一つの国家が、特定の理念、たとえば、抗日や克日といった「理念」を体現すべき精神的空間と見なされた場合、領土にまつわる問題は、そうした「精神」に結び付いた問題となる。裏を返せば、戦略的な外交においては、相手と連携するにせよ抗争するにせよ、国家を、単なる物理的領土としてではなく、ある精神を体現すべき精神的空間と見なすことを基礎としていると考えなければならない。

そうした意味から、本書においては、日本外交の「理念」とアジア外交との関連をまず冒頭で論じたものである。

「日本」をどう認識するか

外交は国益の追求であるという言葉は、言い古された表現だが、一国の外交が、その国の国際的な影響力の増大にあると考えると、そこに当然、思想や道義の問題が入り込む。また、一国の安全保障政策も、防衛力や経済力、さらには技術水準などの要素以上に、国民の意識や守るべき理念や道義の問題が影響する。

日本のアジア外交を考察するとき、そこに流れる思想、価値観、理念といったことも考慮せねばならないのは当然である。ところが、アジア外交と日本の思想との関連については、とかく二つの点にしか焦点があてられてこなかった嫌いがある。すなわち、大東亜共栄圏構想なども含む「侵略的」思想か、西洋植民地主義（あるいは近年では、アメリカとの関係を重視する政策）に抵抗する考えとしてのアジア主義の二つである。

けれども、日本の外交と安全保障政策について歴史をずっと溯って考察すると、問題の焦点は別の次元にある（すくなくとも、別の角度からの考察も必要である）ことがあきらかになってくる。すなわち、そもそも、日本という国家を、アジア（ひいては世界）に対してどのように認識して、外交を展開するのかという視点である。

日本という国家は、とかく一定の領土を持った地理的単位とみなされるか、あるいは、経済圏とみなされるか、あるいは、民族的文化的集団とみなされる場合が多い。しかし、アメリカという国家が、五十州からなる領土的単位である以上に、特定の思想や理念の団体であるように、日本についても、精神的空間としての「日本」という概念が存在するはずである。

いわゆる日本神国論は、日本という物理的領土が、神の特別の恩恵をうけているという意味をこえて、「日本」が一定の思想のもとに成立している空間であるという意味がこめられていると考えねばならない。

日本神国論

日本という国家を精神的空間としてとらえ、そうした精神を守ることこそが日本の安全保障政策ないし外交政策の根本にあるとする思想が、日本歴史上、典型的に現れた例は、日蓮上人の、『立正安国論』であろう。

この書は、文応元年（一二六〇年）に作られ、北条時頼に上程されたものであり、その当時頻発していた自然災害の原因を、法然の唱える念仏宗の流行にもとめ、その禁断と「正法」の流布こそが、日本の国土の安寧につながることを説いたものであることは、よく知られているところである。

外交的に見て、この書が注目に値するのは、「正法」が流布されなければ、他国の侵略を招き、内乱が起こりかねないことを説いた点である。すなわち、ここでは、日本という国家が、「正法」によってこそなり立つ、精神的存在としてとらえられている。

この書が世に出てから数年後に、蒙古から通交を要求する来諜が到来したこともあって、日蓮の書物は、きわめて政治的外交的意味をもつこととなった。すなわち、神仏への祈願が、国防上重要な施策の一つと考えられ、現に、鎌倉幕府も、各地の寺院に祈願を呼びかけたこととあいまって、この日蓮の思想は、日本を神聖な国として守護しようとする思想へとつながっていった。

ここでは、外交上、あるいは安全保障上の理由から、国内の精神的ひきしめが必要であり、同時に、国内の内部の反対勢力を、外敵と同一視してゆく精神的メカニズムが働いていた。また、宗教論争が、高度に政治化されたことは、外交と思想が、密接に結び付いていたことを示している。


そしてそのことは、さらに言えば、時の政権が、権力や軍事力の中心であるばかりでなく、特定の思想的権威を授けられた主体であることを示すことにもつながるのであった。

こうした観点にたてば、日蓮上人本人の元来の意図はともかく、『立正安国論』は、外交と内政双方をにらんだ政治的思想にほかならなかった。

元来日蓮の考え方によれば、現世は、法（宗教的教え）を実現すべき場所である。従って社会なり、国家なり、そうした単位は、一種の宗教的単位となる。神国思想は、政治的に見れば、国家を理念なり思想空間とみることである。

そうなると、日本は神国である以上、その中での争いやけんかは控えるべきことになり、また国家の安全保障と精神的ひきしめは同一次元で捉えられることになる（国内の争いは、神国の中ではさし控えるべきとの主張は、例えば一二三六年の石清水八幡宮と春日社の水をめぐる争いの際にも見られたといわれる）。

このような、神国思想の政治的機能は、一九三〇年代においても垣間みられたところである。治安維持法の実施、日本の植民地における神社参拝の奨励や強制などは、戦時体制に突入しつつある日本が、自らを一つの精神的空間として定義づけることと並行していたのである。


（おぐら・かずお／青山学院大学特別招聘教授）

仏第一級の経済学者であり、レギュラシオンの旗手がユーロを斬る！

ユーロ危機とは何か

山田鋭夫
植村博恭

ユーロ危機は世界経済の問題

膨大な赤字が発覚したギリシャの財政危機が耳目を引いたのも束の間、危機はやがて他の南欧諸国に飛び火し、さらにはユーロ圏全体へと拡大した。そのユーロ危機は現在、新興経済諸国や日本経済にも暗い影を落とし、アメリカ経済の不振や不安要素とあいまって、世界経済全体を沈滞の淵に追いやっている。ユーロ危機は、たしかに一時のパニック状態からは一息ついたのかもしれないが、しかし今、深く静かに世界経済の根幹を侵食しつつあるといってよい。

ユーロ危機は、たんなるユーロの危機というだけの独立した事象ではない。もちろん、本書でも分析されているように、ユーロ圏に固有な構造的弱点がこの危機を招いた一因であることは否定すべくもない。しかし、そのユーロ圏は同時にアメリカ発の金融グローバリゼーションのなかに組み込まれていたのであり、今日のユーロ危機を、二〇〇八年のあのリーマン・ショックに端を発する世界経済危機の一環をなすものとして、しかもその集中的表面化の場として捉える眼が必要であろう。そうだとすればユーロ危機は、ひとりヨーロッパに尽きない世界経済全体の問題であり、また一時的な喧騒に終わるのでなく、今後も長く尾を引く深刻な構造的危機の今日的な波頭をなしているのであろう。

このような深刻な状況のなかで、あのロベール・ボワイエは、いかなる診断をくだしているのか。これは、レギュラシオン理論――調整（レギュラシオン）の分析とケインズ派マクロ経済学とを統合した独自の制度経済学――の読者だけでなく、一度はフランスの経済学者ボワイエの名に接した読者みながもつ問いかけであろう。ロベール・ボワイエは、一九八〇年代以来フランス・レギュラシオン理論の指導的経済学者であり、ミッテラン政権、ドロール欧州委員会など、欧州統合に向けたフランス左派のプロジェクトをつねに理論的にリードしてきた。一九八〇年代に欧州統合が本格的に始動してから三〇年、いまロベール・ボワイエは欧州の現在に何をみているのであろうか。

ボワイエの独自なユーロ危機分析

ユーロ危機論をめぐっては、すでに数々の解釈が提起されている。例えば、ポール・クルーグマンも、ユーロ危機はたんに放漫財政によって引き起こされたものではなく、ユーロの創設それ自体によって引き起こされたものだと厳しく看破している。本書におけるボワイエの分析は、これと共通するところがあるものの、レギュラシオン理論の指導的論客らしく、単一通貨ユーロのもとでの各国経済の調整様式の異質性とEU内の国際的ガバナンスの政治過程にまで踏み込み、他にはない独自なユーロ危機分析を提供している。ボワイエの分析のオリジナリティについて、いま少し詳細に確認しておこう。

▲R・ボワイエ（1943- ）

経済学・政治・グローバル金融

第一の独自性は、**ユーロ危機の原因について**、それはギリシャの放漫財政のせいで起こったのだといったような、表層的かつ単一原因論的な議論を退けて、主として**三つの要因の複合的結果として危機原因を析出した点**にある。本書の原文は、「ユーロ圏の制度的ミスマッチを克服すること――伝統的経済学はこれを看過し、一国中心の政治はこれに火をつけ、グローバル金融がこれに油を注いで暴き出した」と題されているのだが、副題にあるとおり本書は、「**経済学**」（市場原理主義的経済学）、「**政治**」（ユーロ圏内での自国利害中心の政治）、「**グローバル金融**」（金融イノベーションを武器としたあくなき金融収益追求）の三要因が複雑に入り組んだプロセスの産物として、ユーロ危機を分析している。とりわけ、危機をもたらした重要な一原因として、実物的景気循環論に代表される「新しい古典派経済学」の知的失敗の責任がきびしく問われている点は、本書の大いなる特徴をなしている。

レギュラシオン理論の強み

第二に、ユーロの創設以降のヨーロッパ経済の構造変化に関する、各国の調整様式をふまえた分析は、まさにレギュラシオン理論の強みを存分に発揮するものである。すでに多くの経済学者によって指摘されているように、最適通貨圏理論の観点からすれば、財政移転メカニズムの不備、労働移動の不完全、顕著な非対称的ショックの存在など、ユーロ圏は単一通貨導入のための条件を満たしていなかった。にもかかわらず、各国が共通の理念を持ち共通ルールに従うことで、単一通貨の条件が満たされていくだろうという楽観論が支配した。しかし、ユーロ導入後現実に起こったことは、北部ヨーロッパと南部ヨーロッパの間での貿易収支不均衡の非対称的拡大であった。これが南部ヨーロッパの国々の政府赤字を拡大させていった。しかも、リーマン・ショック以降、国際金融界は、ギリシャだけでなく他の南部ヨーロッパ諸国の国債にも異常な低価格をつけるようになり、それに対応して長期利子率の急上昇がもたらされた。これが、国家債務危機をさらに悪化させ、こうして悪循環が加速していったのである。ボワイエの特徴は、このような考察を、各国の調整様式の異質性の分析にまで掘り下げている点にある。ドイツは、強い国際競争力を有する製造業をもち、賃金調整もうまくいっている。これに対して、南部ヨーロッパの国々は、競争力ある製造業をもっておらず、単一通貨のもとでは賃金の切下げや緊縮財政を余儀なくされているが、これは国内の分配をめぐる社会的コンフリクトを一層激化させる。単一通貨のもとでの生産コスト削減という「内的減価」（事実上の通貨切下げ）は、まさに南部ヨーロッパ諸国の社会に強い圧力となって作用し、その多様な調整様式の機能不全を助長させているのである。

経済決定論を排して

第三に、危機のもとでの政治過程の分析についても異彩を放っている。何よりも、ドイツ的思考に基づく債務国への安易な緊縮政策の押しつけに対して警鐘を鳴らすだけでなく、欧州連合の各種諸機関の機能不全ないし相互撞着の実態が暴き出され、要するに、危機に対して、また金融界の投機的動きに対して、EUが政治的・行政的に対応しきれていない点がするどく糾弾されている。危機対応におけるこうした「政治」的側面の強調は、そのまま、危機脱出における「政治」の役割の強調へとつながる。すなわち、危機脱出の議論でしばしば見受けられる「ユーロの終焉か、ヨーロッパ合衆国か」といった性急な二者択一的思考を排し、また危機脱出のための政治はすべからく「経済」のロジックなるものに従うべきだという安易な経済決定論的議論を排して、本書は、危機脱出における「政治」の果たす役割を強調し、その「政治」いかんによって多様な将来的可能性があることを示唆する。

危機の深刻さと未来への希望

第四に、危機への対応と危機脱出策についてもう少し立ち入ると、ボワイエは欧州中央銀行の強いイニシアチブのもとで緊急に金融を安定化させ、同時にEUレベルの合意形成のもとに財政連邦主義の方向へと踏み出すことを示唆しているが、それを実現するプロセスについては、きわめてリアリストである。欧州委員会、欧州理事会、欧州中央銀行、**各国政府、金融界といったEUにおける様々なアクター間での複雑な国際的ガバナンスと現実のきびしい政治過程が決定的に重要だ**というのである。政治過程の対応の遅れは、金融不安定を加速させる。ここには、レギュラシオン学派の中堅研究者B・アマーブルやS・パロンバリーニによる近年の欧州政治過程の分析の成果が生かされている。だが、本書のボワイエは、ユーロの将来について驚くほど慎重である。そこに、われわれはユーロ危機の深刻さをみてとることができる。しかし、一九八〇年代のジャック・ドロールの時代以来一貫して欧州統合を、それも「社会的な欧州」の実現を目指してきたボワイエが、「**ユーロ崩壊は唯一のシナリオではない、多様な構図に開かれた未来がある**」としめくくるとき、そこにあるのは、まさにユーロピアンであるボワイエの不屈の信念と希望である。

(やまだ・としお／名古屋大学名誉教授)
(うえむら・ひろやす／横浜国立大学教授)

岡本太郎は、あの顔・仮面を描きながら何を見、何者と闘っていたのか

岡本太郎の仮面

貝瀬千里

晩年の作品に頻出する「顔」

強い瞳。その身振りや言葉、作品にのぞく多くの「顔」が焼きつけるように印象に残った岡本太郎（一九一一〜九六年）。絵画や彫刻はもちろん、舞台や映画美術、パブリック・アートや壁画、椅子のデザインなど、奇妙な顔は四方八方にのぞく。眼を大きく見開いて「芸術は爆発だ！」と叫ぶ、その身振りと姿が日本中に知れ渡った。

自由奔放な「芸術」を大衆に印象づけ、挑戦的な文化批評を展開した岡本太郎。彼はなぜ、これほど多くの「顔」をつくり出したのだろうか。金色の鳥のような顔と怒った「太陽の顔」が上下につく《太陽の塔》（一九七〇年）。赤いチャックの怪獣が大きな眼を開く《森の掟》（一九五〇年）。巨大な白い骸骨の面《明日の神話》（一九六九年）。白いゆらめく布が仮面と見立てられた《マスク》（一九八五年）。幼心が感じる仮面の精霊《幼神》（一九七五年）など、明らかに仮面を意識した作品も多い。

しかし実は、初めからそのような「顔」が描かれていたわけではなかった。一九三〇年代のパリで本格的な画業を開始した岡本は、パリ時代には「顔」をほとんど描かず、描いても印象薄だった。しかし戦後一九五〇年頃から、絵画には大きな眼のアニメーションのような動物や人体が跳躍し始める。さらに一九六〇年頃からメタモルフォーゼが繰り広げられ、多種多様な身体が生み出される。一九七〇年以降はまさに「顔」の大舞台となり、実に絵画作品の八割以上に「顔」が描かれるか、タイトルが仮面・顔と直接関係するものになっていた。

人間存在そのものを問う

岡本の作品に現れる多くの「顔」には、一点一点異なる表情があり、違うといえば皆違う。しかし抽象化され、増殖するように繰り返された「顔」は、反復の印象も強かった。そしてその印象が、どうやら晩年の評価に影を落としている。カメラの前で、手と眼をひらいて「爆発」

のジェスチャーを繰り返したように、制作においても自己模倣に終始したと評され、表現されればされるほど、岡本自身の「顔」――芸術家としての面子――は危機に瀕していった。

◀顔（一九六八年）

その反面、何かを暗示するように、「顔」がそれほど現れない二十〜三十代の作品は、美術的評価の割合と高いものが多い。

「顔」が頻出する晩年の作品は、今でもほとんど評価されていない。それでも岡本の言述を追っていくと、明らかに「顔」は、人間存在そのものを問う根源的なテーマに通じていた。その挑発的な「顔」によって、岡本は、近視的で時代制約的な思潮や流行、あるいは認識のステレオタイプからはみ出すリアルな知を、身体を通じて触発しようとしていたようでもあったが、その意図がくみ取られ、思想的な変遷と合わせて評価されることは大変少なかった。ましてやその「顔」に、晩年の思想的な深化を指摘する者はゼロに等しい。

近年、岡本の著作の読み直しが進められ、その視点と発想の魅力が再評価されてきている。早くは、評論家・針生一郎（一九二五〜二〇一〇年）によって「近代日本の生んだもっともユニークな思想家のひとり」と評され、最近では、一面的に統一化された日本文化史観を問い直し、いくつもの源流と文化の多層性を指摘した、岡本の嗅覚の鋭さが赤坂憲雄によって再評価された（『岡本太郎という思想』）。

岡本は、あの顔・仮面を描きながら何を見、何者と闘っていたのか。人間の生や社会を鋭く問い、見つめ続けた岡本太郎だからこそ、その「顔」の理由を問わなければならない。本論はそのための試論である。

（かいせ・ちさと／新潟市職員）

歴史小説、政治小説、エッセイ、私小説、叙事詩を合わせた綜合的創作の試み

下天《けてん》の内

大音寺一雄

人の世と人間存在の曼陀羅図絵

有縁・無縁、重なり合って織りなす人の世と人間存在の曼陀羅図絵——第一部はそれを、現代に先だつ世に即して把えようとしたものである。

三作はそれぞれ独立しているが、相互に内在的連関がある。三作を通じて複雑・微妙に結びついている人間関係の把えがたさは、「前世の因縁」とでもいっておくしかないようなものである。

しかし、その前世と今生を貫いている一本の「棒のごときもの」がある。理義を求め理義に従うという精神である。それは、人を人たらしめ、時代を超えて人と人とを結びつける。

第二部「無縁私記」は、血縁に結ばれて本来支え合う筈の者がそうならず、たがいに孤立を深めて行く無残——これはそれを招いた無意識の暗黙のはたらきと、その罪を把えようとした自伝的小説であり、母と姉に手向けた mourning-work（喪の仕事）である。

罪の問題は、日本の民衆の深層意識、さらにいえば日本文化の古層に潜むものではないかと思うが、ここでも二作は独立したまま結びついており、一部と二部にも内在的連関がある。

母と子、姉と弟の内面の苦渋を、自分を軸としていわば微視的にとらえようとした「第二部」に対して、「第一部」は、現代の背景である前の世をあらかじめ巨視的に見ておくことで、「第二部」が三名の生の浮沈の単なる主観的記述に陥るのを防ぎ、それを「下天の内」なる巨きな客観的世界内の一事態として把握する上での支えとした。

あえて言えば——

一「下田のお吉」は「歴史小説」、二「兆民檻褸」は「政治小説」、拙文はそれに三エッセイ、四 私小説、〈拾遺〉「叙情詩」を合わせた綜合的創作の試みである。

第二部「無縁私記」より

母はさびれた田舎町の病院の一室で死

んだ。

いよいよとなって、四人部屋から畳の敷いてある二階の個室に移って十日あまり、病人の傍に妻と交代で寝泊りした。

流動食がわずかに通るような状態でも、日に何度も溲瓶のせわが必要だった。旧式の石油ストーヴの青い火は一晩中揺らいでいたが、三月初めの夜の部屋はまだ寒く、布団の裾をまくると手早く用器を差し込む。それがたびかさなると私の扱いはかなりぞんざいになっていたかもしれない。

画・作間順子

それでも母はそのたびごとに、やせ細った腰をなんとか少し浮かせるように努めながら、『すまないね、あんたにこんなことまでさせて……』と、何度も同じことばを繰り返していた。

わけがあって、小学校五年の時、九つ年上の姉のところへ引取られることになった。昭和十四年の秋、姉はかぞえでまだはたちになったばかり、綾子といった。

以後、そこで育てられ、大学まで出してもらったのだから、文字通り母親代わりの姉だった。

結婚してその許を離れてからは三人別々に暮していたが、やがて母の世話をしなければならなくなった時、私はもう五十に手のとどく歳になっていた。

風が冷たい冬の朝、母はわずかな身のまわりのものだけを持って越してきた。帯地でも解いて作ったらしい綿入れのチャンチャンコを着て、老犬を一匹連れていた。犬好きで犬はそれまでにも何匹か飼っていたが、名前はいつもジョンといった。


（後略　構成・編集部）

（だいおんじ・かずお（本名・北田耕也）／明治大学名誉教授）

リレー連載　今、なぜ後藤新平か　89

後藤新平の「心ばえ」

春山明哲

カーネギー平和財団、ビーアドへの配慮

一九二一（大正一〇）年四月一日、日比谷図書館において米国・カーネギー平和財団から寄贈された図書一八二八冊の授受式が挙行された。今澤慈海日比谷図書館長の開会の辞で始まった式では、財団代表や米国代理大使のほか、後藤新平東京市長が挨拶している。後藤はこの前年一二月、渋沢栄一らの粘り強い要請を受け東京市長に就任した。

写真で見ると式典の雰囲気がよく伝わってくるが、おそらくこのような国際的なイベントは市立図書館にとって初めてのことではなかったか。図書館に光をあてようという後藤の配慮もあったかも知れない。面白いのは翌一九二二年七月にカーネギー財団からまた手紙が届いたことで、その趣旨は、後藤市長が送ったお礼状と物品に対するお礼であった。書簡が収められた「スクロールと優雅なる包装とは、当財団記録所に保管仕り」久しく記念したい、とのことであった。この日英両文の後藤の礼状とは後藤が花押を施して、緞子に貼り込み表装し、象牙の軸で巻物とし、さらに古代紫の紐を用いて桐の箱に入れ、古代紫房付の紐で結ぶ、という大変凝ったものであった。『市立図書館と其事業』の大正一二年一月号には、それらの写真が掲載されている。

このような後藤新平の「心ばえ」は、昭和二年八月三一日付けの東京市政調査会長・後藤新平からチャールズ・ビーアド博士への報告にも感じられる。昭和三三（一九五八）年に東京市政調査会が編集・発行した『チャールズ・A・ビーアド』に資料として収録されているこの報告は、ビーアドが初来日した一九二二年九月から五年後の一九二八年にビーアドに送られ、一九五五年メアリー夫人が編集した“The Making of Charles A. Beard”に“A Five-Year Report by Viscount Goto”として掲載されたものの翻訳である。

これは、ビーアド来日以来「五年の歳月は貴下の御寄与をして如何なる成果を齎らしめたるか。小生は此の点に関して此の際若干のご報告を申上げ」、合わせ

て市政の現状と東京市政調査会の事業の一端を知らせたい、という趣旨の報告であった。この報告は相当の長文であり、また、ビーアドの滞日中の行動や講演が直接間接にどう影響したのかを、新聞や雑誌の論説や記事、専門家の著書を引用するなど、きわめて実証的に述べている。例えば、その中には大阪市長・関一の「市政調査研究の急務」、田川大吉郎の『都市政策汎論』などがあり、また、後藤のコメントが添えられているのも興味深い。私が驚いたのは五年の歳月を経過してなおビーアドにこのような調査報告書を作成して送る後藤の配慮である。

▲カーネギー国際平和財団寄贈図書授受式（壇上は後藤新平）1921年4月1日

震災記念堂の建設

「後世児孫をして永く之を記憶せしめ、斯る不慮の天災に処する途を考慮せしむることは、独り児孫の為めのみならず、亦犠牲者を安慰するの道なり」。関東大震災の翌年、一九二四（大正一三）年八月、東京震災記念事業協会設立趣意書の一節である。永田秀次郎東京市長を会長とし、渋沢栄一、後藤新平、阪谷芳郎を顧問として設立されたこの協会は、「全市中最も惨禍を極めたる本所区横網町陸軍被服廠跡に、記念堂を建設」し、犠牲者を永久に追弔すると共に、「不言の警告を百世に垂れんと」企図したのである（『渋沢栄一伝記資料』第四九巻所収『被服廠跡』より）。一九三一（昭和六）年完成した記念堂の庭にある高さ九尺五寸、径五尺五寸の石造大香炉の背面には故子爵渋沢栄一、故伯爵後藤新平をはじめとする芳名が列記されていたそうである。現在東京都慰霊堂となっている横網町公園には見当たらないが、帝都復興に協力した後藤と渋沢が手を携えて「不言の警告」を後世に遺そうとした「心ばえ」はいかなるものであったろうか。

一九二三（大正一二）年四月、母利恵の死去に伴いその霊前に捧げるべく後藤が再刊した『訓誡和歌集』には、米国に外遊した後藤の門出をことほぎ「九五歳利恵子」が贈った歌が載っている。

梓弓ひく手はいかにつよくとも　的つらぬくは心なりけり

後藤新平の心ばえの源のひとつは、この後藤家の庭訓にあったのではなかろうか。

（はるやま・めいてつ／早稲田大学台湾研究所）

Le Monde

■連載・『ル・モンド』紙から世界を読む　119

ユナイテッド・ステイツ・オブ・マリファナ

加藤晴久

保守的なピューリタンのアメリカというステレオタイプをくつがえす現象がいくつも出現している。無神論者であることを公言する者が増え、多くの州で同性婚が公認されている。マリファナ合法化の動きは象徴的だ。二〇一二年一一月六日、コロラド州とワシントン州が住民投票でマリファナ使用を合法化した。

実はすでに、これら二州を含む一八州で、医療目的であればマリファナの使用は認められていた。公然と栽培され、医師の処方箋があれば自由に購入できた。コロラド州は住民の健康が優良であることで知られている州のひとつだが、特別許可証をもつ一〇万七千人の「患者」がスターバックスの店舗よりも数多く存在する専門薬局でマリファナを自由に入手していた。その売上高は二〇一二年、二億ドルと推定されている。州当局の税収入も相当な額だった。

合法化以後は、タバコとおなじく公共の場では禁止、車の運転も制限付きだが、二一歳以上の者なら自由に消費できる。大麻そのものの栽培・販売だけでなく、マリファナ入りのチョコレート、穀物、ホットドッグ、ドリンクのビジネスも活況を呈する気配だ。フィリップ・モリス社などタバコ会社も参入を狙っている。

国レベルではマリファナは禁止されている。しかし一〇月に実施された世論調査では五一%が合法化に賛成だった。一九七二年には賛成二〇%だったのと比べれば趨勢は明らかだ。法務省は、連邦法は州法に優先すると指摘はしたが、放任の姿勢らしい。世論調査では六四%が連邦政府の介入に反対している。第一、若い頃はマリファナをおおいに吸ったものだと、大統領に選出される以前、オバマ氏みずから公言していた！

以上、昨年一二月二七日付『ル・モンド』の記事「ユナイテッド・ステイツ・オブ・マリファナ」と三〇日付の記事「リバータリアンの波がアメリカを変えている」を紹介した。

マリファナ「風味」のケーキやドリンク、タバコを日本人旅行者が国内に持ち込むのを空港で阻止できるのだろうか。

（かとう・はるひさ／東京大学名誉教授）

リレー連載　いま「アジア」を観る　121

怨と縁で結ばれるアジア

李相哲

上海市虹口《ホンコウ》区にある魯迅公園（元虹口公園）の片隅に目立たない石碑が一つ立っている。尹奉吉《ユンボンギル》という韓国人青年の「義挙」現場を標す石碑だ。尹奉吉とは何者なのか。一九三〇年朝鮮半島から中国に渡り、一九三二年四月二九日、この公園で挙行された天長節祝賀会に爆弾攻撃をしかけた青年である。爆破で上海日本人居留民団行政委員長の河端貞次や上海派遣軍司令官白川義則大将はじめ多くの日本人が死傷した。

その場所に記念碑が建立され、資料館も作られた。一八九六年イギリス人園芸家が設計したこの公園は当初「虹口娯楽場」と呼ばれ、園内には賭博場が設けられていた。周辺には日本人が多く住んでいたので当時は「日本租界」と呼ばれることもあった。上海内山書店店主の内山完造（後の日中友好協会理事長）や小説家として一世を風靡した魯迅もこの付近に居住していた。二人は親交の深い間柄だったという。おそらく公園の中や周辺を一緒に散策することもあっただろう。

爆弾事件が起こったとき魯迅は存命中だったから、さぞ驚いただろう。自分が散策に訪れる場所で血にまみれたテロが起こったというから。尹奉吉に爆弾攻撃を指示したのは当時上海を拠点に活動していた大韓民国臨時政府（亡命政権）の首班金九《キムグ》である。亡命政府の国務領（内務大臣）、主席を歴任した人物。一九三二年昭和天皇暗殺を狙った桜田門事件を指示したのも金九である。爆弾事件後、蔣介石は金九に五回会っている。蔣介石の目に金九はどう映ったのだろう。ひょっとして今でいうテロリストとして映ったのかもしれない。それを確かめるため米国スタンフォード大フーバー研究所を訪ねたことがある。金九やアジアを知る手がかりとなる蔣介石日記が所蔵されているからだ。蔣介石は二八歳より八五歳で亡くなる直前までほぼ一日も欠かさず日記を書いた。

アジアは調べていけば行くほど様々な形で絡みあっているなと、しみじみと感じる。

（り・そうてつ／龍谷大学教授）

連載　女性雑誌を読む　58

『女の世界』（一二）

尾形明子

『女の世界』は、実は、調べながらの同時進行で書いている。これまでも、資料として手にしていたが、一九一五（大正四）年五月から一九二一（大正一〇）年八月まで、全七六冊と思われる全体像を摑むことは難しい。私が目にしているのは日本近代文学館所蔵が中心だが、五巻から六巻に亘って九冊の欠本がある。

漠然とした全体像の中で、見えてきた部分をランダムに追う作業は、研究者としてはルール違反なのかもしれない。が、『女の世界』には、それでも追いかけてみたいと思わせる魅力がある。大正がその底辺で陽炎のように揺らす淫靡な魅力とでもいおうか。

知識、文明、教養、正義——はもちろんすばらしいが、それらに惹かれる同じ人間が、好色、猥褻、野卑、悪——に惹かれてどこが悪いか、という居直りが、この雑誌の基調にある。

『青鞜』『ビアトリス』はもちろん、『婦人公論』や『女性改造』、あるいは『主婦之友』等にも、決して浮上してこない大正という時代を感じる。

一九一六（大正五）年五月一〇日発売の『女の世界』は一周年記念の定期増刊号として「地方の女」を特集する。増刊の意図を社長の野依秀一は「帝国勢力の膨張」にしたがって、遠隔地への移住、結婚が増加したこと、そのためにも各地の人間性の理解が必要であると説く。さらに情熱を込めて、「田舎の女」は都会の華美に染まることなく、「色情を制御」し、質朴であるべしと主張し、「労働に従事し自ら汗して自ら衣食する女の階級を眼下に卑視《みく》だす」都会の貴婦人の罪悪を縷々述べている。男女を問わず有閑階級批判として興味深いが、なかで『女の世界』を「僕の刊行主宰する変態婦人雑誌」と称する。本音がこぼれたのだろう。

各地の名流夫人から芸者まで、幅広く地方の女がルポされていて面白いが、この号の圧巻は三六ページから七九ページまで、上部三分の一を占めて編纂された〈大正婦人録〉である。いろは順に、作家、歌人、編集者、名流婦人、画家、さらに名妓、一八四人の女性が名を連ねている。

（おがた・あきこ／近代日本文学研究家）

■連載・生きる言葉 68

明治に始まった口語体文章は昭和初頭に完成した。

粕谷一希

明治年間、島崎藤村や北村透谷、三遊亭円朝に始まった口語体文章は昭和初頭に完成したという。その文章がどこに載っていたかどうしても思い出せないが、面白い見方だと思う。

昭和初年といえば、『侏儒の言葉』の芥川龍之介、『藤十郎の恋』『忠直卿行状記』の菊池寛、そして『路傍の石』『真実一路』そして『心に太陽を持て』の山本有三、そして『女給』『神経病時代』の広津和郎があげられるかもしれない。

たしかに、風俗への新しい感覚と内容の面白さ、分析が一体となって、口語体の文章は自由自在に人間と世界を活写した。菊池寛に育てられた横光利一、川端康成もそうした視点からも眺められる。横光は『春は馬車に乗って』『機械』、川端は『伊豆の踊子』『雪国』。また『人生劇場』の尾崎士郎、『土と兵隊』の火野葦平、『放浪記』の林芙美子などもはいってよいかもしれない。

第一回の芥川賞の石川達三の『結婚の生態』、丹波文雄の『闘魚』なども読ませる。戦後映画化がもっとも多かった石坂洋次郎の『若い人』、島木健作の『生活の探求』も転向小説でありながら、読ませる技術も高い。火野葦平も転向者であることを今回初めて知った。また「翻訳工場」を称えた大宅壮一の『千夜一夜』など戦後の活躍を暗示させるものをもっている。太宰治や坂口安吾もこうした流れの中に入れてよいかもしれない。

扇谷正造の『週刊朝日』によって週刊誌時代がつくられるが、週刊誌時代のヒーローたちは、井上靖、松本清張、司馬遼太郎の三人をまつべきかもしれない。この三人によって、日刊誌、週刊誌、月刊誌と全メディアを踏破する全能作家が生まれたのである。また、『話の泉』の常連たちは文章と同時にラジオで視聴者となじんでいた。テレビ時代の作者たちもこのころから準備されていたのである。ラジオ、テレビ、インターネットの活用術はもっと研究されるべきだろう。相撲、柔道、野球、サッカー、オリンピックと世界は廻り始めたが、これが平和というものだろうか。

（かすや・かずき／評論家）

連載　風が吹く　60

神々しい笑顔

高 英男氏　20

山崎陽子

高英男さんと最後にお会いしたのは、亡くなられる半年ほど前の朗読ミュージカル（三越劇場）の楽屋だった。

いつものように、マネージャーの佐々木さん（通称マルちゃん）とおいで下さったのだが、前回、紀尾井ホールでの公演に来られた時の、あまりに弱られた高さんに衝撃を受けただけに、車椅子で来られると聞き胸が騒いだ。開演前に楽屋に来られるとの連絡に、森田克子さんと私は楽屋口に急いだ。（高さんは、朗読ミュージカルの達人森田さんがご贔屓だった）不安な思いで駆けつけた私たちは息をのんだ。綺麗に整えられた髪、ピンと伸びた背筋、お洒落ないでたちの高さんは、生気漲る輝くばかりの笑顔で、車椅子が冗談のように見えた。高さんは、澄んだ眼差しで私たちを見つめ「楽しみにしてますよ」と力強く手を握った。その表情には『神々しい』という言葉が、何よりもふさわしく思えた。

二〇〇九年七月二十三日、帝国ホテル孔雀西の間で高さんを偲ぶ会が催された。高さんの交友関係がしのばれる多彩な出席者で、大広間は埋め尽くされていた。特に親交の深かった石井好子さん、ペギー葉山さんはじめ、スピーチも多士済々。高さんの人となりが浮き彫りにされ、大スクリーンには、高さんの舞台の数々が映し出された。往年の活躍ぶりを知らない世代にとっては、想像を絶する絢爛豪華なステージで、驚嘆する人、目を潤ませて懐かしむ人の、入り混じった溜息や歓声が、巻き起こった。

宴の終わりに、高さんを支え続けた佐々木さんに感謝を、という声が沸きあがり、ステージに招かれたが、佐々木さんは、広間の後方で、皆の拍手にも呼びかけにも、首を振るばかりで、ついに応じなかった。「私は何もしてません。高さんのお陰で幸せを沢山いただきました」と呟きながら。

別れ際、「ホテルの方が、最後まで誰ひとり中座しなかったのは珍しいって」佐々木さんは心から嬉しそうに、晴れやかに笑った。

（やまざき・ようこ／童話作家）

連載

漱石と海鼠

帰林閑話　218

一海知義

海鼠と書いて「なまこ」と読む。漱石に次のような句がある。

安々と海鼠の如き子を生めり

長女筆《ふで》誕生の日の作で、明治三十二年五月三十一日、時に漱石三十三歳。

後に紹介するように、海鼠は冬の季語として漱石の他の句にも出て来るが、小説や論文の中でも、海鼠を比喩としてよく使っている。『吾輩ハ猫デアル』にも、海鼠は二、三度登場するが、そのメモの一つ（いわゆる「断片」三三）にいう。

海鼠を食ひ出した人は余程勇気と胆力を有して居る人でなくてはならぬ。少なくとも親鸞上人か日蓮上人位な剛気な人だ。河豚を食ひ出した人よりもえらい。

また『虞美人草』に、「海鼠の氷つた様な」という表現が見え、最近の全集の注では、「不得要領で冷やかなさま」と説明し、参考として去来の句「尾頭の心許なき海鼠かな」を引く。

漱石はこの句が気に入っていたのか、『トリストラム・シャンデー』についての論考の中で、「尾か頭か心元なき海鼠の如し」と、ほぼそのまま使っている。更に他ならぬ自作の小説『吾輩ハ猫デアル』について、上編・自序にいう。

此書は趣向もなく、構造もなく、尾頭の心元なき海鼠の様な文章である……

海鼠のえたいの知れぬ所を好んだのだろう。次のような句にも、海鼠が顔を出す。

海鼠哉よも一つにては候まじ

古往今来切つて血の出ぬ海鼠かな

西函嶺を踰えて海鼠の眼鼻なし

何の故に恐縮したる生海鼠哉

発句にもまとまらぬよな海鼠かな

（いっかい・ともよし／神戸大学名誉教授）

一月新刊

日中米の関係を歴史的に問い直す！

学芸総合誌・季刊【歴史・環境・文明】

環　Vol.52　'13冬号

〔特集〕日・中・米関係を問い直す

〈対談〉「日・中・米関係」の常識を問う――アメリカとは何かIII　宮脇淳子＋倉山満

〈寄稿〉伊奈久喜／王柯／小倉和夫／川勝平太／川満信一／木村汎／高銀／榊原英資／田村秀男／中嶋嶺雄／朴一／R・ボワイエ／松尾文夫／松島泰勝／三木健／山本勲／渡辺利夫

〔小特集〕胎児性水俣病患者の現在

加藤タケ子／加賀田清子＋金子雄二＋長井勇＋松永幸一郎＋渡辺栄一＋山添友枝＋永本賢二

〔小特集〕大東亜戦争論の系譜

岡本道雄＋市村真一／W・トローハン

〈シンポジウム〉チャールズ・ビーアドと後藤新平
〈シンポジウム〉現代文明の危機と人類の未来
〈インタビュー〉伊東俊太郎
〈寄稿〉D・ラフェリエール／V・モロジャコフ／市村真一／安里英子

〈書物の時空〉岡田英弘／星寛治／角山榮／小林登ほか
〈書評対談〉『シモーヌ・ヴェイユ』鈴木順子＋赤坂憲雄
〈短期新連載〉柳田国男の祖母、小鶴詩稿（門玲子解説）
〈連載〉石牟礼道子／金子兜太／赤坂憲雄／新保祐司／山田國廣／三砂ちづる／河津聖恵／能澤壽彦

菊大判　四一六頁　三七八〇円

従来の中国史を書き換えるシリーズ、発刊!!

岡田英弘監修
清朝史叢書　発刊！

康熙帝の手紙

岡田英弘

在位六一年、大清帝国の基礎を築いた康熙帝（一六五四－一七二二）。三度のモンゴル遠征のたびに、北京の皇太子に送った愛情溢れる満洲語の自筆の手紙を紹介しながら、当時の東アジア全体を見渡す歴史絵巻を展開！

四六上製　四七二頁　三九九〇円

預言者トッドの出世作！

最後の転落

ソ連崩壊のシナリオ

エマニュエル・トッド
石崎晴己監訳　石崎晴己・中野茂訳

アメリカの金融破綻を預言したE・トッドの処女作の完訳！　一九七六年、弱冠二五歳にしてソ連の崩壊を、乳児死亡率の異常な増加に着目し、歴史人口学の視点から預言。本書は九〇年（ソ連崩壊一年前）新版の完訳で、ソ連崩壊のシナリオが明確に示されている。

四六上製　四九六頁　三三六〇円

人びとの怒り、苦悩、未来へのまなざし

〈大石芳野写真集〉

福島 FUKUSHIMA 土と生きる

戦争や災害で心身に深い傷を負った人びとの内面にレンズを向けてきたフォトジャーナリストの最新刊！　土といのちを奪われた人びとの怒り、苦悩、そして未来へのまなざし。

小沼通二・解説　二色印刷全一二八点
四六倍変判　二六四頁　三九九〇円

二〇一三年　新年会　報告

藤原書店　新年会

二〇一三年一月二一日（月）

年頭恒例の小社新年会。小じんまりした会場につめかけた、昨年小社で本を出してくださった方々、日頃お世話になっている皆さんで、例年以上に熱気あふれる会となった。

冒頭の社主からの挨拶では、東日本大震災で大きな被害を受けた塩竈で営業を絶やさなかった「すし哲」の主人に感じた〝心〟の大切さにふれ、総出版点数がまもなく千点を超える今、小社もさらに磨きをかけて今後の出版活動を、との決意を述べた。

来賓スピーチの筆頭は**宮脇淳子**氏（東洋史学者）。今年早々の大型企画『清朝史叢書』（岡田英弘・監修）の第一弾『康熙帝の手紙』（岡田英弘著）を携えて登壇。稀有の歴史学者であり、自身の師であり夫でもある**岡田英弘**氏の魅力と仕事の意義を存分に語った。

増田寛也氏（野村総合研究所顧問）は、元岩手県知事・元総務大臣として、東日本大震災からの復興が遅々として進まない、目先のことしか考えない今の政治に言及、百年先を見通した後藤新平の仕事を紹介しつづける小社の出版活動への期待を語った。

西舘好子氏（日本子守唄協会理事長）は、小社社主との編集のやりとりから「出版は生きもの」だと、また「どんなにしてもいい本にしてみせよう」という志を感じた、と熱く語った。

藤原書店社主

この春、『竹山道雄と昭和の時代』（『環』連載大幅加筆）を出版予定の**平川祐弘**氏（比較文学者）は、師であり岳父である竹山について、戦争中は反軍部、戦後は「反人民民主主義」で一貫し、自由主義陣営のため尽力したと紹介。

最後に、**柴田信**氏（岩波ブックセンター・信山社代表）は、「いい本とは、残る本。〝残る本〟を大切に売っていくことが、出版界のために書店がすべき大事なこと。」「大切なことは『継続』です。藤原書店にも『継続』してもらいたい」と励ましの言葉。

乾杯の音頭は、**小林登**氏（チャイルド・リサーチ・ネットワーク所長）。二一世紀はアジアの時代というビジョンを持った豪首相のエピソードを紹介し、乾杯となった。

しばし歓談ののち、**大石芳野**氏（写真家）は、東日本大震災にともなう原発事故で家や仕事を失った人々を撮りつづけた写真集にこめた思いを語った。

続いて行われた、二胡（汪成さん）、尺八（原郷界山さん）の合奏は、領土問題をめぐって緊迫する日中の、友好と文化交流への祈りのように感じられた。

（於・山の上ホテル　記・編集部）

読者の声

最後の人　詩人　高群逸枝■

▼一九九九年夏、谷川健一著『日本の神々』（岩波新書）を読んでいて、その中に出てくる沖縄の御嶽《ウタキ》（聖域）に興味をもった。さらにその年の『新潮』一二月号に、岡谷公二さんの『南の精神誌』(三〇〇枚)を見つけた。御嶽について、くわしく書かれている。
　読んでいるうちに、私の心は南へ南へと向かって、どうしても御嶽というものを見てみたいと思うようになった。

　年末に夫と二人で沖縄へ行く計画をたてた。夫は沖縄のホテルや民宿に次から次へと問い合わせたが、たったひとつ久高島の民宿の部屋が空いていたので、その島へ行くことになった。「黙ってオレについてくればいい」と言ってきた夫が、その時ばかりは妻の願いをかなえようと必死だったのが不思議でならない。久高島の御嶽はこぢんまりした森であった。その森の中で行われる一年のしめくくりの祭祀フバワクを見ることもできた（男はそこへ入ってはならない）。

　それから二年半後夫は病死したので、久高島は大切な思い出の島と捉えていた。しかし、この本の中に、石牟礼さんが久高島を訪ねたことが書かれているのを見つけておどろいた。

　三八七頁に「森の家はこの意味において、彼女の拝所《ウガン》であり……御殿庭《ウトンミャア》ではなかったか。」とある。

　私は御嶽とともに、拝所も御殿庭もこの目で見た。

　石牟礼道子というひとを深く理解するために久高島へみちびかれたのだと気付いた。

（愛知　**岡本一子**　68歳）

▼「しかし高群逸枝には伴侶がいた。橋本憲三。これがすごい男。逸枝の才能を信じ、研究を信じ、自分は生涯この人に捧げると決めて、死後の全集刊行まで献身的に遂行した。」（池澤夏樹、『毎日新聞』二〇一三年一月一九日書評）。
　「二人の妻に『有頂天になって暮らした』橋本憲三は、死の直前まで、はためにも匂うように若々しく典雅で、その謙虚さと深い人柄は接したものの心を打たずにはいなかった。」（本書より、書評において引用）

　高群逸枝と橋本憲三、このように思いを交わす夫婦の意識のあり方に心打たれた。

　逸枝に共鳴し、死後、妻の全集編集に勤しむ病がちな橋本を支えて逸枝のことを聞き、その最期まで看取った石牟礼の姿に感動した。

　そして、素晴らしい池澤の書評にもなお。

（東京　**飯澤文夫・満穗**）

廃校が図書館になった！■

▼発想、アイディアで終ることはよくあること！〝完成〟までの時間を協力者たちが楽しんでいる様子が伝わりました。いい時間を過したと思います。今後のご発展を期待します！
（秋田　**黒崎一紀**）

歴史をどう見るか■

▼太平洋戦争の戦争責任を問わなかった日本は、あらゆる分野で責任を問わないことが常態化し、今、政治的社会的混乱をまねいていると思う。
　著者の戦争責任への考えは明解で、今日の課題と歴史をとらえるガイドも示されている。これを参考に、個々人が歴史に照らした考えと判断基準を持てればと思う。

（神奈川　**森田悦男**　70歳）

易を読むために■

▼長年待ち望んでいた黒岩先生の本が出版され、ほんとうに嬉しく感謝しています。教えていただいて

もなかなかむずかしく、自分のものになってくれません。ノートをとっても、後に伝えようとしてもまとまりきらず、困っていました。易経の中には沢山の宝物がつまっています。易経上・下と解説、あと三冊の準備が先生の元にできているとうかがっています。部数を少くしても、何とか、何としても、易経を読み、理解して、生活に活かされる書物として、現代に、この混沌とした時代に、出版されることを心から願っています。よろしくお願い致します。

（東京　施設職員　**柴﨑直美**　62歳）

帝国以後■

▼リーマンショック後何とかしなくてはと思い、沢山の経済書を読んで来ましたが感心する本には出会えませんでした。トッド氏のことは、ソビエト連邦の崩壊を予言したことで少しは聞いていました。この本も聞いたことはあったのですが、出版されて一〇年後の今読んで驚きました。個人的にはリーマンショックから回復していないのですが、何か心が晴れ晴れした気分になりました。翻訳者の石崎晴己先生と藤原良雄社長に心から感謝します。トッド氏の本をもっと読むつもりです。

（徳島　会社員　**住友裕幸**　62歳）

漱石と河上肇■

▼本書で漱石が河上肇のことを書いた文章と、河上肇が漱石のことを書いた文章があることを初めて知りました。業績の違う二人はともに優れた漢詩人です。マルクス経済学者河上肇はその思想や情熱故に五年間も投獄されました。河上肇の漢詩の奥深さと、その詩を理解する上で欠かせない人柄やエピソードを沢山知ることが出来ました。河上肇を尊敬してやまない一海先生のお人柄も行間に溢れています。「技術的には数段上」の漱石の漢詩とともに、初心者でも理解できる漢詩の読み方が丁寧に書かれています。（東京　**立石正夫**　72歳）

※みなさまのご感想・お便りをお待ちしています。お気軽に小社「読者の声」係まで、お送り下さい。掲載の方には粗品を進呈いたします。

書評日誌（一二・一五〜一・四）

(書) 書評　(紹) 紹介　(記) 関連記事
(T) 紹介、インタビュー

一二・一五　(書)日本とユーラシア「満洲浪漫」（「書評」）／「シベリアの密林を夢みながら」／武隈喜一）

一二・一六　(書)読売新聞「政治家の胸中」（「本　よみうり堂」）

一二・二三　(紹)読売新聞「廃校が図書館になった！」（「本　よみうり堂」）／橋本五郎
(書)読売新聞「歴史をどう見るか」（「本　よみうり堂」／杉山正明）

(紹)毎日新聞「〈決定版〉正伝後藤新平」（「今週の本棚」／「近代日本のスキャンダル」／奥武則）

(書)毎日新聞「政治家の胸中」（「今週の本棚」）

(書)毎日新聞『移民列島ニッポン』（「今週の本棚」）

(書)東京新聞『移民列島ニッポン』（「読む人」／「共生への課題見えるルポ」／小倉孝誠）

(書)熊本日日新聞「天草の豪商　石本平兵衛」（「読書」／「栄光と転落の軌跡　丹念に」／猪飼隆明）

一二・二五　(紹)東京新聞「シモーヌ・ヴェイユ『犠牲』の思想」（「書物の森」／「回顧　今年の本棚」／「二〇一二年　大乱の予兆を刻む」）

一・四　(書)週刊読書人「シモーヌ・ヴェイユ『犠牲』の思想」（「学術　思想」／『複雑な多面体』として捉える」／「巨大なテーマをめぐる一個の思索との『対決』」／合田正人）

三月新刊

＊タイトルは仮題

近代日本の理想を描いた思想家、初の小説化

小説・横井小楠

小島英記

幕末に、独自の公共思想で近代日本の理想を描いた稀有な思想家。徹底的な理想主義者ながら、大酒を呑み、時には失敗をし、人情にあふれ、揺るぎない信念と情熱と不思議な魅力で人々を変革へと動かした小楠の「人間」を描く初めての試み。学芸総合誌『環』好評連載に、大幅加筆。

［附］略年譜／参考文献／系図／事項・人名索引

時流に屈しない真の自由主義者がみた「昭和」

竹山道雄と昭和の時代

平川祐弘

『ビルマの竪琴』の著者として広く知られる竹山道雄（一九〇三―八四）は、旧制一高、東大で多くの知識人を育て、自らは戦後の論壇で安易な西欧礼賛に傾くことなく、非西洋の国・日本がとるべき道を模索し続けた。昭和の日本が直面した問題と日本の知的伝統の軌跡をたどる。『環』誌連載に大幅加筆。写真多数。

［附］年譜／著作一覧／系図／人名索引

フランスにおける障害史の先駆的著作

盲人の歴史

Z・ヴェイガン

序＝A・コルバン　加納由起子訳

中世から十九世紀にいたるまで視覚障害者はどのように表象され、また扱われてきたのか。絶対的他者としての盲人とその社会的受容過程をつぶさに描き、旧来の謬見によるイメージを一新する野心作！

ゾラ作品の真の意味を抉る野心作

欲望する機械

ゾラの「ルーゴン＝マッカール叢書」

寺田光徳

仏第二帝政期、驀進する資本主義のもと自らの強い〝欲望〟に突き動かされる一族の物語を解読。フロイトに先立ち、より深く、人間存在の根底の〝欲望〟と歴史、社会の成立を描いてみせた文豪ゾラ像を抉る。

3・11以後の宗教のゆくえ

環境京都学

宗教性とエコロジーの現在

早稲田環境塾編（代表・原剛）

科学技術文明への根源的不安が露呈する中で求められる思想とは。鞍馬寺、法然院、妙法院等、京都に根差した宗派の最高位者が、渾身で語りかける、現代人のための「宗教」。

〈特別寄稿〉石牟礼道子、緒方正人

内発的発展論と生命誌が織りなす生命の対話

〈新版〉四十億年の私の「生命」

中村桂子・鶴見和子

地域に根ざした発展を提唱する鶴見の「内発的発展論」、そして生命の全体を見つめた中村の「生命誌」。中村桂子による新版の序「内発的発展と生命誌」を付け、新たな装いをこらして復刊。

2月の新刊

タイトルは仮題、定価は予価。

石牟礼道子全集（全17巻＋別巻一）
16 新作 能・狂言・歌謡ほか ＊
〈解説〉土屋恵一郎　エッセイ 1999–2000
〈月報〉松岡正剛／吉田優子／米満公美子／大津円
A5上製布クロス装貼函入　七六〇頁　八九二五円

日本のアジア外交　二千年の系譜 ＊
小倉和夫
四六上製　二八八頁　二九四〇円

ユーロ危機 ＊
欧州統合の歴史と政策
R・ボワイエ　山田鋭夫・植村博恭訳
四六上製　二〇八頁　二三一〇円

下天（けてん）の内 ＊
大音寺一雄
四六上製　三二二頁　二九四〇円

岡本太郎の仮面 ＊　カラー口絵八頁
貝瀬千里　第5回河上肇賞奨励賞受賞
四六上製　三三六頁　三七八〇円

3月刊

小説・横井小楠 ＊
小島英記

竹山道雄と昭和の時代 ＊
平川祐弘

環境京都学 ＊
宗教性とエコロジーの現在
早稲田環境塾編（代表・原剛）

欲望する機械 ＊
ゾラの「ルーゴン＝マッカール叢書」
寺田光徳

〈新版〉**四十億年の私の「生命」** ＊
中村桂子・鶴見和子

盲人の歴史 ＊
Z・ヴェイガン　加納由起子訳
序＝A・コルバン

好評既刊書

『環 歴史・環境・文明』52 13・冬号 ＊
〈特集 日・中・米関係を問い直す――アメリカとは何かIII〉
倉山満＋宮脇淳子／伊奈久喜／王柯／小倉和夫／川勝平太／川満信一／木村汎／高銀／榊原英資／田村秀男／朴一／ボワイエ／松尾文夫／松島泰勝／三木健／山本勲ほか
菊大判　四一六頁　三七八〇円

最後の転落 ＊
ソ連崩壊のシナリオ
E・トッド
石崎晴己監訳　石崎晴己・中野茂訳
四六上製　四九六頁　三三六〇円

清朝史叢書（岡田英弘監修）　発刊！
康熙帝の手紙 ＊
岡田英弘
四六上製　四七二頁　三九九〇円

〈大石芳野写真集〉
福島 FUKUSHIMA 土と生きる ＊
大石芳野　解説＝小沼通二　2色刷
四六倍変判　二六四頁　三九九〇円

メドベージェフvsプーチン
ロシアの近代化は可能か
木村汎
A5上製　五二〇頁　六八二五円

ニグロと疲れないでセックスする方法
D・ラフェリエール　立花英裕訳
四六上製　二四〇頁　一六八〇円

日中韓の戦後メディア史
李相哲編
A5上製　三二八頁　三九九〇円

幻の野蒜築港
明治初頭、東北開発の夢
西脇千瀬
四六上製　二五六頁　二九四〇円

サルトルの誕生
ニーチェの継承者にして対決者
清眞人
四六上製　三六八頁　四四一〇円

「画家」の誕生
ルドンと文学
D・ガンボーニ　廣田治子訳
A5上製　六四〇頁　九九七五円

＊の商品は今号に紹介記事を掲載しております。併せてご覧戴ければ幸いです。

書店様へ

▼1／13(日)『毎日』で、**石牟礼道子『最後の人 詩人 高群逸枝』**を池澤夏樹さんが絶賛書評！ 大反響です。そして、2月上旬には**『石牟礼道子全集・不知火』**(全17巻・別巻一)が本巻完結！ この機に石牟礼道子さんのフェアをぜひお願いいたします。▼今回ご案内の**『ユーロ危機』**を引っさげ、**ロベール・ボワイエ**氏2月上旬(～3月)来日です！ 藤原帰一さんらとの国際シンポ、講演等など目白押し。▼**老川祥一『政治家の胸中』**、『週刊文春』2／7号「今週の必読」で後藤謙次さんが紹介！▼1／27(日)『朝日』では、**R・A・モース＋赤坂憲雄編『世界の中の柳田国男』**を保阪正康さんが絶賛紹介！▼同じく1／27(日)『産経』で黒川信雄さんに絶賛された**木村汎『メドベージェフvsプーチン』**は、2／3(日)『東京・中日』でも下斗米伸夫さんが絶賛紹介！▼共同通信の全国地方紙では、昨秋の話題作**石牟礼道子『最後の人 詩人 高群逸枝』**、**藤巻秀樹『「移民列島」ニッポン』**、**『世界の中の柳田国男』**、**西脇千瀬『幻の野蒜築港』**等が続々紹介されています。（営業部）

R・ボワイエ博士来日

マルクスの歴史認識とケインズの制度感覚の交点に立ち、資本主義と社会主義を解明する新しい経済学「レギュラシオン」理論のリーダー。

■日本学術会議公開シンポジウム
ユーロ危機とヨーロッパの政治経済
R・ボワイエ／藤原帰一／猪口孝ほか
【日時】二月十七日(日)　午後一時半〜
【場所】日本学術会議講堂（乃木坂）

■日仏会館フランス事務所主催
欧州統合の大いなる分岐点
R・ボワイエ／井上泰夫／勝俣誠ほか
【日時】三月七日(木)　午後六時半〜
【場所】日仏会館ホール（恵比寿）
ほか続々予定

大石芳野写真展

福島*FUKUSHIMA* 土と生きる
【日時】四月三日(水)〜四月一二日(金)
一〇時半〜一九時（最終日一五時まで）
【場所】コニカミノルタプラザ
ギャラリーC（無休／入場無料）
（フルーツの新宿高野四階）
JR新宿駅東口から徒歩1分

出版随想

▼年が明けて早や一月《ひとつき》。小社は創業来毎年一月に、お世話になっている著者、業者、書店・取次、マスコミの方々をお招きした小さな新年会を開いてきた。今年も大雪の降り積もった後の寒さ厳しい中で催された。百人位の会場に百五十人を超える方々が集い大賑わいの会となった。九十歳を超える塩川正十郎先生までお見えいただいたのには恐縮した。当日の会の模様は二七頁を参考にしていただきたい。

▼「失われた二〇年」といわれて久しい。数年前、民主党に儚い望みを託すもあっけなく期待を裏切られた国民。新しい安倍政権は如何？　〝金融緩和でデフレから脱却〟のかけ声はいいが、現実に経済は動くのか？　すでに、円安、株高で調子は上々のように見えるが、それはこれまでこの二〇数年何もやってこなかったから、〝金融緩和〟で動いたまでで、問題はこれからだ。現在、問題は山積している。しかも長期の問題だ。

▼働き手が少なくなって、扶養される年金受給者人口の飛躍的増大。高齢者人口の増大は、種々の方面の社会的コストを増加させる。にもかかわらず長期のビジョンがない。決して付け焼き刃ではすまない。この数十年の間に確実に大問題になる。加えて、高度成長時代のツケがきていて、多くのシステムが制度疲労を起こしている。新しく制度を作り直す時だ。しかしそれには又大変な労力と時間がかかる。しかしこの問題も急務。時間を遅らせば遅らす程、必ず事件や事故が起きる。教育関係やスポーツ界、土木・建築関係……。枚挙に暇がない程次から次へと問題が発生することは必至だ。

▼国民の一人一人が生活している中で感じている要望を、市・町・村各所に、大アピールをして〝声〟の箱を置いたら如何なものか？　その〝声〟を、市・町・村から国に上げていく。今国民が抱えている不安とは何かをまず国が理解すること。〝民主主義〟を標榜する国家なら、時間がかかってもそれ位のことをやらなければなるまい。短兵急に理想の国家を作ることはできない。たとえ後藤新平のような大政治家がいたとしてもだ。（亮）

と　働きとおしていた
　そうこうするうちに二十才になり私にも青春時代は来た　おまささんという友だちがあり　その友だちの家へ時々遊びに行くうちそこへ来ていた京都の佐竹家の出だと自分ではいっていたが天祖教会という教会の神主と知り合いになりいつしか恋愛　恋愛と言っても近代のようにアベックとか大げさな事はない只手紙のやりとり一年ぐらいしているうち　おまささんの両親が媒酌人になってくれるというので結婚することになった　両親は佐竹が美男にてあんな美男　又教会ということで女難はまのあたりだあきらめよと大はんたいであったけれども　今度だけはどうしても親の言ふことをきくことができない　はじめて親にそむいて清田さんといって教会の信者さんの家でかり祝言をして佐竹と一しょになった

　今まで十何年か一方ならぬ苦しみよりかいほうされ別世界に生まれ変わったようなたのしい日が続いたのもつかの間　親が言った通りになった　教会といふものは女の出入りが多くて　女どおしのいがみあいで教会はわずか一年ばかりで立ちゆかなくなってしまった
　私二十三才の一月八日綾子出生　その半とし程前より佐竹は兵庫県の城崎郡香住と言う所にいた兄のところへ帰ってしまって私たち親子二人のまた貧しいくらし　親は子どもを佐竹へ渡して一人身になって家へ帰れ　それでないとどんなに困ってもかまわないというばかり　私としては自分が今日まで両親の愛情を知らずあまりにもみじめであった事をふり返り見て　どんなことをしても綾子ははなせないと決心する　大正八、九年頃とて物価は高いし米暴とうなどあり世の中は不景気の

どん底で　生まれたばかりの赤ん坊をかかえて途方にくれていた　其内に佐竹より香住へ来いと言って送金あり　大正九年三月何日か　赤ん坊を抱いて下関を後に姫路　和田山と二度乗かえて丁度大雪の中を夜遅く下ノ浜という佐竹のいる家へ着いて綾子を渡したとたん気持がへんになりたおれてしまった　佐竹の兄の家は鉄道の雪カキ人夫などの請負をしていたが　怠け者の佐竹は人夫などできるわけでなく祈禱などしてもらった金で香住町の芸者と遊んだり他家の娘をはらませたりして道楽がはじまり　そこにも居づらくなった

一年ほどたった頃佐竹は心をいれかえてはたらくというので渡の家へ手紙を出すと　父母もそれならといくらか金を送ってくれたので三人で下関へ帰ってきた　下関はトロール船という漁船より魚の入った箱をかついで陸へあげる仕事があり　佐竹はかたがいたいなどと言っていたがそれでも当座は働いていたものの半としばかりで続かなくなり　まえの信者をたよって私にはむだんで彦島と言うところへまた一人でのがれるように行ってしまった　仕方なく私は子をつれて渡の家へ帰った

養父母は佐竹を完全に見限ってあんな男と一緒にいたのでは生涯苦労がついて廻る　子供を渡して別れてしまえと毎日のように同じことを繰り返して言われ　言うことを聞かねば家にはおけぬという　やむなく綾子二才の秋背負って彦島へ渡ると佐竹は子供はそこへ置いて帰れと冷たい返事である　後髪をひかれる思いで子を置いて外へ出たものの足がすくんで一歩も進めない　ようやくの思いで下関へ戻ったものの十月も末になると日増しに寒くなり　綾子はどうしているかと思うと矢もタテもたまらず彦島へ帰って　佐竹の居る家の前まで来ると中から大声をあげて泣いている子供

の声　戸を開けると母ちゃんと飛びついて来た　もうこの子は離せない　どうせこの男と一緒なら苦労は覚悟と　そのまま養家にはもどらなかった

三人でまた下関に戻る　吉岡という屠殺場のある淋しい場所の信者の二階を借りて暮らすうち　佐竹は重い座骨神経痛にかかってほとんど寝たきりの状態になってしまった

近くのたどん屋さんの日雇いで真っ黒な炭の粉を足でふんでこねあげる仕事をしていたが親子三人とても食べては行かれない　昔新地遊廓の仲働きをしていた頃やり手ばあさんという仕事がなかなか収入がよかったのを思い出して　としがそんなに若くてはと相手がしぶるのを無理に頼んで新地の幸楼というところに通いで働くことにした　新地は吉岡より道は五、六十丁あったと思うが仕事を終えて帰る夜中の二時三時になれば人など全く通らない淋しい所で　屠殺場の下を通る時など明日は殺されることを知っているかのようになんとも言えない声をあげて泣く牛の声を聞くのは言いようもなく恐ろしい　ただただ綾子が〳〵と一心に思って家へ帰りつけば子供は手足も冷たくなったまま　泣きじゃくって寝ている　みじめでならなかったが子供といればそれも耐えられた

母はそうしてそこで一年半ばかり、客引きをして働いていたと書いている。時には一晩で二円か三円の金になることもあって、どうやら食べて行けるようになった頃、また佐竹は、自分のトランクにわずかに貯めた金から米までつめて家を出てしまう。何とか身の振り方がつけば住所は知らせるからしばらく待てと、一片の書き置きは残していた。

養父母は、たび重なる佐竹の仕打ちにもう怒ることばもなかった。もはや子どもを渡してしまえとも

言わなかった。子どもと離れられぬのはわかっている。そのうち、子連れでもいいという相手がいる、先方はすぐにでも、と言っているから話がこわれぬよう、とりあえずお前一人で先方へ行くがいい。二カ月もたてばお前も落ち着くだろうから、綾子はあとで必ず連れて行く。先方もそれでいいと言っているという養母のつよい勧めを、母は断ることができなかった。

綾子四才の秋のことであった　二日ばかりの間何十回となく母さんは一人で一寸遠いところへ行かねばならん　十ほど寝たら綾子にすきなものをいっぱい買って母さんが帰るのをよい子にしてここで待っていておくれと言いきかせ　やっと聞きわけてくれた　なに二ヶ月位の事ならと思い　明日は羽犬塚と言うところへ行かねばならん其夜もふとんの中で又何度か言いきかせたらこっくりをしたが　今にも又おいて行かれると思ふのか　私のエリをしっかりつかむようにしてねむるいとし子　ふびんでたまらず一夜中ねむる事が出来なかった　よく朝　私が家を出る時　よくききわけてくれてたので泣かなかったが　いざ家を出てからふりむくと　となりの古着屋さんのぶら下がっている古着のかげに立ってじっと泣かずに立っていたふびんなすがたが今だに忘れられない

私がいなくなった後　淋しがり　私の行った方へ一里半もとぼとぼ歩いて行っているのを人にも頼んでやっと見つけ出したとあとで聞いたときは　ああすまなかったと泣けて涙がとまらなかった

それは養父母の策略だった。子どもと引き離さなければどうにもならない。とにかく菊子を再婚させ、子どものことは別にもらってくれるところを探そうという肚だったらしい。

その頃佐竹は、小倉の古船場というところにいた。ここでも持ち前の美貌と巧みな弁舌で、いつのまにか熱心な女の信者を獲得していた。落着いたところで信者を下関へ使いに出すと、菊子は再婚したという返事、子どもが残っているのを知ると、また信者の一人に言いつけて外で遊んでいた綾子を連れていってしまった。佐竹の肚では、子どもを取っておけば女は必ず戻ってくるという計算だったろう。そして実際、事はその通りに運んだ。

綾子がさらわれたとの知らせに、母は下関へ飛んで帰った。佐竹の居る先が古船場だと聞くと、すぐその足で小倉へ向う。親も古船場とだけで居場所ははっきりとは知らなかったらしいが、じっとしてはいられなかった。

今は小倉駅前に噴水場はないがその当時はあった　かい札口のところまで行って外を見ると　噴水のそばを四才位の女の子が走って帰って行く　あっと思ってかい札を出て　急いでその子の行った方へとはしっていったが見うしなったけれど　今このへんに　三、四才ぐらいの女の子がとたずねたら　それはとなりの家で佐竹さんといふ人よりあずかっている子供だと聞かされてその家へ行き戸をあけたら　奥より綾子が母ちゃん〳〵と言ってとんで来た　しばらくはだき合って泣いた　その家は信者のうちで洗たくやさんだった　綾子さんのためにどうか帰ってあげて下さい　われわれも先方の人にかけあってあげますと言ってくれたが　いやそれは自分で話をつけてすぐまたここへもどって来ますといって其家より出ようとすれば　綾子がはきものをかくしたりしてはなれない　四、五日の別れだからと心を鬼にして後おいすがる子をふりきって羽犬塚へ帰って話をしたが先方へは通じない　自分の身のまわりのものを二階の窓よりほうり出して　小倉の洗たく屋さんへもどって四、五日たつと夫が来た　二ヵ月たてば子を連れて来てくれるという約束だったが半としたってもそうしてもらえない　私はどうしても子供とははなれられない　今でも佐竹より子供を引取ってくれたら羽犬塚へ帰りますと言うと　夫はどうしようもなくあきらめて帰った

佐竹もようやく本気になり出した。下関へ帰り、かなり大きな二階家を借りて、天祖教会の看板をかけた。朝夕きまった時間に直径が一米もある大太鼓をたたいて神妙な態度であったから、信者の数も相当なものになった。

すると、欲が出た。

いつまでもおがみ屋のようなことをしていてもラチがあかない。オレは郷社とか村社とかいうりっぱな神社の神主になりたい。そのためには資格がいる。東京の国学院大学へ行かしてくれ、二、三年たったら資格をとって戻ってくるからと言いだした。

暮しはようやく立つようになっていたが、佐竹の話ももっともだと母はその気になって、また下関駅前旅館の女中でも何でもして働いて待っているからと言って、佐竹を東京へ送り出した。

彼が頼った先は、母には義父とも呼べる岩田の家である。魚の仲買いが当たって、放蕩三昧のあげく借金まみれになって東京へ逃げ出していたのだが、実は元芸者の女と一緒だった。岩田へ嫁いだ母の実母ミ子《ね》もまた男運の悪い人だったというしかない。岩田が残した三人の子どもをかかえて苦労したあげく、無理がたたったのか早く死んだというのだが、母の「手記」には実母のことは何も書いていないの

でよくわからない。

ともかくも、佐竹はひとまず妻の縁者のところへ転がりこんで、そこから学校へ通っていたのだろう。

そして、二、三年が過ぎ去った——。

ある日、地元の有力者からいい話が舞い込んだ。柊《ひいらぎ》神社の年とった神主さんが引退したいと言っているが子どもがいない。それで、若い佐竹をあとにすえたいという願ってもない話だった。すぐ東京へ知らせてやるが、何の返事もない。あんな神社と思っているのか、といぶかりながら何度も連絡をとるうち、やっと帰ってくるということになった。大正十四年七月十五日下関十時着の電報がとどいた、と「手記」には日時まで記している。よほどこの日が嬉しかったのだろう。夫は念願の神社の神主になる。久しぶりに親子三人で暮せるのだ……ながい苦労の甲斐があったと、何度もそう思っただろう。

しかし、帰ってはきたものの、佐竹の態度がおかしい。神社の仕事に身が入らず、そわそわと落着かない。変だなと思っているうちに、突然東京から二十八個もの荷物がとどいた。送り主は聞いたこともない女の名前だった。

佐竹は窮屈な知り合いの家を出て、女の家へ身を寄せていたのだろう。そして、おきまりの話になった。

女は、五歳も年上の金持ちの未亡人で、子持ちだった。後を追って下関へきて、男には妻子のいることを知る。やむなくひとまず旅館へ入ったものの、それからが騒ぎになった。家の前で子を連れて首をつって死ぬ、結婚詐欺で訴える、とも言った。

佐竹は朝早く、おつとめの太鼓を叩くとそのまま旅館へ行ってしまう。夕方帰って太鼓を打つとすぐまた旅館へ行ったまま、家へは戻らない。お前が早く家を出ろと言わんばかりの態度に、母は悔し涙を流すだけで、どうすることもできなかった。

佐竹をかついだ有力者が間に入って、奥さん、いま裁判沙汰にでもなっては私も困る。辛かろうが、ここはしばらく女の気持がおさまるのを待って、穏便に話をつけるしかない。そのためには、奥さんも一時実家へ帰っていてくれまいか……実子のいる奥さんが勝つのは目に見えている。必ず自分が話をつけてきっと迎えに行くからと何度も説得されているうち、はじめは絶対に家は出ませんと言い張っていた母も、恩のある人の熱心な勧めを拒み切れなくなり、そのことばを信じて、もう再びまたがぬつもりだった養家のしきいをまたいで悶々の日々を送るうち、結局そのまま縁を切られてしまった。

神社を出る時の様子はこう書いている。「夜のうちに綾子の学用品をまとめさせ　朝　カバンをかたにかけて家を出るときお父ちゃんサヨナラと一礼しているすがたを見たとき　私がバカなばっかりにと涙があふれてならなかった　佐竹を憎む心が七分みれんが三分という自分がなさけなく　私はつくづく何代もの先祖の因業を一人で背負ってきたのであろうと思ふ」。

母、二十九歳、姉は小学校二年生だった。

『手記』はここで一度終わって、後にたくさんの空白を残したままになっている。二冊目を書くまでにどのくらいの間《ま》があったのかはわからない。つぎには私の出生のことを書かなければならない。それを書くことによほどためらいがあったのだろうと思う。たくさんの白いページは、それを物語っているように感じた。気をとり直してまた書き継ぐことにした二冊目の初めに、「国家をさばく法あれど　しゅらんの夫に泣く女をすくふ法はなし　冷たい法のかべ」と書いている。佐竹と別れてからのことを書こうとしてあらためて過去と向きあった時、人にも法にも守ってもらえなかった身の無念さを思い出して、思わずこんなことばを書きつけたのだろう。

それから　養父母のもとへ綾子をあずけて　また下関駅前旅館で働いておりました　その頃の港は　シラギ丸　コマ丸など関釜連絡船でにぎわっていたけれど今のようにデパートだのレストランなどないので　時間待ちする人々は旅館で食事をとり船にのり込む　女中たちは大変多忙な毎日であった　綾子の養育のためいっしょうけんめい働いているうちわすれもしない七月十四日夕関釜連絡船が入港　汽車の時間待ちをする人々がどっと夕食に立ちより　その中の広島へ帰る四人組が私のかかりとなる　夕食後一時間ぐらい時間があるので三名が外へ見物へ出てその中の一人が部屋にのこり　ぜんを下げに部屋に入ってとんださいなんにあう　ほんとに住所も知らぬ名も知らぬ人　そのまま行ってしまった　まさかと思っていたのに一ヶ月二ヶ月だんだん旅館で働くことができなくなる　渡の親たちにも言えずはずかしくて友だちにうちあけることもならず　ひっそりといろいろなくすりを入手してのんだり　体を冷やしてみようと思ひ　夜中人のねしずまったころ水をかぶりしてみても何のこうかもなくとうとう五ヶ月となり　旅館にはいられず　新地遊廓で仲居をしていた頃の知り合いの一福さんという家をたよってわけを話すとここで使ってくれるというので夜中二時ごろまで働いて　女郎がみんな上がってしまって　組合やけいさつへとどけを出してやっと自分の体になるのが夜中の二時半か三時頃　それでも子供の時よりくろうが身にしみているか

ら　さほどくるしみとも思わん　そうしていよいよ出産の時がきた　三月卅日の夜より少しずついたみ出し　しかし家へは帰れずここで生む事もならず困りはてていたところ　神社にいた頃知り合った清田さんという人に道で出会い相談すると私の身の上をいたく同情していたといって下さって　これから小倉へ帰るのだけれど私の家で生むようにと言って下さった　そのまま清田さん方に身をよせて用意をしたものの　体が冷えすぎていたためか陣痛びじゃくでなか〳〵生まれてこない　清田さんはお産のけいけんがないし産婆もいない

苦しんで苦しんで四月一日十二時半か一時頃　大声をあげて元気に生まれた男の子ですと言われた時は　ながい間の苦しみも忘れて一時にどっと涙があふれた　だれにもかんげいされず一人で生まれてきたこの子があわれで　顔を見ようにも涙でくもってしばらくは見えぬ顔の泣き声だけを聞いていた

この先は感情のたかぶりからか、異常な当時の事情を反映しているのか、文章が乱れ話にも前後重複するところが多くてわかりにくいのを、読み直しつなぎかえして読んだ。

どうにか生むには生んだものの、今度はお乳が出ない。乳を欲しがって泣きやまない赤ん坊、二人の子をかかえてこれから先どうやって生きて行こうか、考えてもどうにもならない。思い余ってとうとうある夜、赤ん坊を抱いて家を出て、勝山橋という橋の上から飛び込んで死のうとしたが、たまたま家へ帰る途中の清田夫妻に見つかって果たせなかったと書いている。清田さんとはよくよくの縁だが、私の名ははじめは正博やまさ坊だったのが、あとで和男に変わっている。あちこちに気がねしながら一人で生んだ子の、自分で仮につけた呼び名はまだほかにもあったらしい。子の名の乱れは母の心の乱れだろう。決めたことを決めたあとからすぐまた変えてしまう私のおかしな性格は、あるいはもうこのあたりで母からもらったものかもしれない。

結局、清田さんを通して知り合った人から——萩崎町にある寺の僧侶で最近妻をなくして困っている人がいる。歳は二十も違うし目が見えない人だがとてもいい人で、子どもがいてもいいと言っているがどうかといわれて、赤ん坊連れで寺に入った。

話の通り相手の西田は良い人で、和男はすぐ実子として届けを出したあと、綾子を引きとることも承知してくれた。久しぶりに親子三人、母は三、四年の間は何不自由なく暮らしていた。

だがしあわせは、そう永く続かなかった。

人がいい「おっさん」は（「和尚さん」がつづまったのか、まわりの人は皆そう呼んでいたような気がする）、弟子の清鏡という人物が身もちが悪く、酒を呑んでは暴れるのを見かねて、自分のいる寺をあずけて責任をもたせれば行いもあらたまるのではないかと考えた末、寺を出て少し離れた小さな寺に移った。しかし、彼のふるまいは一向に改まらず、檀家の総意ということでやむなくまたもとの寺へ戻った。

清鏡の荒れ方は前よりもひどくなり、連日のように酒を呑んでは難クセをつけにくる。

その日も、五歳になったばかりの和男が震えて泣きだす始末に困りはてていたところ、表を通りかかった男が入ってきて、清鏡を腕ずくで外へ叩き出してくれた。短い口ヒゲを生やした四十前の屈強な男、井上定男と名のった。同じようなことが続くうち、井上はいつか用心棒のようなかたちで、足しげく寺に出入りするようになった。

世間にうわさが立つ。寺の奥さんとあの男はどうもあやしい。うわさはおっさんの耳にも入る。だがおっさんは何も言わず、母は母でうわさなどまるで知らずに暮らしていた。

それがまた不幸を招いた。

ある時、養母の看病に二、三日家をあけて門司まで帰ってきたところ、改札口に待ちうけていた井上は無理やり母を旅館に連れ込んで、恐ろしいことを口にした。

世間では俺と奥さんができているとうわさしている。それはおっさんの耳にも入っていて、おっさんはもうあんたを寺に入れない、俺にも出入りはやめてもらいたいと言った。こうなれば俺にも男の意地がある。意地でもあんたを寺には帰さぬと言って井上は、逃げられぬよう母を長襦袢一枚にして、旅館の一室に閉じ込めた。男の隙を見て外へ飛び出したもののたちまちつかまり、髪の毛をつかんだ井上は母を引きずり回したうえ、その姿のままで旅館の前に二十分も立たせていた。徹底的にはずかしめて、もう二度と逃げ出そうという気を起こさせないようにする魂胆だったのか。そうしておいて井上は、再度おっさんの意志を確かめてきた、もう絶対にあんたを家には入れぬ、離縁すると言っている。俺はあんたと暮すしかないと告げて、母を自分の家へ連れて行き、そこでまた監禁した。

おっさんに会ってわけを話せばきっとわかってもらえる。身におぼえのないことと、隙をみて母はまた逃げ出して警察に事情を訴えることもした。しかし、痴話げんかか三角関係のもつれとみたか、全然相手にしてくれない。土地の顔役に頼んでみたらと人に言われて、そんなこともやってみたが、田舎の顔役ぐらいで歯の立つ相手ではなかった。

業《ごう》を煮やした男は、これ以上手を焼かせると和男の命は保証しないとまで言った。その一言で、母の気持は萎えてしまって、もう立ち上がれなかった。

男はひどい酒乱で、酒を呑むと何をしでかすかわからない、ということは身にしみてわかった。ただただ井上という男が恐ろしかった。二人の子どもの身を守るためには、自分が犠牲になって、男の言う通りにしているしか仕方がない、と心を決めていたのだが、そのままずっと子どもと別れて暮すのに耐えきれなくなって、迷い抜き苦しみ抜いた末、ある考えに達した。

子どもを連れて、義父岩田のいる東京へ逃げよう、追ってきても広い東京なら見つかるまい。そう思うと居ても立ってもいられなくなり、思いきっておっさんを訪ねた。

一年半近い歳月が流れていた。

井上に気づかれてはと、この間《かん》のくわしい事情をきいてもらうゆとりはなかったが、涙を流しながらの訴えを、おっさんは黙って聞いていた。そして、まず先に綾子を東京へ逃がすことに同意した。

おっさんはあらたに迎えた妻と綾子との折り合いの悪さを案じていたから、女の子を家から出すことに異存はなかった。しかし、和男は長男、それを手放す決心はなかなかつかなかった。小学校の一年生になっていたが、まだ幼かったせいか継母との仲が悪かったわけではなかったから、このままいけば、実の母のことは忘れるかもしれないという思いもあったろう。

しかし、和男を残して逃げたら、この子を人質に取って井上が何をしでかすかわからない、という母の必死の訴えに、おっさんは結局、「仕方がない、カズンのため……」とだけ言って、見えぬ目から涙をこぼした。
綾子は十五歳、女学校三年の春、突然退学させられて東京の岩田のもとへ送られた。その数か月後、学校帰りの私を途中で待ちうけていた母はそのまま手をひいて、富野という所だというがそこから電車で門司へ出て、門司から下関へ、下関から東京へ、文字通り逃げるような旅に出た。昭和十年の夏、その時の不安に揺れ動く心のさまは、『手記』にはこう記されている。

はじめ和男は東京へ行くのを嫌がった　ぼくまで行くと井上に見つかるから　かあさん一人で行けという　一年の余も離れていたせいか余り嬉しそうなそぶりを見せないのが不審で淋しい気がしたが　この子は小さいなりに井上のこわさを知っているせいか　学校の帰りにさらわれるようにして東京へ行く異常なり行きにおびえていたのだろう
さらって行くようにしたのは　後々おっさんに迷惑がかかるといけない　あくまでおっさんは知らぬことにしてと思ったから　それにしてもよく和男を手放すのを承知してくれたと思う　和男と別れる前の夜など和男の好物をまくらもとにいっぱいならべて泣いていられたとの話を後に人の手紙で知り　ほんとにこんなことになろうとは定めとは言い乍ら申し訳なく　あんなよい人が交通事故でなくなろうとは　いきていられたら井上亡き今なれば一度ゆっくりお目にかかりおわびしたかったが残念で　たまらん

寺に居たときかかっていたジョンという犬が井上の家までついてきて私のそばを離れなかった

が　富野から電車に乗った時　二停留所ぐらい走って後を追ってきたのが哀れで　今も忘れられない　下関から乗った汽車が動き出しても和男はまだランドセルを背負ったまま不安そうな顔つきでいるので安心させるために　夏休みが終わったらまた小倉へ帰れるからというと黙ってうなずいた　弁当を買いアイスクリームを買ってやっても　これを食べたら東京へ行くお金がなくなりはせぬかと子供心に心配して食べようとしない　切符を見せてこれがあるから大丈夫　姉さんも待っているからと言ってやるといくらか安心したような顔をみせた　こんな幼い者にこんな心配をかける申しわけなさ　あらためて井上へのにくしみがむらむらとこみ上げてきたが　とうとう悪マの手を逃れて親子三人で暮すことができる　先はどうなるかわからないが　二人の子供と一緒ならどんなことにもたえられると私は自分の心に言いきかせて　和男の手をにぎりしめていた

母の『手記』はここで終わっている。このあたりは涙のあとがことに目につく。この後のことはもう書く気力がなかったのか、もし書いてあっても、これから先の苦労は私の記憶もかなり鮮明に残っているので、かえって読むに耐えない気がしただろう。

読みおえて、あらためて思う。

ひょっとしたら私は生まれてこなかったかもしれない。夜中に何杯も水をかけて腹を冷やしたり、密かに手に入れたあやしげな薬を飲んだりもした。それでも生まれてきた子を抱いて、母は死ぬ気で勝山橋の上を行ったり来たりした。「ぼくまで行くと井上に見つかるから、母さん一人で行け」と言ったという六歳の子のことばの冷え……母と子の縁はもう切れかかっていたのかもしれない。

「未生怨」ということばを思い出した。

子どもの深層意識に潜む親にたいする被害者意識、「怨」というコンプレックス、まだ胎児の無意識の底に、それが刻まれていなかったかどうか……無論、自分ではわからない(1)。

「未生怨」は仏教の古い説話にかかわることばだが、現代の心理学者のなかには、乳児は出生時またはそれ以前(胎内)から、潜在的(非意識的)に覚える能力を持っているらしいと言う人もいると聞いた。非意識的な心なしに意識的になることはできない、というのだ(2)。

「未生怨」ということは、あるかもしれない……。

母はそれに気づいていない。これでやっと親子三人で暮らせる。逃亡の不安におののく胸の奥には、小さな灯がともっていた。

その灯を消したのは、あとを追ってきた井上ではなくて私なのかもしれない。

二　渋谷道玄坂

子どもの頃、姉と暮したアパートの跡をたずねてみようと思い立って出てきた懐かしい渋谷の街だが、老人の感傷の入り込む余地など全くない駅前の喧騒である。

新しいランドマークＱＦＲＯＮＴが聳え立つ交叉点、セルリアンタワー東急ホテル、ＳＨＩＢＵＹＡ109、若い娘たちの人気を集めているというファッションビルはこれか、圧倒的な重量感と押しつけがましさの乱立、それに四方八方からセールスの声が入り混じって、わけのわからぬ異様な熱気が駅前広場に充満している。初夏だというのに、ここにはそんな香《かぐわ》しい風は吹いていていない。

渋谷は、けたたましい街になってしまった。

信号が変わる。スクランブル、いっせいに動き出す若者の群れ、ぶちまけられた絵具箱のようなとりどりの色が溶けて流れる。

みんなどこへ行くのだろう……。

振り返ってもう一度見上げた駅の背後の小さなビルの壁に光っている金属文字・ＴＯＫＹＵ、昔、あそこは東横百貨店だった。

昭和十年の夏、母に連れられて小倉から逃げてきた一年生が見上げたコンクリートの建物は、びっくりするほど大きかった。地上・地下合わせて八階、渋谷では初めての本格的なデパートで、その腰のあたりから出て行く東横線の車輌は、窓から上は黄色で下が青のしゃれた電車だった。帝都線、今の井の頭線も開通したばかり、渋谷は少しずつ新しい街に変わろうとしていた。

『渋谷小学校はさあ、渋谷で一番いい小学校なんだぜ……ウソじゃないよ、ホントだってばさぁ……』

転校したてのぼくに、まるまると太った矢野という子が教えてくれた。

『ぼくはすぐ、足立小学校に帰るんだけど……』

ガードをくぐってＴＯＫＹＵビルの斜め向いあたり、あの辺に渋谷尋常高等小学校があった。

受持ちは三戸道俊先生といった。

医者の息子だったあの最初の友だちは早く死に、こちらは帰るはずだったもとの学校に戻ることはなかった。

忠犬ハチ公の銅像は、省線電車（ＪＲ）の改札を出たすぐのところにあった。いまは場所が変わっている。銅像の背後は市電のターミナルだった。いつも何台もの電車が待機していたが、ぼくらは市電なんていうことばは知らず、「チンチン電車」と呼んでいた。

窓から身を乗り出した車掌さんが背中を反らせてポールの位置を変え、帽子をかぶり直して運転台の脇に垂れた紐を引っぱると、チンチンと音がして、ゴトンと一度大きな音を立てた電車がゆっくりと動き出す。すると今まで車輌にさえぎられて見えなかった背後の光景が開けて、横一線に立ち並んでいるいろいろな店が顔を出す。

赤地に白く「日本一」と染め抜いた「甘栗太郎」の幟旗が風にはためいて、あたり一帯にこげた栗の甘い匂いを漂わせていた。左隣が「明治製菓売店」、その隣の看板「富士グリル」の黒い文字がばかに大きくて、人目を引いた。その隣がたしか「東京パン」、「渋谷日活」の屋根が裏手にのぞいて見えていた。あのあたりだった……餅菓子屋「三河屋」さんの白い暖簾、冬は紺に変わった。


母があそこで働いていた。


学校が終わると、勝手口から洗い場に入る。仕事が終わるまで母の傍で待っていた。並木橋の家へ一人で帰るのが嫌だった。

夏は店で売っていた一番安い飲みもの、「スイ」というのを一杯もらった。「スイ」は十銭、削った氷の入ったただの砂糖水、それでもあれを注文する人が多かった。冬は餅に黄粉をまぶした「安倍川」を一皿もらったあと、母にしもやけの手当てをしてもらっていた。洗い場の隅の椅子に腰かけて、バケツに満たした辛子湯に突っ込んだ足の指先を一本一本もんでもらう。赤く腫れた指の痛がゆさが、しだいに快感に変わって行くのがたまらない。

時どき、白い割烹着をつけた小太りのおかみさんが顔を見せた。申しわけながる母に、いいからいいから、かまやしないよ、ゆっくりもんでおやりよ、と声をかけながら、『あんたも大変だねぇ……いいとこの奥さんだったというのにねぇ……でもいいじゃないか、こんないい子がいるんだもの、あたしゃ、とうとう子宝を授からなかった』と言うのを背中で聞いていた。この子を連れてやっとの思いで逃げてきたものの、それがあとを追ってきた男と、この渋谷の「ハチ公」の前でバッタリ出くわしてしまったなどという話を、頼った先の縁者のだれひとり信用するものはなかった。そんなことがあるもんか、自分で呼んだにきまっているると陰で言われているのが本当に辛い、と母が言うのにもらい泣きしながらおかみさんは、『あたしゃ信じるよ、あるもんさ、そんなことも……それがあんたの決まった定めと思ってさ、辛抱するんだね、先できっといい事があるよ、こんないい子がいるじゃないか……』

母は何度もうなずいていた。

「甘栗太郎」の前の道路が右前方へ分岐して神宮通り、左へカーヴして道玄坂、その反対がわが宮益坂、この窪地のどのあたりだったか、「鈴木薬局」があった。「千野時計店」があった。「丸高十銭ストア」では、本当に十銭でいろいろのものが買えた。「大盛堂書店」の傍で目立っていた「へのへのもへじ」の看板、あれは何の店だったか……

どうかして風がつよく吹くようなことがあると、このあたり一帯の空が黄色く染まった。神宮通りのゆるい坂道を上りつめた正面が「明治神宮」、左手いっぱいに広がっていた「代々木練兵場」の土ぼこり、夕方、演習を終えた兵士の隊列が、疲れた馬を曳きながら道玄坂を上って兵営のある三宿《みしゅく》の方へ帰って行くうら悲しいラッパの響き、軍靴の音が聞こえている。

道玄坂には、田舎饅頭のような馬糞がいつもころがっていた。

「椿荘」は、この坂を上りつめた先にあった。

六時を少しまわっているのに街はまだ明るいが、立ち並ぶ欅の樹はさすがに少し影を濃くしている。「道玄坂」と彫ったブロンズがはめ込んであるしゃれた外灯が、二十米ほどの間隔で立ち並んでいる。灯がついたら街はさぞ華やぐだろう。


ゆっくりと、坂を上る。

「大盛堂」のすこし先にあった輸入高級果実店「西村」、そのまたすこし先あたりから坂は二手に分かれる。右へ「大向通り」、洋画専門館「道玄坂キネマ」があった。映画がはねると急に人通りは淋しくなり、道路ぞいの小さな店がポツンポツンと薄暗い明かりをともしているだけだ。建て付けの悪そうな雑貨店のガラス戸の奥に、タワシが二、三個、針金に吊してあるのを見て通った。あそこは平田君のうちだった。

彼はいつも「雀組」だった。

あの頃、ぼくらの学級は期末試験の成績で三つの組に分けられていた。「荒鷲組」、「鷹組」、尻の方が「雀組」。学期初めには、組別の名前を書いた紙が教室のうしろの壁に張り出されたが、その前に立ち止まるのは「鷹」までだった。

平田君はあとで「荒鷲」になった。

あの戦争のさなか、彼は「予科練」(海軍飛行予科練習生)を志願したと聞いたが、いま生きているかどうか……

予科練の多くは「特攻隊」で死んでいる。

初めて観た洋画「巴里祭」。愛し合っている花売娘アンナとタクシー運転手のジャン、いろいろもつれ離れればなれになりながら、最後にとうとう結ばれる二人。繰り返し流れた主題歌の、日本映画では聞いたこともないような甘い旋律が今も耳の底にある。

外に出た姉さんは黙ったまま、暗いところを選ぶようにして歩いていた。怒っているように見えた。

『どうして？　どうしたの……』

うしろから着物のたもとをにぎりしめて歩いた。

「東宝渋谷シネタワー」とあるのを見上げて通る。ここらに昔「東横映画劇場」があった。あれが「渋谷東宝」に変わったのはいつだったか……二人でよく観に行った「渋谷松竹」。

姉は松竹のスター女優高杉早苗によく似ていた。

あの頃はやっていた矢絣の着物で街を歩くと、よく声をかけられたりしたものだ。頬を染めて小走りに逃げる姉さんのあとを追っていたぼく……姉に全然似ていないのはどうしてだろうと考えたことはなかった。ただもう、美しい姉が誇りだった。はじめて食べさせてもらった「ホットケーキ」、それと、「イタリー軒」の「マカロニグラタン」……街のあちこち、どこへ行っても流れていた歌があった。

花咲き花散る宵も
銀座の柳の下で
待つは君ひとり　君ひとり

逢えば行く　ティールーム
楽し都
恋の都
夢のパラダイスよ
花の東京

（東京ラプソディー）


そうか、椿荘はぼくのパラダイスだった。

椿荘がパラダイスだったとすれば、母と住んでいたところ、あれは何だったか……

薄暗い穴ぐらだった。

穴ぐらに鬼がいた。

昼も暗い二階の四畳半の天井裏を震わせて、電車が走った。

東横線のガード下、コンクリートの太い支柱と支柱の間の空間を利用して造った粗末な木造二階建ての長屋が、渋谷駅を出てすぐのあたりから次の駅「並木橋」の先まで続いていた。

住んでいた部屋のすこし先が「並木橋」だったから、電車の発着のたびごとに軋む車輪の金属音が耳に刺さった。しだいに強度を増して行く天井裏の轟音、隣の部屋との間をしきる薄いベニヤ板の壁に吊した富山の置き薬の大きな紙の袋がカサカサ音を立てて揺れて、袋に描かれた赤いダルマの大目玉が恐ろしかった。

顔を見ただけで震えるほど怖がっていた男と母と、三人で暮していた。

井上は毎朝、壁に打ちつけた急ごしらえの仏壇の前にすわって明かりをともすと、何やら短い経文をとなえるのが日課だった。それをうしろに坐ってかしこまって聞いていなければならなかった。

しょあく　まくさ
しゅうぜん　ぶぎょう
じじょう　ごうい
ぜしょう　ぶっきょう

『俺をかばってくれたのは、ばあさんだけだ……』と言うのを何度か聞いた。「ヒッコウ」（筆耕）ということばも耳にしたが、それが彼のアルバイトであったことは、二年生になったばかりの子どもにわかるはずがなかった。

毎日曜の早朝、明治神宮に参拝するように言いつけられていた。帰りには社務所に寄って、参拝記念の印をもらってくることもかたく守らされた。

いつまでたっても、「お父さん」とは言えなかった。

胸騒ぎがして目をさますと、ほの暗い電燈の下の茶袱台の向うにおし黙ったままの母の顔があり、こちらには黒い大きな男の背中がある。イヤな臭いのする焼酎を自分でガラスのコップにつぎ足しながら、押し殺したような声で何か世間への不満を口にしている。声が酔うにつれて高くなる。くどく、もつれ出す。『もう今夜は遅いから……お隣にもわるいから……』。母が何度か同じことばを繰り返しているうち、突然、男が大声をあげる。茶袱台がひっくり返る。茶碗が割れ皿が飛び電球がこわれる暗闇の中で飛び起きると、いつも教科書全部を詰め込んで、枕もとに置いてあるランドセルを引っかついで、狭い階段をかけ降りる。通学服も握っている。

夏ならばどこかの物かげで、母と一緒に夜を明かした。冬は男の寝込むのを待って、そっと冷えきった部屋に戻って寝ることもあった。食器が散乱している部屋の真ん中で、彼が酔いつぶれて寝ているのがわかるとホッとして、何とも嬉しかったことが忘れられない。

逃げ出す時は、いつもランドセルを背負っていた。教科書は何より大切なものだった。学校では、「修身」の教科書は目の上で一度拝んでから開くように教えられていた。「教育勅語」が載っていたからだ。その大事なものを背負って、二、三週間の遠出になることもあった。行く先は行き当たりばったり、下町の「深川」であったり「本所」であったり……「熱海」まで遠出したこともある。

「深川」では、助けを求めて飛び込んだ大きな魚屋の娘さんが、何を思ったのか、一夜、歌舞伎座の立ち見に連れて行ってくれたことがあった。遠い舞台が目が覚めるように明るかったことを憶えている。

「本所」のパン屋さんは、ぼくのことを「坊ちゃん」と呼んだ。「坊ちゃん服」を着ていたからか……白い襟のついた紺のサージの服だった。母が好きで着せてくれていた。渋谷あたりの小学校ではそんな服を着ている子はたくさんいたが、下町は違った。同じぐらいの年頃のあのうちの男の子はジャンパー姿で、学校から帰るとすぐ家の手伝いをさせられていたが、ぼくには何もさせなかった。

もちろん、いい事ばかりのはずがない。「熱海」では大きな寺の軒下をかりて寝た。朝になって、眠っている子の二の腕をゾロ〳〵蟻がはっているのを見たとき、泣けてしかたがなかったと母から聞かされたことがあったが、本人は知らない。

あのあと、海岸に出た。「お宮の松」という枯れかけたような松の木の傍だった。ここで待っていなさい、母さんは「ケイアン」に行ってすぐもどってくるから、というからそうしていたが、「桂庵」というのが職業紹介所であることは知らなかった。

母は駅前旅館の住み込みで働きだし、ぼくは近くに住む風呂番の老夫婦のところにあずけられたが、二人ともほとんどものを言わない。何も訊かない。しぶしぶあずかった子どもだったのだろう。「大全科」という教科書の内容がみんな載っているぶ厚い本を買ってもらって勉強していたが、倦きてくると、時どき顔を見にくる母に、学校へ行きたいとせがんだ。

本籍を離れて学校に入るには、「寄留届」を出さなければならない。出せば本籍地への照会で今の居場所がわかってしまう。親はそのしくみを子にさとして、学校へ行くのを一日のばしにしていたものの、結局はもとのすみかへ立ち戻らざるをえなくなり、子はまた、もとの学校に通う。同じことの繰り返しだった。

『いいさ、渋谷小学校、好きだもん……』

わびを言う親への子のことばも、いつも同じだった。それは、母へというよりも、心の中が不安で一杯だった自分を納得させることばだっただろう。

シラフの時でも、突然わけのわからぬことを言い出す男だった。あれは三年生の何学期だったか……頭を剃らされたことがあった。

『床屋に行って、そのあと写真を撮ってこい――』

首から下げた半紙に、「怠けてごめんなさい」と書いておけというのだ。「荒鷲組」から「鷹組」へ、成績の落ちた罰。

母は驚いて止めようとしたが、止めてきくような男ではなかった。青い頭で学校へ行くのがはずかしかったが、あれは私への罰というより、逃亡を繰り返す母への見せしめだったのかもしれない。

母と私が気持をひとつにして共に一緒に暮したのは、繰り返された逃亡の短い時と場所だけであった。


五年生だった。

夏休みのある日の夕方、白の覆いのついた学帽をかぶってチンチン電車に乗っていた。

「並木橋」から「下通り二丁目」まで、どのくらいかかったのか、ずいぶん遠いところへ行くように思っていた。

持たされた手紙のほかに紙切れには、店の名前の下に小さく人の名前が書いてあった。行く先は、母の義父・岩田の家だった。

『渡、綾子、姉さん……憶えてるね、手紙を先に渡すんだよ』

母が養家の姓に戻って、姉も「渡」になった。十五の時に小倉の家からいなくなってまだ四年しかたっていないのに、もう顔もはっきりとは憶えていない。

あれからの不穏な日々、忘れることは自分を守ることだったのだろう。

しかし、忘れていないことはあった。東京へ行った姉が送ってくれた講談社の絵本『山椒太夫』。母も姉もいなくなり、義母と暮していた弟にとどいた母と姉と弟の物語を、おぼえたての平がなをなぞるようにして何度も読んだ。


尋ねあてた店の入口――赤く塗られたドアの前に、一つまみの塩が盛り上げてあった。教えられた通りに行って裏口で待っていると、奥から浴衣に襷がけ、黄色い帯を胸高にしめた若い女の人が手をふきながら出てきた。

嬉しいような困ったような目でみつめられて、うつ向いてしまった。胸もとにはさんだ小さな紙の袋を渡すと、『落とさないで帰ってね、母さんにちゃんと渡すのよ、気をつけてね……』。もう一度こっちを見るなり、すっと奥へ入ってしまった。

使いはそれから毎月のきまりのようになった。

会うたびに姉はやさしくなっていった。


二学期が始まっていた。

ある日突然、先生から小使室へ行くように言われた。年寄りの巡査が待っていて、そのまま病院へ連れていかれた。

頭を包帯でぐるぐる巻きにされた母がベッドに寝かされていた。頭部裂傷で三週間の入院、あの男も警察に留置されたらしく、ぼくの身柄は姉にあずけるしかなかった。

井上から姉だけは遠ざけておきたいと考えていた母と、彼とはもとより、母とも別れるような思いで東京へ出てきていた姉との切れかけていた親子の縁を、弟がつないでしまった。

岩田のところは、家の一部をそれらしく改造して赤いボックスを四つばかり置いただけの、あの頃はやりのカフェーをやっていた。小さな店が姉の評判ではやっていた。店には出さないという約束だった、と母はあとあとまで悔やんでいたが、姉は断ることができなかったのだろう、まだ小娘だった。隣の二階家の六畳間を借りて、夜はそこで寝ていた。弟はそこへ転がり込んだ。

夜が遅い姉は、朝早くチンチン電車で渋谷小学校に通う弟のために、前の晩、店の残りもので朝食の用意をしていたから起きなくてもいいのに、味噌汁を作ってあげるといって無理をしているのは子どもにもわかった。『大丈夫、大丈夫よ……』というのが口ぐせだった。

昼間の姉は、台所の洗いものや洗濯もの、店の夜の準備などで忙しくしていたから、話すひまなどまるでなかった。

待ち遠しかった夜の、ほんのひと時、大抵十時をまわっていた。姉さんは一度、店を抜け出して戻ってくる。下の部屋で遅くまで勉強している家主の息子に夜食をとどけるというのが口実だったらしい。伸ちゃんは工業学校を出たあとどこかの町工場で働いていたらしいのだが、もっと上の学校へ行きたくて勉強していた。背の高い無口な若者だった。

階下《した》で少し話し声がしたあと、姉さんが二階へ上がってくる。店で出すケーキや果物などのほんの少しを、袖で隠すようにして持ってくる。

『おいしい?』

そう言って、少しの間、そばに居てくれた。白い顔を赤くして、ほのかに酒の匂いのすることもあった。

裸電球が一つともっているだけの薄暗い階段を、ひっそりと上がってくる足音がしている。


道玄坂が暮れかかる。

街灯に灯がともった。行き交う若者たちの声がはずんでいる。道玄坂はこれからいよいよ華やぐのだろうが、心はずっと過去を向いたままだ。

何で今も、あの日の雨の音が聞こえているのか。

四畳半の窓から、路地をへだてた前の家の柿の木のところどころ色づきはじめた葉っぱを、高架線の鉄塔から落ちてくる雨の雫がパシャパシャ音を立てて叩いているのをボンヤリ見ていた。


また、もとの暮しに戻っていた。

姉さんのところへ帰ることはもうない……

そんなことを考えていた。

あの時、体はすでに変調をきたしていただろう。あくる日の朝から激しい下痢が始まった。

母がいつものように、置き薬の中の「赤玉腹薬」というのを飲ませてくれたが一向に効かない。二日、三日、階段の昇り降りがひっきりなしに続き、高い熱で足もとがふらつき始めた。

赤痢だった。

隔離病棟のクレゾールの臭い、まわりにはおとなもいたが、誰も見舞いにはこない。赤痢は恐ろしい病気だった。

「おも湯」から「おまじり」になり、「おかゆ」に変わる。親しくなった看護婦さんが、『もうじき退院よ、おうちへ帰れるわよ、うれしいでしょ』と声をかけてくれたが、そんなに嬉しくはなかった。

——また、あそこへ帰るんだ。

赤痢とわかるまえ、見舞いにきてくれた三戸先生が母をなぐさめるつもりか、『よくできますよ……和男君なら一中でも四中でも受かります』と言って帰った。

府立一中、四中、まぶしいような名門校だった。

その夜も井上は、『とても中学へはやれん、まあ、高等科へやればいい……すぐ小僧に出すよりマシじゃろ』と言ったあとはまた黙って焼酎を呑んでいた。

あそこへ帰る……

それが違った。

退院の朝……母と連れだって姉が迎えにあらわれた。紺の匂いのする久留米絣の着物に桐の下駄をもって。

『あっ、お姉さん』

『早くよくなってよかった、心配したわ』

知らない男の人が運転する車が外に待っていた。

信じられないことが続いた。帰る先は並木橋ではなかった。

着いたところが椿荘だった。

それは、道玄坂を上りきった先、「三業地」・円山に抜ける細い路地の入口近くに立っていた安アパートだった。

玄関脇の植え込みの中に大きな椿の樹が一本、先は二階のベランダの下までとどいていた。

入口の構えはしゃれた洋館に見せているが、洋間は二階に一部屋あるだけで、あとは四畳半か六畳の和室ばかり、部屋の隅に小さな流し場がついていてガスコンロ一台と水道の蛇口が一つ、バスなどのあるはずがなく、トイレは一階と二階にそれぞれ一ヵ所、共同だった。今の基準からすれば安アパートに違いないが、部屋で炊事ができるというのは、当時でいえばややましな方だったろう。

姉さんは結婚したのだという。

すこしも嬉しそうではなかった。

なぜ……と思うより先に、井上から離れてまた姉と暮す喜びで胸がいっぱいだった。

広く見えた二階の六畳間——

母はあの時、せっぱつまって姉に助けを求めたのだろう。入院費の支払いに困ったあげくということもあろうが、毎晩脅えて暮す子どもの将来を考えたのか、このままでは、中学へはやれない……この際いっそと心を決めたのだろう。

母も辛かったろうが、無理な頼みをきかなければならなかった姉にとっては、降って湧いたような災難だったに違いない。

姉はあの時、相手の人を『これからおにいさんと呼んでね』と言った。

鈴木は小太りで三十過ぎの、眼鏡の奥の目が優しい人だった。ぼくの頭を撫でながら、『ぼうずは四中を受けるんだって？　エライなあ……』と言った。「ぼうず」というのがイヤだったが、やがて馴れた。

姉さんの部屋にあったもの——東横百貨店からとどいた朱塗りの丸テーブル、火鉢と鏡台に手文庫、「丸高十銭ストア」で買った茶碗とお椀に湯呑みが三つずつ。

ぼくが持っていたもの——ランドセルにつめた教科書、母が持たせてくれた「家族合わせ」。

小さな机を買ってもらい、アパートの暮らしにもだいぶ馴れた頃、椿が赤い花をびっしりつけた。

『好きよ、姉さんこの花、藪椿……ほら、小倉のうちにもあったわね……』

憶えがない。藪椿というのかこの花……名前を知って程なく、入口の三和土《たたき》が赤で埋まった。

ぼくが家を出てから、母はもう逃げなくなった。


夜が輝きを増した。

坂を三分の一ほども上がった反対がわの道に接して、急な坂が見えている。思わず足がとまった。鉄のアーチの高いところに、「百軒店入口」という赤いネオンの灯が見えた。ここだ、ここだ……わずかな小遣銭をにぎってこの坂を上った。

『活動見に行こうよ、二人だけでだぜ』

仲よしの広田君がよく誘ってくれたものだった。同じ「荒鷲組」、府立六中から江田島の「海兵」（海軍兵学校）へ進んだのは知っているが、訓練中に何かの事故で死んだときいた。

子どもだけで映画館へ入るのは禁じられていたから、ビクビクしながら見上げていたおどろおどろの「大都映画」。

阿部九州男、杉山昌三九、蝦蟇の口から吐き出されるまっ白な毒の煙、もがき苦しむ正義の剣士、馬で馳けつける覆面のサムライ、早く！早く！　高鳴る楽の音、剣戟の響き、一せいに拍手が起きる。オセンにキャラメル、裂きイカと酢コンブ……かすかに便所の臭いもまじって、三流映画館には別世界の雰囲気と活気があった。

母が売り子をしていた。

首から吊した籠が重そうで、反り返るような恰好で左右に目を配りながら、白いエプロンが客席の間をゆっくり歩いて行くのを遠くから見ていた。

三河屋さんはやめたのだろうか……

朝礼で、クラスの子に号令をかけているぼくを、校門を入ってすぐのところの「教育勅語」が安置してある「御殿山」の陰からそっと見ている人がいた。

白いタオルのあねさん被り……母は屑屋もしていた。

映画館の奥の千代田稲荷の赤い幟の列、奥に見えていた小さな祠、台座の狐——

椿荘にはいろんな人がいた。

『安さんはネ、明治大学の応援団長なんだって！　赤鞘の安っていうんだって』

姉さんは驚いたような顔をしていた。

吉岡安兵衛、二階の四畳半にいた。鬼瓦のようないかつい顔が着物の着流し、三和土でうしろ向きになって蛇の目傘の雫を切っていると、『ヨッ！、定九郎』と声をかけた人がいた。「ギノさん」といった。姓は知らない。

小柄な体、崩して着た着物の前をさばいてツッツッと階段を駆け上がっていくのを、『身が軽いねぇ』とほめていた人が、別のところでは『テキ屋だもん……』と言っているのを聞いた。『テキ屋って？』と訊いても姉さんは黙っていたが、なにか恐い人という感じが初めはした。

そうではなかった。

日焼けした顔がゆるむと、頬の傷痕がエクボのように見えた。連れ合いの「チョン子さん」は本名だったのか、どうか、ひっつめ髪をいつも櫛の先で掻いていた。

『ぼく、困ります、助けて下さいよ』

部屋代をためるらしい「安さん」「ギノさん」の部屋のドアーから半身をいれて哀願していた「平尾さん」、夜は「安さん」の言う「神主の大学」に通っていた。アパートの管理人をしながら、母親と二人暮しをしていた。

姉さんと仲よしだった前の部屋の「関さん」も、着物がよく似合う人だった。三味線を入れた包みをかかえて、毎日きまった時間に出かけて行く。遠い満州から名取りになるために、旦那から二年間のヒマをもらってきているのさと、誰かが言っていた。

新婚の「小西さん」夫妻は対照的だった。ポマードで頭を固めたおしゃべり好きの「峯夫さん」と無口な「貴美子さん」。『なにしてんだろうね、あのヌッペラ男……』と「チョン子さん」が笑っていたが、『あれで高利貸しの手代だと』と言う人がいた。

一階の「ババ付き二号」と言われていた「丸旗さん」は、口もとから意地の悪さがのぞいているような人だったが、平尾さんのように母親と一緒だった。同じ一階にいた「金さん」夫妻は誰ともつき合いがなかった。ずっと空いていた洋間に外国人の女性が入った時には、アパート中がちょっとした騒ぎになった。ハンガリーの大使館に勤めているタイピストだというわさだったが、この人も「金さん」と同じように誰とも口をきかなかったから、本当のところはわからずじまいだった。

ほかにも記憶の薄れてしまっている人が何人かいる。


「おにいさん」は、たまにしか帰ってこなかった。

夜、泊まることもめったになかったから、実際は姉さんとぼくとの二人暮しのようなものだった。

手文庫の中の日記帳を覗いてしまった。鉛筆で短いことばが書きつけてある。「主人、今日もこない」……何日かの空白、また「主人、今日もこなかった」とそれだけ。

「伸ちゃんが兵隊に行く……」と書いたあるのを見た。「約束の銀のシガレットケースを渡さなくちゃあ……」とあった。

見てはいけないものを、もう一つ見てしまった。手文庫の奥に偶然みつけた二つ折りの、黒い線書きの絵、裸の男と女がいろいろのかたちでもつれ合っているのが目を刺した。あわてて、もとのところへ戻した。

桜皮《かば》細工のシガレットケースは、手文庫の奥にしまわれたままだった。


道玄坂を上りつめた。

道をはさんだ真向かいあたりに交番があった。いつも巡査が一人、黒いツバのついた制帽を真深かにかぶって立番をしていた。その前を通る時、どういうわけか、胸がドキドキしたものだ。子どもなりに知っていたのだろう、自分たちのいかがわしさ、いかがわしい姉と弟が、いかがわしい人たちと一緒に肩を寄せ合って暮していた「椿荘」パラダイス。

楽しかったなあ……夜の集い。常連の、関さん、安さん、平尾さん、小西夫妻に丸旗さん、時にはギノさん夫婦——悪口を言いあっていても、みんな気のいい人たちだった。

遊びといえばトランプ、いろいろな遊び方を覚えた。「ババ抜き」。「七並べ」、「五十一」。姉さんの得意な「神経衰弱」。正月でもないのに「百人一首」、読み手は安さんときまっていた。

あまの原ふりさけみれば春日なる
　三笠の山に出でし月かも
サンカサ山に出でし月かも

千早ぶる神代もきかず龍田川
　からくれないに水くくるとは
カラ呉れないとはケチな豆腐屋

『なによそれ、まじめにやって』
百《もも》しきや
……
ふるくやぶれてケッがでてけさのさむさにチンコちぢまる

飽きてくると、『少しぐらい賭けるか』とギノさんが言う。花札にきまっている。あわてて止める平尾さん。『よし！　それじゃあ賭けなし』と安さんが言っても、『僕はやめときます』と席をはずす堅い人だった。

『ぼうやは見てるだけだぞ』。

「猪鹿蝶《いのしかちょう》」、「青丹《あおたん》・赤丹《あかたん》」、「月見でいっぱい」……ざわめくおとなたちの傍でそんなことばも覚えたが、自分の「家族合わせ」は持ち出せず、机の中にしまいこんだままだった。

道玄坂には夜店が出た。

アセチレンガスの臭い、裸電球の下はどの顔もみんな美しい。

冷やし飴にラムネ、色とりどりの金魚やメダカが、浅い水槽の中をチョロチョロ泳ぎ廻っていた。ぬり絵の人気はアラカン（嵐寛壽郎）の「鞍馬天狗」、大河内伝次郎の「丹下左膳」、一度だけ買ってもらった忍術の巻物、美しく編まれたリリアン。女の子は見とれているだけで買わない。

坂の上の方には植木市も立った。水を浴びた木々の緑が夜の光を吸って新鮮だった。

「燈火管制」ということばが使われ出してから、道玄坂の夜はだんだん暗くなっていった。世間全体に、大きな時代の変化が押し寄せていた。

昭和十五年六月、イタリアは英仏に宣戦布告し、ドイツ軍はパリに無血入城を果たすという急展開、ヒトラーの名は世界中に鳴り響いた。

九月、「日独伊三国同盟」が締結され、これによってわが国は「ソ連」の脅威に対抗すると同時に、石油をはじめとするさまざまな資源の確保をねらったいわゆる「南進」の国策を確定した。米英仏蘭連合国との対立は抜きさしならぬものとなっていった。

大都市では、米、味噌、醤油、塩、砂糖、マッチ、木炭など、生活必需品の切符制が始まった。マッチでいえば、一人一日五本、砂糖は一人月三百グラムというのが定めであった。

坂のあちこちに、「ぜいたくは敵だ」と書かれた立て看板が目立つようになった。

「愛国婦人会」と大きく黒字を染め抜いた襷がけエプロン姿の婦人たちが街の角々に立って、通りかかる女性に小さなカードを渡していた。「指輪全廃」、それは、「和服の袖を短くしませう」という提言にエスカレートしていった。言うことを聞かぬ女性のたもとがハサミで截ち切られた、といううわさが流れたが、本当にそんなことがあったのだろうか……あっても不思議ではないような時代の雰囲気だった。

「東京ラプソディー」に代わって、街のいたるところに「紀元二千六百年を祝う歌」が流れていた。祝典は、十一月十日から五日間にわたって続けられた。提灯行列や旗の波が道玄坂を行きかった。あの日は昼酒も許されるという特別なことで、赤飯をたく餅米も「特配」され、奉祝気分は異様な高まりをみせていた。「祝へ、元気に朗らかに」というのだった。そして、十五日が過ぎるとすぐ、「祝ひ終ったさあ働かう」というスローガンがラジオや新聞を通して街に溢れる手まわしのよさ。

時代の変化は、子どものまわりでも起こっていた。

昭和十五年から、中学の入学試験のやり方が変わって、筆記試験が廃止され、合否は内申書をもとに口頭試問と体力検査で決められることになった。

軍事体制の強化に合わせた体力検定の比重の増大である。

困ったことになった。

体育が苦手で走るのは遅く、懸垂も尻上りもできたことがない。安さんの特訓が始まったのは、六年生になってすぐのことだった。日曜日の午後、小学校の鉄棒にぶらさがる。口頭試問はどんなことを訊かれるのか……学習塾にも通うことになった。

塾は街の中心をはずれた宇田川町にあった。夜は人通りも少ない。先生は退職したもとは外地の小学校の校長先生とかで、気むずかしい人だった。坂を下って一日おきに通った。

『「天壌無窮ノ詔勅」が奉唱できますか』

『「興亜奉公日」は何をする日ですか』
七、八名の生徒の中に、学校では口をきいたこともない女組の子がいた。オカッパ頭ばかりの中で、長く伸ばした髪を編んでうしろに垂らしているのが少し大人びて、それが大柄な体によく似合った。いい匂いのするようないい家の子、村川和子は男子組みんながあこがれていたのだが、誰もそれを口にするものはいない。あの頃の男の子は、はずかしいものをみなうちに隠して持っていた。
勉強が終わって、風呂敷包みをかかえて外へ出てもすぐには帰らず、東横百貨店のはす向いにあった蛇屋の大きなガラスケースを覗いていると、うしろを通って宮益坂を上って行く村川和子の姿が映る。大小、何十匹ともしれぬ蛇がひとかたまりになって、上へ下へぬめぬめと縺れ合っているのを見ているのは気味が悪かったが、がまんしていた。振り返ると刺繍のしてある美しい手提げを持った女の子は、もう坂の中ほどをゆっくり青山の方へ帰って行くのが見えた。

本当は蛇など見たくはなかった。


週に何回か、姉さんも道玄坂を下って生花教室に通っていた。よく、椿の花をかかえて帰ってきたが、やがて、安達式「準教授」の資格をとった。「更字花名」――「鈴木更絢《こうけん》」という小さな門札をもらって嬉しそうに帰ってきたことがあった。

花材を載せた油紙を前に正座して、手にした椿の枝ぶりをためつすがめつ眺めていた凛とした姿、冴え返るハサミの音——いいなあ、姉さんはいまにお花の先生になる。ぼくは四中に入る。
「枕絵」はなくなっていた。

並木橋の家から椿荘まで、歩いて小一時間はかかるところを母はよく通ってきた。くるとすぐ、台所の洗いものや洗濯のほか、自分で何か仕事を見つけては働いていた。声をかけたいのだが、何か姉への気がねがあった。母にもそれが見えた。

姉の母に対する態度は冷たかった。

突っけんどんに物を言うこともあったから、母のきている時は辛かった。どちらの側にもつけない。時には姉がうとましくなることもあったが、姉さんの気持も少しはわかるようになっていた。

『カズンや、カズンや』……この子は天からの授かりものだと、頬をすり寄せて赤ん坊のぼくを可愛がったというおっさんのところへ一緒に引きとられて、少なくとも数年の間は、姉にも楽しい日々があったと思いたい。やっとおとずれた母と一緒の暮らしだ。

だが、おさげの少女は、自分のことはおまけについてきた子守りぐらいに思っていたのではないだろうか……病気がちでよく泣く子を背になだめすかしながら遊べるだけ外で遊んで、それでも暗くなれば、宝物のような男の子を案じて探しにくる母に叱られながら家へ入ったという。

時には乱暴にゆすり上げたかもしれない、その背のお下げ髪のくすぐったい感触、それと単調な木魚の音、燈明に浮かぶ仏像に脅えた微かな記憶はある。だがあの頃のことは、もう二人のどちらも口にせぬまま、ぼくは昔の弟のまま、もう一度姉の背に背負われることになった。一方は古い記憶に重ねてたより一層の重荷を背負わされたのだが、他方はもとと同じまどろみを道玄坂の上で続けていたのだ。

姉は、母にあたるしかなかった。


夜の集いが、「隣組」の「常会」の流れだったことを思い出した。

昭和十五年九月、「隣組制度」が発足した。隣近所何軒かのひとまとまりを「隣組」とよび、月一回の「常会」を開くように定められていた。

管理人の平尾さんが隣組長、管理人室が「常会」の場になった。「その筋のお達し」が伝えられ、配給物資の分配の日取りや「防空演習」の役割分担がきめられて、散会のあとが常連の集いになったが、それもしだいに自粛に向った。かわりに、よく「防空演習」がおこなわれた。

戦闘帽をかぶった安さんがアパート屋上に仁王立ち、梯子を使って下から運び上げられるバケツの水を待ち受ける。先頭がギノさん、中段が鉄カブトの小西さん、下段に平尾さん、女たちは一列に並んで、裏の井戸から汲み上げた水満杯のバケツをリレー式に手渡して、平尾さんまでとどけるのが役目だった。

『只今アパート屋上に敵機の焼夷弾が投下されました。直ちに消火開始！』

隣組長の号令一下、演習が始まる。ピチャピチャ水をこぼしながら手から手へ受渡されて行くバケツ、『ハイ！　ハイ！』のかん高いかけ声、屋根の上から流れ落ちる水しぶき、たちまち全身ずぶ濡れの男たち。

敵機退散!
敵機退散!
消火完了!

あの頃はあんなことを日本中でやっていた。参加しなければ、「非国民!」と言われた。蒼白になって震えている姉さんの顔を覗き込みながら、小声で『イヤねぇ、本当にこんなんで消せるの?』と声をかけていた「ババつき二号」さん。

『綾さんは出なくていいよ、からだが弱いんだから……女手は足りてるよ、組長さん』丸旗さんはいい人なんだと、新しい発見をしたような気がした。

いろいろなことを見た。そして少しずつ、いろいろなことがわかるようになっていった。

安さんは学生ではなかった。だが、よほど明治大学が好きだったらしくて、部屋は紫紺の小旗で埋まっていた。自称「応援団長」は、何をしていた人だったのか。おすそわけの小鉢を持ってノックもせずに入った関さんの部屋、あわてて身を起して窓の方を向いた平尾さん、関さんの膝を枕にしていた一瞬の残像。

『こら! 出てこい、リンクナー、出てこい! スパイ!』

おとなしい貴美子さんが大声をあげていた。洋間のリンクナーさんが引越した。金さん夫妻がいなくなったのもそれから間もなくのことだったから、二人ともスパイだということになった。

道玄坂を行き交う人たちの服装が、目に見えて変わった。男はズボンにゲートルを巻く人が増えた。モンペをはき、綿をつめた「防空頭巾」をしょって歩いている女の人の姿も珍しくはなくなっていった。

『手についた自転車のスポークの油が石けんで洗うとよく落ちるのは……何故？』。「難問」になんと答えたか忘れたが、『口頭試問も心配なし！』と、塾の先生も言っていた。

四中には受からなかった――。

あの朝、思いもかけぬことが起った。

井上が、付いてくるというのだ。

早朝、二人で明治神宮に参ったが、彼は何を思ったのか、突然、参拝を終えて帰ってくる親子連れの前に立ちはだかって道を塞いだ。相手の父子はびっくりしたようすだったが、仕方なく道をあけて去って行った。同じく受験前の祈願だったのだろう。

『よし！　これでお前の合格はきまった。誰にも負けるな』

彼はそう言ったあとで、『合格したらウチへ帰ってこい、いいか、帰ってくるんだぞ』と、念を押した。

「天壌無窮ノ詔勅」も「興亜奉公日」も訊かれはしなかったが、何を問われたかも憶えていない。校庭のどこかに井上が立って待っている。頭の中は、そのことで一杯だった。

――並木橋へ帰るんだ、また。男のくぐもった声、焼酎の臭いがしている。ランドセルも教科書も投げ出して逃げて行く自分の姿が見えている。

――いいや、四中なんか受からなくても。

まだ生徒募集をしていた名もない私立の中学へ行くしかなかった。

『大丈夫よ、そこで一番になればいいじゃない……』

姉さんはそう言っただけであとは何も言わなかったが、ひとこと、『井上なんかがついて行くから……』とつぶやいた目には、悲しみよりも怒りがあった。

おにいさんはあの夜、どこで手に入れたのか一升ビンをかかえてやってきた。

『どうしたぼうず、意外だったなあ……あがったのか？』

「残念」と「意外」を繰り返していたが、酔いがまわってくると珍しくむつかしい話をした。『少年老い易く学なり難し』と言ったあとの文句が出てこない。『一寸のこうえん……』と言いかけて、またつまった。

『ま、いいや、しっかりやるんだな』

外へ出た。「こうえん」じゃなくて「光陰」じゃないか、なんだ知らないのか、そんなこと……はじめてにいさんへの侮蔑とも怒りともつかぬ感情が湧いた。折れ曲がった悲しみが、胸にあった。

悪いことが続いて起こった。管理人室へ脅迫状がとどいた。

鈴木のところでは、米の二重配給を受けているだろう。警察にとどけられたくなかったら、百軒店の千代田稲荷の祠の前に、鈴木綾子本人が一人でくること。金額と日時の書いてある封書を持ってきた平尾さんの顔は緊張しきっていた。

十六年四月から、成人一人当り一日二合三勺という「米穀配給通帳制」が実施されていて、違反者は厳重に処分されることになっていた。脅迫状は、おにいさんの家の所在地も知っているようすをにおわせていた。

『よし！　ひっつかまえてやる』

姉さんの後に隠れて、安さんがついて行った。ふところに赤鞘の短刀、だが、誰も現れなかった。

二度目はギノさんが行った。『穏便にしたほうがいいんじゃないの……』と平尾さんが言うのを、ギノさんが承知しなかった。

やはり誰も出てこなかった。

ギノさんが賭博の嫌疑で渋谷署にあげられたのは、それからすこしあとのことだった。三和土のところから巡査に断って足早に戻ってきたが、『平尾に気をつけな……』と姉さんに小声で言っていたのを思い出した。

母と姉の激しい口争いがあったのは、中学一年の夏休みが終わってすぐのことだった。『綾子！　あんたたちは会いに行ったの、佐竹に……和男！　お前もついて行ったの？　どうしてあの男から手紙がきているの』

姉さんとの約束だから何も言わない。

『お前たち、一体どういうつもりなの！　誰のためにこんなに苦労させられているの』姉さんが言い返していた。

『母さんがあのまま神社にいたらよかったのよ！　小倉の家も、母さんさえ辛抱してたら……』

姉はあの時、ずっと心の底にあった母への不満をぶちまけたのだろう。それは母の怒りに火をそそいだ。『何てこと言うの、それもこれもみんなわたしが望んでしたことじゃない。神社を追われるようにして出たのは綾子、あんたにも憶えがあろう……すき好んで寺を出たわけじゃない。だけどあんたたちにはすまないことをした、親らしいことは何ひとつしてやれない、つまらない親だと思えばこそ、こうして台所の洗いものや洗濯、下《しも》のものまで、みんなわびのつもり……それを母さんばかり悪者にして！　もうこない。親でもなければ子でもない――』

体を震わせ青い顔で部屋から出て行く母を、姉さんは止めはしなかった。

ぼくはその傍に、じっとしていた。


坂の上まできた。

平坦な道路をゆっくり歩く。

「花月劇場」があったのは確かこのあたり……と、まわりを見廻しても、よすがとなるようなものは何もない。坂の上も、すっかり変わっている。

いつ頃まで、あんな大衆演芸や色ものの上演が許されていたのだろう。中学へ入るまでは無論、中を覗いたことはなかった。中学でもそういう場所への入場はかたく禁じられていた。

——構うもんか、ボロ中学！

飛び込んで見たおとなの世界は、講談、浪曲、みな忠臣や孝子の話ばかり、なかに一つだけ違うものがあった。

「春日ひばり楽団」の歌と踊りの華やかさ、浜和子というまだ子どものような踊り子が、どことなく村川和子に似ていた。

「花月劇場」に入りびたりになった。あの子が舞台のそでにチラと姿を見せただけで胸がおどった。

菅笠に赤い襷、からげた紺の絣の着物の裾からのぞいていた白い足は、夢の中でも踊っていた。

ある朝、パンツの中に、何かが漏れたような痕《あと》のあるのに気づいてハッとした。それからよくそんなことがあった。押し入れの隅にかくしたりしたが、病気かもしれないと不安でならなかった。

姉さんの呼び方が、いつのまにか「オニイチャン」に変わった。それまでは「ボク」と呼ばれていた。

あの年の七月、陸軍は「南部仏印」に進駐を開始して、対英米戦争はもう避けられない段階に突入していた。

九月、天皇の臨席する御前会議は、対米外交交渉の期限を十月上旬とし、戦争準備完了の目標は十月下旬と定めて、日米開戦はすでに決まったも同然のものとなっていた。

十月、外交交渉継続の是非をめぐって、近衛文麿首相と東条英機陸軍大臣が対立し、内閣は総辞職に追い込まれた。十八日、東条内閣が成立、十一月五日の御前会議は対英米蘭戦争を決意し、武力発動の時期を十二月初旬と定め、つづく十二月一日の会議では、全員一致で開戦を決定した。

時代の激流に浮かんでいる泡沫のような二人だったが、その一人は夜になると「花月劇場」の隅にいた。


椿荘の跡地は暗かった。

花柳界に続く路地だけは昔のまま、道に接した百坪ほどの空地は、砂利を敷きつめただけの駐車場になっていた。駐車場といっても照明などの設備らしいものは何もない、ただの空地に近い感じである。こんな狭いところだったか……ふと疑念も湧いたが、やはりここに違いない。なぜかしらぬがそう思わせるものがある。

空気のせいだ。

じっと立っていると、足もとからことばにならぬ懐かしさ、せつない思いが込み上げてきた。

ここに椿荘があった……

どうしているか、「赤鞘の安さん」。当然、戦場に狩り出されただろうが、もし生きていて偶然街ですれちがったとしても、たがいにそれとは気がつくまい。「ぼうや」が後期高齢者になっている。「ギノさん」の生きているはずがない。あの頃が四十の男盛りだった。関さんは名取になって、無事に大陸へ帰ったのだろうか……そうだとしても、その後に待っていたむごい日々は想像がつく。小西夫妻、丸旗さん、それに「芝居」好きの「神主」さん、みんな散り散り、散り散りパラダイス……

それが姉さんのパラダイスでないことはわかっていた。ぼくの心の中には、覗いてはならない小部屋があった。押し込められた美しい白い蛇が、身をくねらせて泣いていた。

「椿荘」にいたのは二年半ほどのことにすぎない。

あのあと、「おにいさん」は不仲だったという人と別れて姉さんと正式に結婚した。ぼくたちは、彼の麻布の家に移った。裏に小さな工場があった。

鈴木は機械工具の製造・販売をしていて羽ぶりがよかったが、「徴用令」がきて軍需工場へ働きに行かねばならなくなって、店を閉じた。やがて、空襲を避けるために郊外に移り住んだあとには、並木橋から母たちが越してきた。

米軍機の来襲は、もう日課のようになっていた。味方の飛行機は飛ばず、わずかに高射砲の弾が時どき思い出したように炸裂するだけで、にぶい不気味なエンジンの音を響かせながら銀色に光る羽をひろげた怪鳥のようなB29は、驚くほど低く夜の空を飛んだ。連日東京の町のどこかが焼かれたが、二十年三月十日、下町では一晩で十万人もの人が犠牲になった。周りを火の手で塞いで、その中に三〇万発の焼夷弾をたたき込んだといわれている。やさしかったあの人たちは、うまく逃げられたのだろうか……

計算され尽くした「戦略爆撃」であった。人間を人でないものに変えてしまう戦争に、アメリカも日本もない。

空襲が日常化して、人間らしい感覚が麻痺していた。麻布一帯が焼けたといううわさを聞いてから三、四日もたって行ってみたが、母を案じる心の隅には、人には言えない期待感のようなものがあった。その井上は、わずかに焼け残っていた材料置き場から顔を出して、ジロリとこちらを見たが、何も言わなかった。

母はすすけた顔で涙をこぼしながら、飼っていた猫の話をした。

一面のまだ煙がくすぶっている焼け跡を、いなくなったクロを探して三日三晩も歩き廻った。崩れた土管の中から、チリチリに焼けた生きものが顔を出して、わずかに鳴き声をあげた。声でクロと判った。

『ああ、お前、生きてたの！　待っておいで……』

とって返して、少しの食べ物を工面して戻ってみると、もうクロの姿はどこにもなかった。

『あれは私の行くまで待っていたんだねぇ……』

『――』

『じゃあね、帰るから』

手をあげながらそう言うと、母は微笑を返しながら、涙もふかずに言った。

『オマエは、冷たいんだねぇ……』

二度の原爆投下――一瞬にして広島では十三万七千人が倒れ、長崎では、七万四千もの市民とともに浦上天主堂のマリア像も焼け爛れた。人間の所業ではない。ここから始まった原子力時代の人間のあらたな原罪の象徴は、消し去られて、今は跡形もない。

撤去を命じたのは誰か――。

昭和二十年八月三十日、パイプをくわえて厚木空港に降り立ったアメリカの一人の軍人の前に、日本中が靡き伏した。

ミリタリズムからデモクラシーへ。亡んだ国の再生を支えたのは、二度と戦争はしないと誓った新憲法の存在だった。それは、占領軍からの押しつけだということで片づけられるような、そんな安易なものではない。背後には国・内外のおびただしい犠牲者たちの血が流れている。だが私は（旧制高校の学生になっていたが）、武力放棄や非戦の思想に基づく立国の理想が近代日本のはじめにあったことは知らなかった。

それは未熟な若者だけの話ではなかったはずだ。

店を失ってからの鈴木は、すっかりやる気をなくしていて、もっぱら家財の売り喰いで日々をしのいでいたが、夫婦仲はよくなかった。もともと姉は好きで一緒になったわけではない。

借家暮しの二年が過ぎたころ、家主が家のあけ渡しを言ってきた。戦地から思いもかけず息子が還ってくるというのだ。復興はまだ始まったばかり、行き場などあろうはずがない。困りはてたあげく、母と井上のいるところに、身を寄せざるをえないはめになった。

二人は麻布の家を焼け出されたあと、自分たちと同じ郊外線の駅のそばの小さな二階家にいた。疎開した知人にあとを頼まれていたのだが、そこもいつ立退きになるかわからない。姉たちは、一時しのぎのつもりがずるずる日がたつ苛立ち、私は私で大学受験をひかえた緊張の毎日だった。

家の中は険悪だった。

姉は井上とほとんど口をきかない。かれは胃を病んで寝ている日が多かったが、うめき声をあげながら時どき恐ろしいことばを口にした。

『いまに息の根を止めてやる――』

受験勉強どころではなかった。

悩み抜いたあげく、母のとった手段は、あの頃景気がよかった九州の炭坑にいる井上の兄弟を頼って、二人が家を出るということだった。血判を押して頼んだのだと、あとで聞いたことがあった。

最悪の事態は避けられたものの、連れ合いに働きがないから、姉が代わってかせぐしかない。またものように下通りの店へ、週に何回か通うようになったが、鈴木が心臓麻痺で急死すると、店からまったく足が抜けられなくなってしまった。

そこへ九州から母が帰ってきた。

井上は入院先の大学病院で死んだという。

ながい苦労からやっと解放されたという安堵の思いが、やつれた顔からのぞいて見えたが、母にはまだどこか井上の臭い、その影がまつわりついていて、二人とも素直に喜べなかった。

思いもよらず実現した親子三人の暮らし、ながい間の母の願いがかなったのだが、それは楽しいものではなかっただろう。身に一銭の蓄えもあるはずがなく、三人の暮らしが姉ひとりの肩にかかることになって、姉の母に対する態度は前にも増して冷ややかになった。ひどいことを言われても、母は笑って聞いていたが……それぞれに辛い日々が続いた。

大学には合格したものの、入れたのは学制改革の特別措置による第二志望の学部だった。

姉は弟の失望に気づいていたかどうか……

赤門前の帽子屋で買ってくれた角帽をチョコンとかぶってみせた顔は、笑顔からすぐ涙に変わった。


姉は、人が変わったようになった。

『姉さん、もういいわ、もういつ死んでも……』

夜遅く酔って帰るなり、水を一杯飲んだあと、そのまま寝てしまうようなこともあった。着替えもせず、裾を乱したままの恥ずかしい姿、時どきうめき声をあげている。そのたびごとに胸を襲った、あの言いようのない嫌悪感と苛立ちは何だったのだろう。目の前で大事なものが崩れて行くのに、どうすることもできない無力感にさいなまれた。


教育学部の学生に収入のいい就職口はなかった。新聞記者ならと思って受けた「三紙」のうち、一社からは二次試験の通知をもらったが、喜んで受けた面接で失敗した。

できたての民間放送の試験もだめで、結局、社員わずか数名の小さな出版社に行くしかなかったが、予想以上の薄給で家計の助けにはならない。おまけに出社前日、社からとどいた知らせには、自分用のスリッパと湯飲みを持参のこととあって、姉には見せられなかった。子どもの時から姉がずっと自分に託してきた望みの行きついた先がこの始末……。

どうにでもなれ、という気になった。

入社して数ヵ月後、先輩の勧める人と結婚して家を出た。すると姉も家を出て、母は一人になってしまったが、空いた部屋を人に貸せば何とか食べていけるよと言っていた。

姉は店から近いアパートで一人暮らしをしていたが、やがて、歳もはるかに違う若い男と同棲していることがわかった。

相手というのは私と同じ年恰好で、町工場で働いているということだったが、そのうち彼には自殺未遂の前歴のあることもわかった。

二人が薬を呑んだことがあった。発見が早かったから無事にすんだが、あのあと彼は姿を消してしまい、姉はまた一人になった。

目が見えなくなっているからすぐきてくれ、という管理人からの知らせで、駆けつけてみると、手さぐりでトイレを探している、見たことのない姉の姿があった。

医者は、『精神性のもので、そう心配はありません。何かのストレスか、一人暮らしの孤独感からきたものか……』とことばを選びながら、『一週間もそばにいてあげれば、だんだん見えるようになりますよ』と言って帰った。

その通りになった。

『あっ！　オニイチャン……』

「椿荘」の頃の声に戻っていた。

この人を置いて逃げたという悔いが、胸にうずいた。

姉の平穏な暮らしは五十も半ばを過ぎてからのことだった。

池袋から「東上線」で三十分、私の家からは一時間あまりのところに見つけた小さな借家で、生花を教えて暮らしていた。私は私大の新設の学部で、「出版概論」担当の講師になっていた。そんな遅い再出発と、わずかな家賃ぐらいの負担でも姉はとても喜んでくれたし、自分にもそれなりの満足感があった。

姉は週三回の稽古日のほか、月に一、二度出張教授もしていた。それが伊豆の河津と知って驚いた。なんでそんな遠くまで？

『桜が奇麗なのよあそこ、河津桜ってね、緋色よ』姉は笑っていた、椿だけじゃなくて桜も好きだったなと納得した。

ささやかな平穏無事。

それはしかし、たった四、五年のことだった。


冬のある日、朝早く電話のベルが鳴った。

近くに住むお弟子さんからの知らせで、『きのうのようすが気になって訪ねてみましたら、トイレの前でお姉さんが……』と声が震えている。

身の凍るような朝だった。

狭い路地を担架で運び出す時、振り返ってみた四畳半の形ばかりの置き床に、前の日の稽古に使ったのか、赤い椿が一輪さしてあった。

手足にはわずかながらでも反応があったし、ゆっくりだが、ことばも出た。『重い障害は残らずにすむでしょう』といった救急病院の医師のことばを裏切るように、日増しに手足はこわばって行き、左半身不随のまま二ヵ月がすぎた。

——ここでは駄目だ、どこか、医者をかえなければ……、知人の世話でやっと都立の老人病院に入れてもらうことができた。リハビリの充実で有名なところだった。

入って三ヵ月、ゆきとどいた訓練で、どうにか自力でベッドから車椅子へ移れるまでになった。一層の回復が期待できたが、三カ月以上はいられないきまりがあった。

『介護する人がいらっしゃれば、ちゃんとおうちで生活できますよ』

担当のP・T（理学療法士）はそう言ったが、すぐ自分のところへ連れて帰る決心はつかなかった。姉にひとことの相談もしないままの結婚だった。妻に心を許していない人を家に入れたあとのことを思うと、気が重かった。それでも一度はそうしようと思い、妻にもはからず姉にそう言ったのだが、本人にその気がないようなようすに救われた。そうか、それならそれがいい。どこかで、もう少しリハビリを続けるほうがいい……

いろいろ探して、またやっと入れることができた養護施設「天使の森」、そこもリハビリで評判のところだった。

その人に合わせて作らせたという皮靴を装着してもらって、杖を手に自力でゆっくり歩く訓練を受けている老人が何人もいた。

『お姉さんも、がんばればああなれますよ』

よかった、ここへ入れて、と思った。うしろめたさがそれで消えた。


姉が死んだだいぶあとになってから、お弟子さんに聞かされたことがあった。

河津への出張教授は、そこへ転居した金持ちの弟子のひとりに頼まれたものだった。負債を返す義理がからんでいたらしい。

『お姉さん、とても喜んでおられましたよ。弟が、また一緒に暮らそうと言ってくれたわ、とおっしゃって……』

あの時、もし、姉がそうしてほしいと言っていたら、どうなっていたか、おのれを欺いて背負うべきものを捨ててきた。


厳しい訓練がつづいた。痛さに悲鳴をあげて涙をこぼす姉、『もう少し、もう少しがんばってみましょうね……』。P・Tは、優しいがしかし妥協のない態度で日課をこなした。二カ月がたち、三ヵ月がすぎた。苦痛と一人で立たされる恐怖心からか、拒絶反応を起こした姉は、しだいに訓練を拒むようになってしまった。

そして一年――
右手一本と片足に残されたわずかばかりの自由、ベッドに釘づけのままの顔からはすっかり表情が消えて、何か言いかけてはすぐ泣くようになった。急に増えた白髪《しらが》だらけの、その上、ぶよぶよに太ってしまった姉からは、昔の面影はすっかり消えていた。

『ここはイヤ、家へ帰して……』と、とぎれとぎれに言う。言いながら、涙を溢れさせていた。

だんだん、行くのが苦痛になった。行けばいつも同じ訴えを繰り返していた。ここへ入ったばっかりに、かなりよくなっていた体がすっかり悪くなってしまった。姉はそう思っていたのかもしれないが、探し求めてやっと入ることができたリハビリではいい成績をあげているところだったから、訴えがたびかさなると、こちらにも不満が出た。仕方がないじゃないか、ここがいいと思ってしたことだ——。

帰ろうにも、もう帰る家はなかった。

姉には言わなかったが、無人のまま二年近く借りていた家は、家が腐るからという家主の主張を容れて明け渡していた。これも仕方がなかった、と思いながら、泣いている姉を見ている心のうちに、自分でも何か冷たいものを感じてハッとすることがあった。無理をすれば借りていられたのではないか……左手の手首に巻かれていた包帯にわずかに血が滲んでいた。『私の不注意で……』と言った係の女《ひと》の顔には脅えがあった。

「——」

直観が走ったが、訊く勇気がなかった。

姉はそのうち、プッツリ訴えをやめた。目の光りが失せて、そこはうつろな洞《ほら》のようなものになってしまった。

『……母さん、どうしてる』

前と違って、そう言うようになった。母の死んだことは言ってなかった。

『母さん、どうしてる……』

思い切って事実を告げた。

驚くかと心配したが、表情には、何の変化も見られなかった。

しばらく母のことを口にしなくなったから、わかったのかと思っていたら、ある日また、『母さん……どうしてる……』と言った。

『あのね、母さんは、死んだんだ。姉さんに知らせなくて、ごめんね』

わかったように見えたが、それからは、

『カアサンガタッテイル、ソコニ……』と、言うようになった。そして、凍っていた悲しみが溶け出したかのように、まるで子どものように涙をこぼした。

――場所を変えてみようか、「天子の森」から、もといた家の近くに見つけた「特養」(特別養護老人ホーム)へ移した。

移って半年、こんどは、ほとんどものを言わなくなってしまった。

くの字に曲がった左手を胸の上にのせたまま、一日中、少しシミが浮かんでいる天井を見ていた。話しかけても返事がない。眠っているのかと見ていると、フト目があいて、こちらを見るなりもう涙をこぼした。

何かつぶやいたような気がした。

『え、何か言った？　姉さん……』

……オニイチャンガ、ワルイ

そう聞こえた。

隣のベッドのやせこけた老婆が、いつものように顔をこちらへ向けて、『長いナスビ……長いナスビ……』と言っている。卑猥な笑い声、横を向いて知らぬ顔をしていたが、なにかたまらなくなって外へ出た。

その夜は眠れぬまま、昼間聞いた姉のことばを思い返していた。

確かに「おにいちゃんが、悪い」と言った。

あれが、姉から聞いた最後のことばになった。

大きな猫が子猫を喰い殺している……

散乱する内蔵……怒って猫の手足を縛る……身動きができず暴れもがく猫、かかえ込んだ肥え太った猫の量感……それが姉の姿に変っている……

驚いて目がさめた。

胸が動悸打っている。

不吉な早朝の電話が一度鳴って切れた。切れてすぐまた鳴り響いた。姉のようすがおかしい、すぐ来てほしい――。
外はまだ暗い。一番電車を待つしかない。どうした、姉さん……なにがあったのか、何度も柱の時計を見上げていた。

別室に移されていた遺体の額に手を置いたまま、しばらくじっと立っていた。間に合わなかった。ひとことことばをかけてやることすらできなかった。『綾子を、タノム』と言った母の末期の声が耳の底にあった。枕もとの小さな花びんに、園の庭に咲いていたのか白いあじさいの花が一輪さしてあった。花がなくてはいられぬ人だったが、それさえ手向けたのは自分ではない。ともに暮したながい歳月のあれやこれやが一瞬まぶたの裏をよぎって、姉は一体何のために生きたのかと思った時、不意に目の前が曇って、何もかも見えなくなった。
だが、悔いにさいなまれている心の隅に、何か、自分が自由になったというような思いが生じていた。

『お花をみんな、棺の中に入れてあげて下さい』
葬儀屋が言っていた。
『どうぞ……』また催促している。
――今さら花で埋めて、もう一度涙をこぼして、それですむことか。
『いいんですか、本当にこれで?』
花も持たず、姉は逝った。

突き放したような別れ、突き放したのは、姉かもしれない。一人で死んでいった短い命、六十四歳だった。

駐車場から車が一台出て行った。

またもう一台、跡地はガランとした空地になった。

空襲による渋谷の街の焼失は、昭和二十年五月二十五日未明のことだったという。道玄坂の中心部あたりに投下された焼夷弾の青い火は、すぐ真っ赤な炎となって燃えひろがり、一夜で渋谷は灰になった。渋谷小学校が燃えている。甘栗太郎、三河屋さんの暖簾に火がついた。丸高十銭ストア、千野時計店、渋谷松竹が燃え上がる、渋谷東宝が崩れ落ちる。火炎にくるまれた椿荘、炎上する「人柱」のような椿の木が一本、目の前に浮かんでいる。

……オニイチャンガ、ワルイ

誰も望んではいなかった赤ん坊の、しぶとい命の誕生だった。すべて偶然のなせるわざだったが、自分の受胎、自分が生まれ出た偶然は、姉の不幸と固く結びついていた。

姉のつぶやきは、永い間、心の内に封じ込めていた思いに違いあるまい。姉と弟といっても血は半分しかつながっていない。だがそれでも、姉であり弟であるかぎり言ってはいけない、と思っていたのだろう、無意識の蓋がはずれ、姉弟《きょうだい》の縁が切れぎれになりかけた裂け目から、それは、一度だけ洩れて外へ出た。

昭和十六年十二月八日午前七時、突然、ラジオから緊張した声が流れた。

『臨時ニュースを申し上げます、臨時ニュースを申し上げます』と二度予告があったあと、一瞬の間《ま》をおいて、ややかん高い声があとを受けた。

『大本営陸海軍部発表！　帝国陸海軍は本八日未明、西太平洋において、米英軍と戦闘状態に入れり――』

氷の刃で切り裂かれたように、あたりの空気が一変した。それはすぐ火のように激しく燃え上がった。

やったぁ！　やったぁ！　とうとうやった、ざまあみろ！　アメリカ、イギリス！

アパートの玄関で、行きたくもない学校へ行こうとしゃがんで靴の紐を結んでいた。

ふっと、肩に手があった
『おにいちゃん！　しっかりするのよ』

グレかけていた中学生の目の前に光が走った。だらしなく腰の下までのばしていた肩掛けカバンの紐を締め直し、戦闘帽を目深かにまっすぐ前を向いて道玄坂を下りながら、心の中でつよく思っていた。

――姉さんを守らなくちゃあ。

三　下関　山鹿あたり

大切なものを失くしてしまった。

「家族合わせ」が見つからない。

押し入れの隅から書庫の中まで探してみたが、見つからない。

どこかで売っていないかといろいろ問い合わせてみたが、今はもう作っていないらしい。

——見るだけでもいい。

「江戸東京博物館」に電話してみた。

しかし、そこでも保存していない。かわりにと、神田に一軒だけ残っているカルタ専門店のあることを教えてくれた。

電話で訊くと、『見本が一組だけあることはあります。ご覧になるだけなら……』ということで出かけて行った。

出されたものは、昔の「家族合わせ」ではなかった。

お医者さん、サラリーマン、花屋さんにパン屋さん、それぞれの家族に点数がついている。

医者は三十点、サラリーマンも同点、花屋二十五点、パン屋、八百屋は十五点、魚屋十点、大工やコックはもっと下って五点という現代版「家族合わせ」、遊び方も違う。揃えた家族の数を競うのではなく、獲得した点数を争うのだという。

職業に点数がついているのはまさに「現代」のカルタだろうが、今は若い人たちに人気があるコックさんが最低点とは、このカルタももう古いということか。それがもう入手困難になっている。時代の流れの迅さ、「家族合わせ」も押し流されてしまった。

返すまえにもう一度家族の顔を見てみたが、みんな同じように、ツルンときれいな顔に描いてある。昔のカルタの、それぞれ工夫をこらしたあの職業にピッタリの名前も消えてしまっている。

商人の名は金野成三、船長は波切航三だった。馬野足助が何者かは訊かなくてもわかる。僧侶の名は寺内経文、妻の絵は合掌していた。

『姉さんに遊んでもらうんだよ』と言ってあれを渡してくれた時の、母の気持ちを思い返している。

よくよく家族に縁のない人だった。

生まれたところは島根県の「金山」というところ、といってもそれだけで、ほかには何も知らなかった。母親の名も「ミ子《ね》」と憶えてはいても、懐かしむようすはなかった。三歳の時に別れたのだから無理はないが、父親にいたっては一日も一緒に暮したことはない。

それでもなぜか、母親より心をひかれるものがあったのか、父の名は「林きん」とよく言っていたが、その「きん」がどういう字を書くのかは知らなかった。「手記」も「きん」のままだ。武士の一字名、まさか「金」ではあるまいが「謹」か「欣」か。死ぬ前に、『とうとう山鹿へは行けなかった』と言葉を残した。よほど行ってみたかったのか、肥後の「山鹿」。

山鹿に行ってみようという気になった。金山はどんなところか……あらためて下関も歩いてみたい。

日本地図の索引で調べてみると、「金山」というところは全国で十八ヵ所あり、島根県にあるのはそのうちの一つで、山陰線の揖屋《いや》駅というところが近い。

『金山は母が生まれたところで、行ってみたいのですが行き方がわかりませんし、夏の長旅は医者からも止められていまして……』

電話を受けてくれた東出雲町の職員は、年配の人らしい実直さで、わがままな話をよく聞いてくれた。地図ではポツンと一点の金山は、「島根県八束郡東出雲町大字揖屋町字金山」というのであった。市街化したところが多い東出雲町の中で、ほとんど昔のまま、今でも農村集落だという。

『そこに、銅山があるのでしょうか?』

『手記』にあることを半信半疑で訊いたのに対して、『少し待って下さい』と間《ま》を置いて返ってきた返事は、『ありました。金山地区から西へ二キロほど離れたところに、昔、内馬銅山というのがあったそうです。それと、お母さんが長浜へ行かれたという道すじのことですが、当時はまだ鉄道は通っておりませんで……とすると、中海のどこかの港から船で日本海へ出て長浜に着かれたということが考えられますが、なにぶん遠い昔のことでくわしいことはわかりません。銅山のことやそのころの交通手段については、あとで資料をお送りしますから、それをご覧になって下さい……』

一週間ほどたって、「県史」からのコピーだろうか、鉱山関係と交通の発達に関する資料が送られてきた。

「内馬銅山」というのは古い呼び名で、ある時期から「宝満山鉱山」になったらしい。

慶応元年二月、松江藩によって初めて採取事業が開始されたが、いたるところに鉱脈のあることがわかって、「宝満山」と命名されたという。

明治五年、政府の直轄事業に移り、「鉱山寮」が管理したが、七年には民間に払い下げとなった。権利は百株に分けられ、その後転々と株の譲渡が行なわれて共同経営が続いた。

明治三十二年十二月、石見の掘藤十郎が全部の採掘権を三八、〇〇〇円で買収し、三十三年一月から大正七年十二月までの掘鉱山時代が、「宝満山」の最盛期となった。鉱業権は、その後にも変転があったらしいがしだいにさびれて、大正九年に閉山している。

母が慕った「ぢいさんばあさん」たちと「林きん」とは、どうしてここで知り合いになったのか、そのいきさつは、『手記』ではわからない。

想像だが、「石口の家はかなり裕福だった」とあるから、ひょっとしたら爺さんは、銅山が民間に払下げになった時、百株のうちの何株かを所有していたということも考えられる。そこへ、鉱山技師として林がやってきた。何かのことで知り合いになる。娘をくれという話が出た。林は立派な武家の出、爺さんがかってに、娘の意向を無視して話を進めた。「金山子一」の不運、母の不幸の始まりである。

だが、林がどうして遠い肥後の熊本から、はるばる石見の金山まで行ったのかはわからない。

コピーには交通の近代化に関する記述があった。明治になっても陸上交通の整備は遅々として進まなかった代わりに、船会社による定期航路が開設されている。明治十年からの三菱による日本海航路がそれである。

これはほどなく廃止となったが、代わって大阪商船による山陰航路が開かれる。大阪から瀬戸内海経由、山陰の主な港にたち寄って安来港に至るもので、月に十五便、大阪から四日目に安来に入港した。一方、宍道湖や中海に蒸気船がお目見えしたのは明治十一年、十五年には、米子、松江間の中海航路が開かれている。金山から近い揖屋には寄港しなかったが、連絡船で客を運んだとある。

母たちの長浜移住は、近くの揖屋に出て、連絡船で安来へ行く。そこで大阪商船の船を待ったのではないか。役場のひとが言った中海から船で長浜へという推定は本当だろう。

いろいろ考えているうちに、長浜へは一度行ったことがあるのではないか、という気がしてきた。母と一緒の逃避行のおりにである。

暗い海だった。

引き上げられた小舟の陰で、母ともう一人の女の人が抱き合って泣いていたが、あれは、妹の重子という人ではなかったのか……二人の影絵のような姿のほかに、昼間見た家の軒に吊した干魚のわびしいかたちも浮かんでいる。あれは妹の嫁いだ先の家だったのか……

貧しい浜だったと思うのだが、調べてみると、長浜には盛んだった昔がある。

松尾寿氏ほかの著書『島根県の歴史』は、中世西日本海水運の新たな展開を示す象徴的な出来事として、石見周布氏による朝鮮との交易の成立と展開をあげている。

周布氏の朝鮮との交易は、応永三十二(一四二五)年に、張乙夫《ちょういっぷ》ら十人が長浜に漂流するという偶然の事故をきっかけに開始された。

周布氏は漂流者たちをまず対馬に護送し、現地の有力者の協力を得て無事朝鮮に送還する。翌年、朝鮮王から返礼の使者が長浜を訪れたのを機に交易が始まったが、周布氏による朝鮮交易の前提に、環西日本海世界の成立があり、それが朝鮮交易によって一層発展するという関係にあったと考えることができるというのである。

十六世紀中ごろから末期にかけて、中国で編纂された史書に記された日本海沿岸部七港の中に、浜田と並んで長浜の名があるという。

長浜は浜田とともに、西日本海水運の歴史に深い影を落としている港であった。

国内の歴史からみても同じことがいえる。

戦国期に、大量の武具や武器が必要とされたことは言うまでもないが、その原材料である鉄や銅など、鉱物資源に対する需要が急激な高まりをみせたことも当然のことだ。厖大な軍事費用の調達のため、金や銀など高度の貨幣価値をもつ貴金属類の獲得にも、大きな関心が集まった。

出雲など、早くから良質の鉱物資源に恵まれた地域として知られていた中国山地の日本海側は、戦国時代のこうした状況を背景に脚光を浴びることとなった。

十六世紀には東北や北陸地方から北国船が、出雲鉄などを求めて頻繁に島根・山陰地方を訪ねるという状況も生まれた。そして、十六世紀後半の記録には、薩摩など南九州地方の商人たちが日常的に石見浜田を訪れているようすが記されているという(3)。

長浜や浜田を重要な拠点のひとつとする西日本海水運の発展と、九州地方との深いつながりがわかってくると、肥後の林きんがはるばる遠い石見の銅山に姿を見せていたことも、別に不思議なことではないように思えてくる。


昔、石見の長浜村から九歳の女の子が、ばあさんに手を引かれて浜田をさして歩いて行った。送ってもらった「こっぽれ下駄」がコッポレコッポレ珍しい音を立てているのが嬉しくて、ばあさんの後になり先になりして行ったのである。

浜田の港に着く。小舟に乗せられた。それで沖の船、恐らくは大阪商船の船に乗りかえる。

政治や経済、軍事の必要が長い時間をかけて切り開いてきた海上の道を、買ってもらった三つばかりの桃を手に、貰われて行く幼い子が渡る。揺れて遠ざかるばあさんの影、いつまでも手を振っている。

不意に心細くなる。下関に行くのイヤだ。

『桃はいらんけぇ帰してやりんさい……』

桃を海へ放り投げて泣く声が聞こえている。

さらに昔、漂流して長浜に着いた張乙夫らのことは、歴史に記録をとどめている。それは、日朝貿易と西日本海海上交通の発展に大きな影響を及ぼした、大事件であった。

後年の夏のある日、その長浜を出て、同じ海を西へ流れていった九歳の女の子のことを知っている者は、誰もいない。いなくて当然の、とるに足らない些事に違いない。

しかし、その「漂流」は、一人の少女の生涯を決めたのである。そして、彼女につながる少なくとも二人の人間の一生も——。

それは、三人にとっては、やはりひとつの「事件」であった。

下関には小雨が降っていた。

夏の雨、濡れてもたいしたことはあるまい、と古い駅舎をあとに外へ出た。暮れるまでには、まだ少し間《ま》がある。

幕末、さきがけて維新回天の舞台となった港町、左手に海、何本か、あまり大きくはない船のマストが見えている。ここはまたかつて関釜連絡船で賑わった港とはとうてい思えないさびれ方だが、胸にうずくこの奇妙な懐かしさは何か。胎児の無意識の底に刻み込まれた遠い日の記憶でもあるのか。

だが今、それはいい。自分は今、昔、母がいた町に立っている。九つでここに送られ、ここで働き、何かことあるたびにオロオロあちこち歩き廻ったところだ。思いはそこを離れない。

——柊神社を探してみるか、

駅の案内所で訊いてみたが、柊神社は地図に載っていない。ビジネスホテルのフロントの若い娘も首をかしげた。

どうなったのか……柊神社。どのあたりだったか思い出せないが、駅からかなり歩いた辺鄙なところにあるあまり大きくはない社《やしろ》だったように思う。

しばらく外で待つように、ということだったのだろう、ドンドンと胸に響く太鼓の音を聞いていた。

出てきた人は、姉によく似ていた。

目の大きな鼻の高い立派な顔だち、まだくわしいいきさつは知らなかったが、その人が姉の父親だということはわかっていた。場違いのところにいるような気がして、姉のうしろについていた。

あれから町へ出て食事をしたが、二人がどんな話をしていたかは憶えていない。

あの旅行の少しあとの母の怒りの尋常でなかったことは、ながい時間が過ぎ去った今も忘れずにいる。

あれから後、姉が父親の名や神社のことを口にすることは二度となかった。


雨が少しつよくなってきた。

姉にも辛い思いのつもっている町が濡れている。

四歳の時、母は養母の強引な勧めで一度再婚の話にのっている。家を出て行く母親を、古着屋の吊した古着の陰にかくれて泣かずにじっと立っていた姉、やがて、親の行ったあとを追ってとぼとぼ一里半も歩いていたと、『手記』にあった。

深夜まで働いていた母が、明日は屠殺場に送られることを知っている牛のうめき声に脅えながら急いで家に帰ってみると、手足も冷たくなったまま寝ている子の頬にはまだ涙の痕が残っていた。

母が恋しい思いの底に沈殿した、何かそれとは違うものがあったかもしれない。

姉は、どうしても、母と一緒には暮らせなかった。

姉のせいではない、母の不運であった。


母はどうして神社を出てしまったのか……姉が言った通り、あのままじっとしていればよかった。出て行かなければならないいわれはなかったはずなのにと思ってきたが、歩いているうちに、それがわかるような気がしてきた。

父を知らず母の愛もなしに育った人間には、自尊や自愛の念は育ちにくいのではあるまいか。母はよく『つまらない自分……』と言うことがあった。「つまらない者」が身を捨ててかかった結末は見えていた。


姉も私も似たようなものかもしれない。どこかに、自分を捨てている心がある。

だがそれと同時に、逆境が育てたもっと根の深い自己保存の欲求や、自衛的なエゴイズムというものもあるだろう。

自分はやはり、姉には似ていない。


雨が、ますますつよくなってきた。

通る人も少ない。

訊いてわかれば、「幸町」は歩いてみたいと思っていた。奉公に出された質屋のあったところ、一人娘のお供をして、小さい体で引きずるようにして琴の持ち運びをしていた。夜は夜で遅くまで、不要になった質札を裂いてコヨリを作らされていたと書いていた。

一緒に暮すようになったある夜、書き物をしていた机の傍に、『こんなことしかできないけれど……』と封筒に入れた一束のコヨリを置いて行ったことがあった。表に鉛筆で短く何か書いてある。あとで読んでみると、「ただひとり、コヨリよりく、幼なかりし日をしのびつゝ」とあったが、その「幼なかりし日」を私はずっと自分のことと勘違いしていた。母のことは何も知らなかったのだ。

両手に岡持ちを下げて歩き廻った「新地遊廓」のあったところへ行きたい。「さぬき屋」は今もあるのだろうか、ずいぶん時がたったあとになっても、まだ気にしていたタダ見の芝居小屋はどうなったか……尋ねたいが、人が歩いていない。

雨の中をあてもなく歩いていた。

「ミ子《ね》」もこの町のどこかに住んでいたのだ。『手記』には、ミ子《ね》は初め浜田にいた岩田伝次郎に嫁ぎ、のちに連れだってここ下関に移ったとあったが、そう広くはない町である……母はここで実母に会うことはなかったのだろうか？

伝次郎は、魚の仲買人をして一時は成功をおさめ、豊前田遊廓で大尽遊びをしていた。

やがて多額の負債を負った彼は、妻を捨てて馴染みの女と東京へ逃げる。その伝次郎のもとへ、東京遊学に出た若い日の佐竹が身を寄せ、のちには姉もそのカフェーで働くことになった。縺れた糸で母は実母とつながっていたのだが、ミ子のことは何も書いていない。

本当に、会うことはなかったのだろうか……

ようやく、年寄りが一人歩いてくるのを見つけた。傘越しに、『あのあたりが、昔』と、中央通りのかなり先の方を指さした。

ここが、「新地遊廓」か——

母の忘れることがなかった場所がここか……

全くふつうの、どこにでもある家並みに見えた。

しかし、うろついているうちに、それらしいたたずまいの家がまだ何軒か残っているのがわかった。軒が深く張り出している二階の隅の漆喰の壁に、鏝絵《こてえ》らしいものが残っているのが見えた。昔はこんな構えの家が立ち並んでいたのだろうか。

幼い姉を一人残して夜遅くまで客引きをしていたという、「幸楼」はどこだ……。大きなお腹をかかえ、無理を頼んで働かせてもらっていたという「一福」はどの辺にあったのか、腹の子はじっとしていたか……

どれもこれも、もうわかりはしない。

だが、昔、母がここで働いていたことに間違いはない。ここが母の忘れることのなかったところかと、濡れるのもかまわずしばらくあたりをさまよっていると、いつのまにか中央通りへ出ていた。

道すじがそういうふうに造られているのだろう。道路だけが昔のままかもしれない。

歩き疲れて、通りに面した居酒屋の暖簾をぐぐると、中はすいていた。中年の女性客が一人、カウンターの隅にいて、煙草をふかしているだけだ。丁度いい、いろいろ思い返しながら呑むのに……

おかみさんが、『お客さん、どちらから？』と訊いてきた。それには答えずに言った。

『昔、このあたりに〝さぬき屋〟といううどん屋があったというんですが、そんな名前の店は今はありませんかねぇ……そばに、芝居小屋があったらしい。必要があって、それを探しているんですよ』

『うどん屋さんは知りませんが、演芸場は最近までありましたよ〝ゑびす座〟、立派な舞台、畳さじきでね。島倉千代子さんなんかもきて、それは騒ぎでした』

すると、黙ってビールを飲んでいた女性が、カウンターの上をすべらせて鉛筆書きの紙片を送ってよこした。演芸場のあったあたりの見取図だという。「新富湯」というのが目印しになると言って、二つ、○をつけてくれた。

すぐに店を出た。

雨は止んでいた。

略図の通り、大きな鳥居をくぐり、「高杉東行終焉の地」と書かれた標識を見て通る。左右に小さなビルが並んでいる道を少し行くとようすが変わって、やや古びた民家が目につき始めた。同じような構えの軒の深い二階家が並んでいる。昔はこのあたりも娼家だったと、さっきの話にあった。

するとこの道も母が歩いた道か、雪の降る日は難儀だった。下駄の歯につまった雪を蹴り蹴り歩いた。

明るい月の夜は、かえって影に脅えた。

「新富湯」というのを見つけた。略図では、「ゑびす座」はすぐその前になるのだが、それらしいものは何もない。湯から出て涼んでいるお年寄りに尋ねると、『ああ、それはそこ、そこの路地の奥、今は事務所しかないよ』

ここに本当に、と思うほどの狭い路の奥、ここに島倉千代子もきた、そんな立派な演芸場があったのだろうか？

火事で焼けたのだという。『戦後はストリップもやっていた』と、訊きもしないことまで教えてくれた。明りが消えている小さな平屋の玄関脇に、「――興業事務所」とあるのがやっと読めた。

「ゑびす座」の跡地に違いない。

ここに昔、母が見たという芝居小屋があったのだろう……多分そうに違いない。切符切りの爺さんのスキを見て、草履をふところに忍び込んでタダ見をしていたという芝居小屋はここだ。それがわずかに残っていた。

「さぬき屋」はどうなったのだろうか――どこにもそば屋はなかった。「柊神社」もだれも知らない。だが、もういい、これ以上昔を尋ね歩いても、空しくなるばかりだ。遠い日の母の怨みの跡を見とどけてどうなる。「新地遊廓」にも「さぬき屋」にも、「柊神社」にも、あれからの永い歳月、幾変転があった。そういうことだ、それでいいではないか、『手記』にも「きれいに流してしまいたい」と書いていた、だからもうそれでいいではないか――。


あくる日、鹿児島線「玉名」駅には夕方五時過ぎに着いた。西日がまぶしい。

タクシーに飛び込んで行先を告げると。三十分ほどかかるという。市内は明日に迫った「山鹿灯籠祭り」の予約で一杯で、少しはずれた平山温泉にやっと部屋がとれたのだった。

母が心を残した山鹿だが、行くあては「山鹿温泉」というところしかない。

病院にいた時、少し気分がいいという日に聞いたことがあった。

『〝山鹿温泉〟という浴場があってね、そこがもとは父の屋敷跡だったらしい。女中さんが湯気の立つ桶で洗いものをしていたのでわけを訊くと、庭の隅から湯が湧いている……と、それが今の〝山鹿温泉〟になったということだよ』

弟から聞いた、と言った。「父の書いた額もかかっている」と。

弟がいたのか……もちろん腹違いだが、一体いつ弟がいることがわかり、どこで彼と会ったのかと思ったが、病状のこともあって、あの時は黙って聞いていただけだったが、名前はたしか「いさお」と言った。

あらためて考えてみると、昔、一時大牟田に行っていた時、どこかで会ったのだろう。井上の手術のこともあって、よくよく金に困ったあげくのことか。

その折に弟が、父はとっても厳しい人だったが、優しい面もある人で、警察にいた時、目の不自由な人たちに白い杖を持たせて、それを高くかかげれば乗り物がすぐに停まって便宜をはかるようなきまりを作ったので、死んだ時は驚くほどたくさんの人たちが杖をついて線香をあげにきた、というエピソードや、山鹿に戻っては、「なべ屋」といえば知らぬ者はないほど商売でも成功をおさめた、という話もしたらしい。

精神的にもどん底にいた母にとって、それは大きな励ましになっただろう。「私は武士の娘」という誇りや、いつか山鹿へという思いは、その時つよく胸に刻まれたのではないか……〝山鹿温泉〟を探してみよう、額は今でもあるだろうか……

車一台がやっと通れるような道を何度も曲がって、宿に着いた。

印ばんてんに半ズボン、少し腹の出た主人《あるじ》が、ボストンバッグを取ると先に立って部屋までの廊下を歩きだした。

『祭りの御見物ですか？』

『いや別に、祭りが目的じゃない』と言うと、黙ってしまった。

座ってから、『山鹿は昔、祖父が住んでいた土地でね、一度きてみたかった』とことばを足すと、急に親しみの湧いたような声になって、『山鹿のどこです？　その方のおられたのは……』と茶を入れながら訊いてくる。

『それがハッキリしないんだ』と答えながら、それだけでは変だと気づいて、『この町のことで、ほかに調べたいことが幾つかあってね』とことばを濁していると、『それなら』と一度奥へ引っ込んだが、すぐまた、大部の本を二冊もかかえて戻ってきた。

『これなら、山鹿のことは何でも書いてあります』

『山鹿市史』上・下二冊。

うるさくなって、『あとでゆっくり見ます』と言いおいて、湯殿へ向った。

戸を開けると、微かに硫黄の臭い、誰も入っていない。

——とうとう来た、山鹿まで、
湯舟に深く体を沈めた。つるつるしたいい湯だ。

寝る前に少し、と読みかけた『市史』、たちまち引き込まれていった。

山鹿市は、昭和二十九年四月一日、一町七村が合併してつくられた。現在の人口約三万三千人、市域の総面積は県下十一市のうちの九番目と、必ずしも広くはない。

肥後藩主、細川家は、藤孝（幽斉）を初代とし、明治二（一八六九）年、十三代・韶邦が版籍を奉還するまで三百三十余年にわたって続いた名家である。

二代・忠興は、元和七（一六二一）年、小倉城から中津城に退隠し、三男・忠利が家督を継いだ。幕府は寛永九（一六三二）年、謀反の嫌疑で追放した加藤忠廣の跡目・肥後国五十四万石を多年の功に報いると称して忠利に与えた。

忠利は、熊本城に入るとすぐに二十六名の郡奉行を任命したが、この時、山鹿奉行には、真野九兵衛、田中勘之丞の両名が選ばれた。山鹿郡の高は、三五、八五〇石であったと記されている。

くわしい藩史の記述の中に、ひょっとして「林きん」につながる手がかりになるものがありはしないかと、辛抱づよく読み進めた。

家臣団は、知行取《ちぎょうとり》以下寸志《すんし》まで六つの身分に分けられていたが、知行取にも、旧古御知行取（旧知）と、新御知行取（新知）の区別があった。

「旧知」は、初代藤孝以後四代までの間に知行をもらったもので、事故のないかぎり父祖の家禄を世襲した。「新知」はそれ以後に知行をもらったもので、家督を継ぐ時、文武芸の目録四つ以上を必要とし、定めにしたがって知行が減らされることもあった。

『市史』の記述は、このあと知行地におよぶ。

藩の初期知行地についてもっともよくまとまっている史料は、『慶安元年眞源院様御代御侍帳』であるという。これに、九百三十九人の武士の名が載せられている。

そのうち、山鹿郡に給地を持つ者は百十四家。この中に、林を姓とする武士が二名いた。林義兵衛（百五十石）、林長左衛門（百五十石）の二人である。

ああ、あった、林の名が——。

座り直して、ページをめくった。

中期の史料『御侍御知行高附』にある給人のうち、山鹿の給人は百五十一名、この中にも、〔長坂村〕林弥五太夫（二百五十石）、〔小原村〕林四郎太夫（百五十石）と、林姓の武士が二名いる。

林義兵衛と林長左衛門、長坂村を給地とした林家か小原村の林家か、「林きん」はこのいずれかの系譜に連なる者かもしれない。半信半疑で聞いていた母の話が、にわかに真実味を帯びてきた。

白々と明るさを増してきた蛍光灯の下で考える。

細川藩の家臣団のなかに、山鹿を給地とした林家というのはあった。林の家は「旧知」に属したれっきとした家柄である。確証はないが「林きん」がこれに連なるものだったとすれば、彼はきっと誇り高い男だったろう。弟が語ったという「厳しい人」だったかもしれない。肥後藩士の子弟は、八歳の正月に藩校・時習館に入学する定めであったというから、『手記』にあった「馬に乗って御学問所に通った」

というのは、「時習館」のことだろう。

武士は知行地に住むことはなかったから、彼が山鹿へ移ったのは維新後のはずだ。明治四年十二月、士族が農・工・商の職業につくことが許された。

明治九年八月、それまでの米禄を金禄にかえて「金禄公債証書」が下附されたが、売買も抵当に入れることも禁じられていた。それが十一年九月になって、自由処分が認められた。以後転売・質入れ、勝手たるべし——。

「林きん」が、山鹿郵便局に家伝来の刀その他を抵当に入れ、と『手記』にあった「その他」の中には、この「金禄公債証書」が入っていただろう。彼が、まとまった金を懐に山鹿を出たというのはこの時から後のことになる。各地でいろいろな職についた。勉強もしただろう。そして明治三十年頃、山師（鉱山鑑定人）として、一時期「金山」に滞在したということが考えられる。

あれこれ想像にふけって、明け方近くになっていた。

親切な主人のおかげで、思いもかけぬことがわかった。

翌日は、昼ごろまで寝ていた。

まず、予定していた〝山鹿温泉〟を尋ねよう。そのあと、「長坂村」や「小原村」にも行ってみよう。

タクシーのドライバーは、若い女性だった。

『〝山鹿温泉〟というのがありますか』と訊くと、軽くうなずいている。『そこへまず行って、そのあとまた、一、二ヵ所……』と頼むと、『祭りで少し混んでいますが』と申しわけながっている。

『構わないよ、ゆっくりでいい。実は祖父が昔、〝なべ屋〟という店をやっていてね、かなりはやっていたらしい。……先祖は、長坂村に知行地があって……』と勝手に長坂の方に決めて、おかしいほど饒舌になっていた。


二十分もすると市街地に入っていた。軒先に吊された提灯や道端のそこかしこに設けられた矢印の標識が、祭りの雰囲気をかもし出している。店先に、熊本城や熱田神宮を形どったらしい大型の灯籠が台に載せて飾ってあるのが珍しく、運転手さんの話では、これらはみな町内ごとに作られて約三十六基あまり、祭りの終わりには町民がかついで大宮神社へ奉納するのだという。

『着きました』と声があって、車が止まった。入り口がちょっとした寺のような構えの公衆浴場だった。中に入って、年輩者に話を訊いた。

昔の人が書いたような額はかかっていない、という。『古くからここに居ますが、見たことはなかです』と言った。それ以上は訊きようがない。庭のすみから湯が湧き出して……という遠い昔の話をしてみても、相手は「そげんですか」と言うだけだろう。

念のために林の名も出してみたが、『存じません』というだけだった。

車に戻ると、運転席から意外な声がかかった。

『〝なべ屋〟というのは、今でもあります……』

『えっ!』と声が出た。あるのか〝なべ屋〟が——。

市街地を抜けて、民家が立ち並ぶ細い道を車は進んだ。こんなところに? といぶかりながら、出てきた人に何と言えばいいか、と思案していると、『あそこです』と道路をへだてた正面を指して彼女は言った。『ここで待ってます』。

小さな雑貨屋、前に立って見まわしてみても、看板らしいものもない。入口脇のガラスのケースにはいくらか煙草が置いてあり、壁にはウィスキーや日本酒の瓶が、これも申しわけ程度に並べてある。

前掛けで手をふきながら、年輩の女性が出てきた。

『おたくは〝なべ屋〟というのですか』と訊くと、『ハイ、そうですが……』と言う。

『失礼ですが、お名前は林さんではありませんか？』

渡辺、というのだった。〝なべ屋〟というのは町の人が勝手につけた呼び名で、べつに屋号ではないという。親の代からずっとここで商売をしているが、ほかに〝なべ屋〟というのは聞いたことがない。親戚に、林という家もない。

「ワタナベ」で〝なべ屋〟か……最前までの心躍りがいまいましい。昔はやった学生のことばでいえば「ナンセンス！」。

苛立ちは、下関の夜と同じ空しい思いに変わっていた。

古い糸屑よりももっと頼りない父と娘のつながりの糸、そんなものに母は死ぬまぎわまで執着していたのか。

母さん、もういいか、林という家《うち》は由緒あるりっぱなものだったよ……

急に不機嫌になった客を気づかうように、また運転席から声がかかった。

『〝ながさこ〟という所が、市の南にありますけど』

ああ、「長坂《ながさか》」ではなくて、「ながさこ」というのか……

『いってみますか、長坂へ?』

『——』

『いや、もういい。それより、もう少しこの辺を廻ってみて……行けるところだけでいい』

交通規制を避けてぐるぐると、どれくらいの時間がたったのだろう。ただ廻っているだけでいいのか……運転するがわも気になったのだろう、『せっかく山鹿へこられたのですから、せめて花火だけでも見て行かれませんか……皆さんお目当ての千人踊りは明日の夜ですが、今晩はこれから花火が上がります』。

外は暗くなりかけていた。

車は速度を早めた。

菊池川を跨ぐ山鹿大堤橋の上は、もうかなりの人だかりがしていた。左手下方、お祭り広場と思われる方角から、太鼓や三味線の音が聞こえてくる。

サイケデリックな柄の浴衣に胸高に帯をしめた娘たちの、あけっぴろげな笑い声、柵にもたれて缶ビールをあおっている若者の群れ、ザックを背にした人たちが続々とつめかけてくる。警察官の警笛の響きが激しくなって、橋の上はみるみる身動きもできないほどの人、人で埋まってしまった。汗の臭い、白いハンカチ、あたりはすっかり暗くなった。

夜空にひょろひょろ、花火が上がった。

小手試しか、音もやさしくおだやかに消えた。

『始まった！　始まった！』

また試しの二、三発、しばらくじらすような間《ま》があいて、やがてドーンと本格的な音が轟きわたったかと思うと、赤や黄の大輪の光の花びらが、大きくゆったりと夜空に散った。

一発、つづけてまた一発、『やあ、奇麗！　キレイだねぇ』、歓声につぐ歓声、どよめき、七花八裂の火の明りが照らし出す夜の天穹の深い蒼み、とみるまに消えた明りが残した薄墨色にたなびく煙の、あやしい動きが目にとまった。

それは、はかない花火の残骸のように見えた。

自分の目は、いつか、鮮やかな光の競演よりも、かき消えた花火が後に残す薄墨色の燃えかすが、しばし夜空に漂うのを待ちうけるようになっていた。


明くる朝、発つ前になって気が変わった。

また来ることはあるまい。母に代わって、もう一度よく山鹿を見ておこう。夜が更けるのを待って、「千人踊り」も見て帰ろう。


町の中心部には、藩政時代の城下と小倉を結んだ豊前街道が通っていて、ここから枝分かれしたようなたくさんの小路がある。

権現堂小路、梅の井小路、菊池小路……ここが明治時代には養蚕・製糸業で県内上位を誇り、屈指の温泉場として栄えたという面影はないが、わずかに一個所、国の重要文化財に指定されている芝居小屋・八千代座が、かつての繁栄の名残りをとどめている。正面、白漆喰壁に突き出た櫓と二層の入母屋屋根が見事に調和して、時の流れをせき止めたような落着いたたたずまいである。

町内ごとに作られ続けてきたという奉納山鹿灯籠の起源は、いくつかの説に分かれるほど古く定かではないようだ。

阿蘇大明神（一説に景行天皇）巡幸伝説に基づくとする説もあれば、盆行事としての火祭りが神社の祭事と結びつき、さらにこれに夜宮の風習が加わって、室町時代に成立したのではないかという説もあるという。

金灯籠を頭に載せた浴衣姿の娘たちが、「よへほ節」の歌にあわせて踊り歩く「山鹿灯籠踊り」にしても、今は観光化しているがもとはそうではなかったらしい。

昔、灯籠を大宮神社に奉納する「上り灯籠」の道行の時、先頭に立つ「踊り灯籠」には文字通り踊り子がつき、神社への途中、花見坂の一本杉や由緒ある祠《ほこら》の前で、ひと踊りしたのだと伝えられている。

踊りは、念仏踊り系の簡単なものであったが、踊り子たちは八歳から十五歳までの処女に限られ、振り袖姿で練り歩いたのだという。

人混みにまぎれて町をさまよい、書店を見つけては故事の記述に目をさらして、時を過ごした。

やがて、夜の闇が深くなった。

軒先の祭提灯の火が明るさを増し、山鹿太鼓が鳴り響き、三味線の音曲に乗って「よへほ節」が、小路、小路の隅々にまで聞こえてくると、人を酔わせ人の流れを巻き込んで、祭りは一気に高揚した。

主は山鹿の骨無し灯籠　ヨヘホヨヘホ
　骨も無けれは肉もなし　ヨヘホヨヘホ
山鹿灯籠は夜明し祭り　ヨヘホヨヘホ
　町は火の海　人の波　ヨヘホヨヘホ

「湯の端公園」前の大通りに、頭に灯籠の火をともした少女たちの踊りの列が現われた。灯籠を中心に、上下それぞれ六本の蕨手の飾りをつけ、頭頂に高く擬宝珠を戴く格調高い金灯籠の赤い紐で、しっかりあごを結んでいる。紺地の浴衣の赤や黄色の花模様、姿勢正しく目はまっすぐ前を見つめているが、歌に合わせた手の指の先が、時どき手順をたがえてとまどいのいろを見せるのも可愛い。赤い法被の幼い背に、黒字で大きく「祭」の一字を入れた鉢巻き姿の子どもたちの一団が、小さな神輿をかついでやってくる。あとからあとからやってくる。

二列に組んだ年長の娘たちの一行が続く。「よへほ節」の歌の文句を染め抜いた白地の浴衣に赤い帯をしめ、白足袋のつま先も赤の鼻緒の、さす手ひく手みごとに揃った足さばき、囃子ことばのヨヘホヨヘホで細い指先が胸もとで合掌のかたちをとるさまが、優にやさしい。遠い昔の念仏踊りの手が、ここに残っているのだろう。一団を照らす強いライトの光と、頭上に戴く灯籠の明りが微妙に交叉して、乙女たちの顔を陰影深く引き立たせている。どの顔も少し怒っているように見え、どこか寂しげにも見える。

婦人会の人たちであろうか、中年女性たちの踊りは、手の動き足の運びもゆったりと、さすがに手慣れたやわらぎが見えた。中に白髪《しらが》の小さな肩が一つ、見え隠れしている。

ヨヘホヨヘホで合掌した丸みのあるその手、あっ！　と思った。あの時の母の手だ、母がいる、とみるまに一行はもう目の前を通り過ぎ、続く一団にさえぎられて見えなくなった。後続の人たちは手に手に三味線を抱えている。華やかでどこか哀しい糸の音《ね》も、背に差した祭りうちわも遠のいて行く。

踊りの手のように、ごく自然な合掌、念仏だった。なぜ念仏？　ずっと思っていた。身に負った前世からの「因縁因業」と、やっと別れるという思いがあったのだろう。……それがおのずから念仏のかたちになったのか。それがいまごろわかった。

ずいぶん使った手だとよく言っていたが……何枚皿を洗ったか、どれだけのコヨリをよったか、屑を量った微妙な分銅の揺れ、みんな手のしたことだ。

あの手はどこまで行ったか……

夜も更けた。みんないっせいに、「千人踊り」の会場に向う時刻になった。子どもや女性たちにまじって、髪を角髪《みずら》に結い、手に手に松明《たいまつ》の火をかざした上代衣裳の男たちの一団も、山鹿小学校のグランドをめざして黙々と行進して行く。後について歩くが、心はずっと前の方をみつめている。

母はどのあたりか……

先を急ぐ道路の左手高く「山鹿郵便局」の看板が見えた。道はそこから左折して、大宮神社参道のゆるやかな坂道になった。いよいよ大変な混雑で、容易に前へは進めない。

苦笑が浮かんだ。

いつも遠くから母を見ていた。

母のことは忘れて暮らした少年時代。

母が持っていた私の五年生の通信簿は、体育だけは乙だが、あとは全甲、「操行」は優となっていた。母はずっと自分を手放さずにいたのだが、昔、東京へ逃げようという母に向かって『ぼくまで行くと井上に見つかるから、母さん一人で行け』と言ったという六歳の子の性根の生涯変わることはなかった。


やっと神社に辿り着いた。

小高い裏手の公園は、会場に入りきれぬ人たちで一杯だった。

その一角から見おろす小学校のグランドは、火の海だった。中央に設けられた大櫓をとり囲んでいる十重二十重の踊りの輪、千人の頭上の灯が一つに溶けて揺れている。

やがて、地方《じかた》のはやす笛・太鼓・三味線の音。マイクから流れる「よへほ節」の歌の調べに乗って火の輪が巡る。たった今、地の底から噴き出したかのような火のうねり、何処から来たかわからぬ、何処へ行くとも知らぬ悲しいまでに巨大な命のるつぼ、その中に、母がいる――

四　妣《はは》の国

博多を出た新幹線「のぞみ号」は、あっという間に小倉を過ぎ下関を通過した。

「次は広島に停車します」

音もなく流れる電光掲示板、無言の車内、列車は窓の外の景色も「黙殺」して走り続ける。

広島で降りて、呉線で終点まで……あとはなり行きまかせ、と自分に言いきかせて目をつぶっていた。


あの頃の車輌には、汽車特有の臭いがあった。煤煙のくすんだような色と臭いが、背もたれの高い木の座席にも、両手で押し上げる重たい窓の木枠にも染み込んでいた。ながい時間を揺られてどこか遠くまで行く、汽車は不安な乗り物だった。夏休みが終わったらまた小倉へ帰れるのかと、何度も母に訊いていた。

東京で二年生になり、三年生になった。お寺のことも、おっさんのことも、忘れて暮らすようになっていた。

それぱかりではない。通信簿の保護者の欄にある「大音」という奇妙な名や、職業欄に「僧侶」とあるのを手で隠したかった。

父は恥ずかしい存在に変わっていた。

十五歳になった時、やってきた母が言ったことがある。

おっさんはおまえのために、冬でも朝は毎日五時に起き水垢離をとって、お祈りをしてくれた。腸の弱い子ですぐお腹をこわすから、いくら欲しがってもバナナだけは食べさせなかった。(そうだった、そのかわりに、変な甘い飲み物をもらっていた。あれはたしか、「ドリコノ」といった)。いつも、かかりつけのお医者様がすぐきてくれたが、この子はよほど気をつけなければいけない、十二、三まで育てばあとは心配ないが……と言われて、おっさんはおまえが十五になるまでどうかお守り下さいと、お不動さんに願かけをしていた。そのおかげで十五歳になれたのだから、本当は願ほどきのお礼参りをしなければいけない。水垢離は、私たちが家を出てからもずっと続けてくれたと思うよ、茶断ちまでした人だもの……

母はあのあともよく、私がどんなに大事にされて育ったかという話をした。三輪車が欲しいと言えば、すぐその日のうちに出かけて行って買ってくるけれども、家の外では乗せない。危ないから、と言って、家の中で乗せていた。あの頃、三輪車を持っている子はそうはいなかったから、近所の子が珍しがって、みんな乗りにくる。よっちゃんという女の子がいたね、あの子がとうとう乗りつぶしてしまった。小倉は軍都だからりっぱな服を着た軍人さんをどこかで見たんだろうね、軍人さんの服を着るんだと言い出したことがあった。何でもすぐにでないと承知できない子でねぇ、おっさんはその日のうちに魚町《うおまち》まで行って、子供用に作った軍服や鳥の羽根のついたりっぱな帽子にサーベルまで揃えて、寝ているあんたの枕もとに並べていた。あしたの朝、起きたらすぐカズンが着られるようにってねぇ……。

「よっちゃん」は知らない。

軍服もサーベルも憶えがない。

浮かんでいたのは、白い法衣、着替えを手伝っていた古い写真のような母の姿。


おゝさんに、一度だけ会いに行ったことがある。昭和二十年の晩秋、十七歳だった。三本の白線をまいた帽子、肩にはシンボルの黒いマントがあったかもしれない。

あの年の二月、旧制・佐賀高等学校を受けたのだった。はじめは福岡高校と思っていたが、佐賀にしたのはどこかに父を避ける気持があったのかもしれない。

合格はしたものの、もう授業は停止されていて、佐世保にあった海軍工廠に行くことになった。「勤労動員」といった。われわれ三〇名の「勤労報国隊」は、工廠裏手の丘の上にあった高射砲陣地拡張の土方作業についた。

宿泊所の夜、週に何回かは出張講義があった。

倫理学の教授の厳粛な面持ち——大義に殉じて一命を捨ててこそ、諸君は永遠の生命を得るのである……。「大義」とは何かを疑うこともなく、誰もみな真剣なまなざしで聴いていた。われわれはみな、いっぱしの「軍国少年」だった。

あの日はよく晴れた暑い日だった。

われわれは泣きながら丘に登った。

草いきれでむせ返るような丘の隅に、豚小屋があった。高級将校の食事用に飼育しているときいてきた者がいたが、そんなことがあったのかどうか。

錨の記章がついた戦闘帽をかぶった少年兵が一人、盛んに豚に石を投げていた。

終戦である——。

世の中は一夜で変る。

日本中の夜に灯がともった。

学校は十月に再開されたが、全寮制・六寮の夜は暗かった。電力事情が悪く、部屋の明かりは一定の間隔で消えた。

暗闇の中の話題はきまっていた。軍国主義に便乗した教授たちの糾弾である。「禊《みそ》ぎ」を強いた教授がいたぞ。寒中でも水をかぶらせて必勝を祈願させられたと、先輩たちの話。倫理学の教授が槍玉にあがっていたのは言うまでもない。

憤懣やるかたない論議の最中、不意に明りがつくとオーッ!と声があがって、しばらくはバタバタと廊下を走り廻る音がする。あとはまた続きの人生論、国家再建の話——おれたちはどう生きるべきか、デモクラシーとは何か、天皇制廃止、戦争放棄……熱い議論の果てることはなかった。

福沢諭吉を読め。知らんとか、ワサンは、「天は人の上に人を造らず」じゃ——ローソクの明かりで徹夜で読んだ先輩の岩波文庫。

しかし、非戦の思想を仔細に吟味していた中江兆民を言う者はなかった。主著の『三酔人経綸問答』はまだ漢文のままで、高校生などに読めるようなものではなかったが、第一だれもそんな著作のあることさえ知らなかっただろう。

きのうまでの「鬼畜米英」が突然モデルに変わった根も葉もない民主主義論議や激しい糾弾や、もっともな正論に明け暮れていた日々……フッと思った。

——小倉に行ってみようか、

憶えていたのは、三萩野という地名ぐらい、それでも家はわかった。

日はもう暮れかけていた。

高い木の門扉、門柱に父の名を見た。寺らしい構えではなく、本堂らしいものも見あたらない。うろ憶えのイメージとは違う。寺は焼けたのだろうか……

背後を、占領軍のジープが一台通り過ぎて行った。

振り返ると、太い樹の陰に古いお堂のあるのがわかった。格子戸の中を覗くと、薄暗い正面の祭壇にローソクの火が一本揺らいでいて、幽かに線香の匂いがした。

扉を開いて、中へはいった。

正面に祀られている本尊は暗くてよく見えないが、祭壇の脇の柱に第二三番、阿波国薬王寺と彫りつけてあるのが読めた。壁に縁起を記したらしい額がかかっているが、これももう読めない。

わずかに末尾の、少し大きめの文字が判読できた。

みなひとの
やみぬるとしの
やくわうし
るりのくすりを
あたへましませ

いつの時か、疫病の大流行した年があったのだろう。人びとは御堂を建てて一心に祈った。遠い記憶のなかの本堂は、もしかしたらここかもしれない。おっさんが願をかけたというのもこの薬師様か？　お不動様と母が言ったのは記憶違いか……

すべてあいまいである。

あれは納戸だったのだろうか、鏡を背にした母が、うしろ手で帯を締めているのを傍で見ていた。キュッキュッというきもちのいい音とよそ行きの着物の匂い、出かけた母はあれから帰ってこなかった。

門の脇のくぐり戸から、ころもに袈裟をかけた人が一人、短い杖を持って出てきた。頬のヒゲが白い。すぐそれがおっさんだとわかった。

おっさんは、前のものを確かめるように、少し首をかしげて立った。牡蠣のような眼に驚きが走って、つぶやきが洩れた。

『カズン? カズンか……』

わずかにこちらが見えているのだろうか、中へ入れと言われたらどうしようか、と思ったが、何も言わない。どうしたらいいのか、と、とまどっているのがわかった。こちらもそうだ、何を言ったらいい……

『近くまできたから寄ってみたけど、すぐ学校へ戻らないと……』

それだけ言うのがやっとだった。おっさんも何も言わない。学校がどこかも、尋ねはしなかった。

バス停まで送ってくれる、というのだ。連れだって歩きながら、目の見えていないことはあらためてよくわかった。それでも、杖の先で時どき何かを確かめるようなそぶりはみせるものの、道すじは迷わず辿って、停留所まできた。

「それじゃあ……」と言ったのか、「また……」と言ったか、言葉にならぬことを何か口にしただけだった。おっさんも、黙って立っていた。ながい間、自分のために祈ってくれていた人とは違うものを感じていたが、バスが出る時、おっさんの眼が、貝がほとびるように何か少し動いたのがわかった。ころもの下の白衣の襟の汚れが目についた。

それからは一度も会っていない。

あの頃はまだ、実の父だと思っていた。

おっさんの死は、義母から届いた突然の封書で知った。

交通事故死である。火葬許可証の写しが同封されていた。

手紙の趣旨は、相続放棄をしてもらえまいか、というのだった。子どもが二人いることもわかった。

あの日のことを思い出していた。

あの時、おっさんは、私が家の中へ入るのを拒むようなそぶりをみせた。あれは、再び四人で作り直していた家を乱したくないという、とっさの思いが胸をよぎったのだろう。法的には、私は依然として西田家の長男だったが、事実上は全くの他人になってしまっている。そういう他人に家へ入られては困る。二人の実子を守らなければならない。

おっさんの困惑が、あらためて胸に落ちる思いがした。三十二歳、一女の父、家族というものの重さが少しはわかりかけていた。

実印をおした返書が、コトリとポストの底に落ちる音を聞いた。三十数年、ともかくもつながっていた親子の縁はそれで切れた。

その時はもう、実の父でないことはわかっていた。大学生になってしばらくした頃、何を思ったのか、母はある日、『あんたは実は』と私の出生にまつわる話を始めた。深刻な大事を打ち明けるといったふうではなく、さりげなく、しかし、充分に気をつかいながら……

自分もそれを、何か他人事でも聞くような顔つきで聞いていたが、途中で話の腰を折って部屋を出た。

実父の名はその時はじめて知った。呉市元町通り、岸本太一。わかっているのはそれだけだ。

母との事があってから、また米の買付けに行く途中旅館に立ち寄った太一の友人は、母の異常を知った。つぎにきた時、あずかったものだと言って、五円の金を、無理やり手に握らせて行った。

太一がどういうつもりだったかはわからないが、大よその察しはつく。多分あのまま、すべては済んだこととして忘れてしまっただろう、実父とは、たった一日の縁であった。

おっさんとも、もの心がついてからは一回会っただけだが、井上のところへは時どき足を運んだ。母を残して……という思いがあった。

彼はいつ行っても、塩豆をかじりながら焼酎を呑んでいたが、胃潰瘍の逆療法だと言っていた。いくら呑めと言われても、どうしても手が出なかった。安酒の臭い……いやでも並木橋の夜を思い出す。

諸悪莫作
衆善奉行
自浄其意
是諸仏教

彼は結局、自ら招いた胃潰瘍の悪化で死んだのだが、母の話では手術にあたって頑強に麻酔を拒んだという。このまま切開でも何でもしてくれ、痛いなどとは決して言わない。オレは医学の実験台になるつもりだ、と言い張ったという。

実際の措置がどうだったかは知らないが、最後まで、尋常の人間ではなかった。

思い出したことがある。

並木橋の二十ワットの電球の下で、焼酎を呑みながら母に暗い声で言うのを聞いた。国事犯は恥ではない。破廉恥罪とは違う……たしかそんな意味のことを言った。

そして、こんなことも言った。

『お前も綾子を捨てたかもしらんが、オレもショウ子を捨ててきた』

「ショウ子」と聞いたのは前の連れ合いだったのか、それとも、子どもの名前か？　姉の名と引きあいに出したのだから、やはり、子どもだったのではあるまいか。

母の応答はなかったから、それ以上のことは何もわからない。あの話も、それきりだったような気がする。

母も何か悪いことをしたのか……子どもの頃の芝居のタダ見どころではない、おとなの罪だ。

まさかあの母が……と思う。と同時に、こうも思う。悪いことの一つや二つ、していてほしい。自分の身を守るのに誰もがする計算がまるでできなかったあの愚かしいまでの善良さには、救いがない。

それよりも、井上という男があらためて不気味なものに思えてきた。

彼は一体何者だったのだろう。四中受験の時のあの突然の付き添い……あれにしてもわけがわからない。自分を連れ戻して、三人の家庭をあらためて作り直そうという考えにでも取りつかれたのか……良い事などはしたことがなかったであろう男の胸に浮かんだ、あれは一つの「善」だったというのか。

だが、その突発的な情念は、よそのしあわせそうな父子の前に立ちはだかって道を塞ぐという、理不尽なふるまいを引き起こしている。それは、果たせたかもしれなかった私の姉へのたった一つの贖罪の機会をつぶしたばかりか、思いついたのかもしれないおのれの「善」をも帳消しにしてしまった。

わけのわからない破壊的な衝動、生への怨念か……

ひょっとしたら、彼はずっと死にたかったのではないか。「死の欲動」のうごめくまま、内も外も破壊しつづけたような生涯――病院での無残な死に方は、彼にとっては無意識の宿望の達成であったといえるのかもしれない。

『俺をかばってくれたのは、ばあさんだけだ……』と言っていたが、あんたには一体何があったのか。

呉に着いた。八月も末、海が近いのに意外な暑さだ。

駅員に聞いた通り、交叉点を左に曲がる。少し行くと「本町通り」、車の往来が激しくなる。左手に海が見え出した。遠くに、工場らしい建物が並んでいる。

本町通りを脇にそれた道の角《かど》、そこに「岸本商店」があった。

一度訊いただけの初めての町の見知らぬ道をどんどん歩いて、迷わずまっすぐ目的の店に辿り着いた。自分がまるでたぐり寄せられた土偶《でく》か何かのような気がした。

白壁、太い垂木、軒は深く、かなり古い店構え、ガラス戸の中を覗くと、壁際に積み上げた米の袋のほかに、酒も置いてある。一段高い上りがまちには畳が敷いてあって、隅に帳場が仕切ってある。

声をかけると、奥の方から私と同じ半白の髪を短く刈った男が一人、タオルで汗をふきながら顔を出した。

『こちらは岸本太一さんの……』と言いかけると、けげんそうな声が返ってきた。

『父はもう、とっくに亡くなりましたが……』

「実は、」と言おうとしたが、何も言うことがない。

『――』

『実は、私のところは下関でずっと旅館をしておりましたが、昔よくこちらのご主人様に利用していただいたと……母が、』と言いながら、何かじっと見つめられているような視線を感じて、顔を上げると、そこに自分と同じ顔があった。細おもて、一重まぶた――突然何かおぞましいものをつきつけられたような狼狽、ウイスキーの小瓶を一本買ってすぐ外へ出た。

海岸の砂に腰をおろして、瓶の封を切った。

太一が生きているはずもないのに、なぜここまで彼の店を探しにきたのか、その死を確かめるために、わざわざこんなところまでやってきたのか……空しい徒労感と、永年の懸案を果たし終えたという妙な安堵感が入り交じって、酔いが回る。

陽が傾くと、磯に吹く風はさすがにもう秋の近いのを思わせる。

見たこともない男のことを思った。

朝鮮米の大増産は、「併合」以来、総督府の最重要課題の一つだった。国の軍事的膨張と発展にとって米はなくてはならぬ資源であったから、さまざまな策が練られ、手が打たれた。

大正十四年に作成された「朝鮮米増産計画案」には、十五年から向う十二年間に開拓地三十五万町歩を確保する。既存の農地の灌漑、排水整備による土地の改良と合わせると、これによって生ずる米の増産額は八百十六万石、必要な経費の総額は、二億八千五百万円とあった。昭和五年、この計画の五年目には、開拓完遂地二十万町歩、増収四百万石と、ちょうど半分の成果を上げたといわれている。(4)

昭和の初期、朝鮮から日本へ移入された米は、昭和二年・六百五十万石、四年・五百八十万石、六年・

九百万石、移出率はそれぞれ、三十七％、四十二％、五十七％、つまり、同じ時期に朝鮮でとれた米の半ばを、日本は消費していたことになる、と書いた本もある。[5]

元町通りの米穀商は、この移入に立ち働いていた一人である。金儲けのための商いという直接の目的のほかに、多分、いささかの使命感と誇りを持って。

朝鮮米の移入は、お国のお役に立つことであった。その陰に生み落とされた小さな生命のことは、恐らくすぐ忘れ去られたであろう。それは、一金五円也で済む些事であった。

太一の死に、何の感慨もない自分が不思議に思えた。反射的に、あの日の姉の嬉しそうな顔が浮かんだ。父親と並んで柊神社の坂を降りるその顔には、花の蕾が開くような笑みがあった。

あの時姉は、まるで通い馴れた道を歩くようにまっすぐ神社に向かった。ランドセルを背負って、八歳の時に『お父ちゃんサヨナラ』と言って出た家への道を忘れてはいなかった。

ながい間の疑問だった。姉はなぜ、遠くまで佐竹に会いに行ったのか、母への反撥だったのか……神社を出たあとの苦しみや悲しみの記憶はみな母につながっている。背負わされた弟のこともどれもみな、母のせいだ。母への怨みが、父への思慕へ反転したのだろうかと思ったこともあった。

だが、そうではあるまい。去って行く実の子を冷たく見ていた父親である。膝に抱かれた記憶もなかったのではないか。

姉は太鼓の音が懐かしかっただけではないか。朝に晩に母と一緒に聞いていた響き、それは短かった平穏な日々としあわせの記憶に通じていただろう。

二人が家を出たあとの佐竹は、大ぜいの家族に囲まれた一家の主人《あるじ》の自信と、周囲の尊敬とにくるまれていたに違いない。

神社は出征兵士を送る神聖な儀式の場であり、必勝祈願の聖域であった。国家の庇護のもと、彼はその後半生を聖職者の誇りを持って生きただろう。若い日のことなどは忘れて暮した。多分、太一と同じように。


太鼓の音が聞こえている。

太鼓なんぞ打っても打っても消えない罪が人にはある。

だが、彼らに罪はないかもしれない。

自覚のないところに罪などのあろうはずがない。


ピッケルを手に、厳しい顔をした男が一人、ゆっくり、内馬銅山を登って行った。

明治の約四十年間は、世界史上まれな経済成長の時代であったと書いた本を読んだことがある。米の収穫高は二倍強、綿糸の生産は六百倍、造船は五百倍以上、鉱産物は三十倍とあった。銅の生産に限ってみると、明治七年、約二千瓲であった産銅量は、四十年には四万瓲弱、第一次世界大戦中には十万瓲に達して、世界有数の産銅国の地位を占めることになったという(6)。

内馬銅山、のちの宝満山鉱山はどうか。

明治四十四年から大正五年がピークで、この間の平均年産額は三十二万斤に達したという。林きんは、この飛躍的な増産の一翼を担ったことになるのだろうか。

溶鉱炉は二基、大きな煙突から絶えず煙を吐き出して附近の山林を枯らし、銅山から流れ出た水は田畑の作物にも損害をあたえたと、送ってもらった資料にあった。早くも、公害が発生していた。軍事的・経済的発展をテコに膨張して行く、天皇を父とした巨大な「家族国家」・大日本帝国。それは、幻想でも何でもない現前の事実として林の目には映っていただろうが、「金山子一」との間に育ったかもしれない小さな家族は、明治日本の奔流に押し流されて行った一つぶの泡にすぎなかった。

ウイスキーの酔いがまわる。ぐるぐる廻るとりとめもない思い……

広田君はこの海で死んだのか……訓練中の事故って何だったのか。

赤銅色の頭を光らせたランニングシャツに半パンツの老人が一人、ひょろひょろ歩み寄ってきて、勝手にそばへ腰を下ろした。

友ありと見たか、酒の匂いをさせている。

土地の者でないことは、とっくにわかっていただろう、『あれは……』と、左手に見える桟橋の彼方を指さした。『今は石川島播磨造船所になっちょりますが、昔はあそこは海軍の造船所で』と説明を始めた。

『あそこで、軍艦・大和を造りました』

『ご覧になった?』

『見ましたよ、スマートじゃったですねぇ』

『今の自衛艦は不細工で』と話を続けた。

『大和は出て行くことはなかったですよ、もう、護衛機もなかったんじゃから……たくさんのもんが死んでしもうて』と言ったあとは、黙って沖を見ている。

『江田島は、どれです？』

『あれがそうで――』

『えっ、どれです？』

『ホラ、見えちょるでしょうが……あの船の向うに、黒く』

老人の指さす彼方へ目をやったが、もう島影は見えず、時おり光る海面すれすれに無数の黒い蛾の渡って行くのが見えた。

蛾と見えたのは、立ち始めた夕波の背だったかもしれない。

老人は行ってしまった。

「大和」ではどれだけの人が死んだのだろう。死者は故里の山に眠るといわれているが、自分たちにはともに還って行く山はない。ないばかりか、二人の記憶も年々薄れて行く。

だが、「特養」のベッドの上で姉がもらしたあのつぶやきを忘れることはないだろう。

……オニイチャンガ、ワルイ

姉の一生をさまたげた自分という人間の存在の罪障――あのひとことはそれを言い当てていたのかもしれないが、当の本人は黙ったまま横を向いていた。

わかっていたと思う。何もかも崩れてしまった姉の死の近いことも、おのれの「ワルイ」ことも——あの時、何かひとことでも言うべきだった。だが、何が言えただろう、何と言えばよかったのか、それがわからぬまま、こみあげてきた思いを扱いかねてあの場から逃げ出していた。

何もしてやれなかった。今も何もできずにいるつまらぬ自分……待っている者など誰もいない出生だった。おのれにとも誰にともつかぬ憤り、無念の思い、どうにでもなれとあの時思った。

あの時だけではない。どこかに自分を投げ出している自分がいる。しかし同時に、危うく生まれ出た者の無意識の底にはしたたかな自己保存の欲求が潜んでいるとあらためて思う。

内に屈折した「自己愛《エゴイズム》」——ひょっとしたらそれはあの男の「死の欲動」と根は一つなのではあるまいか。その一点で、自分と井上とはつながっているかもしれない。

そう思うことは、耐えがたく不快であり不安でもある。

そんなことがあるものか、自分とあの男とは違う。母がやっと辿りついた小さな寺での、恐らくは平穏だったはずの暮しを踏みにじった者への憎しみは、今も消えない。

だが、母を置き去りにし、姉の不幸をただ見ていただけに等しい人間と彼と、どれだけの違いがあるのか、直接の加害と、そうではなかっただけの差があるにすぎない。

有縁・無縁重なり合って織りなす人間生き身の曼陀羅図絵……かさなるはずのない縁のつながりを思う日があろうとは、考えたこともなかった。大切なことはみんな後になってわかる。

母は西田菊子として死んだ。井上の名は、やむなく背負って歩いた苦役だった。

死んでやっと無縁になった。

わずか十万円の郵便貯金は、自分で用意した死に金であった。点滴や酸素マスクを拒んだだけではない――スープを受けつけなくなったのも、あれは母が自分の意志でそうしたのではなかったかという疑念をずっとひきずってきた。もういい、という思いだったのだろう。

――オマエはそれに手をかしている

「武士の娘は立派に死んだ」などという呑気なことではなかった。母の意にそってしてやったことで、ほかに何があったか――

目をつぶると遠い灯が消えて、波の音ばかりになった。

古代人は、この海の果てのどこか遠いところに死者たちの国があると思っていたらしい。「妣《はは》の国」ということばには、言いようもない懐かしさと淋しさがある。

――姉が一緒だといい

カルタのことが頭をよぎった。

姉さんにも見せたことはなかった。

〈拾遺〉 庭の花

一

また　夢に見た
矢車《ヤグルマ》の花
（どこから飛んできたか）
矢絣の着物が似合った

二

枯れかけている甲州野梅の洞に根づいた石斛《セッコク》の
白と
淡い紅色の二株
少し離れて　別々に花をつける
二人ぼっち《ZWEISAMKEIT》

三

深山《みやま》がよかろ大山蓮華《オオヤマレンゲ》

四

花筏《ハナイカダ》の葉に乗っていた
花ともみえぬ消し粒のような花は
ふっと消えて　流れていった

五

梅雨の花　伊豫の薄墨
萼あじさい
舞子あじさい

山《ヤマ》アジサイは　まだか
白く咲き出て
忘れたころに赤味さす
それを心変わりとはいわぬ

言とはぬ木すらあぢさゐ
諸弟《もろと》らが
練りのむらとに
あざむかえけり

大伴家持
（万葉集巻四）

あざむくのは人の心　おのれさえ
おのれにわからぬおのれの心
あざむくのは
あじさいではない

六

白い花だが
薄墨色と見ればみえる
憂いの色と言えばいえる沙羅の木の沙羅《シャラ》の花《ハナ》が
小雨に濡れて咲いている

七

月のある間に咲いて萎むはかない命の散りぎわに
しっかり自家受粉をすませるという
露草《ツユクサ》
あわれ
枯れたまま身のうちに種を宿し
ある風の強く吹く日に
種子は四散して

行方知れず
なに　はかないものか
儚いものの勁さよ
あわれなものか
あわれなものか

八

野に置けばよかった
籠に插せば
わずか　一日の昼顔《ヒルガオ》の花
それが三日も耐えていた

いちにちが三日
三日がいちにち
種子もできないというのにどこからもらったいのちか

何で咲く
咲き継ぐ命

九

長梅雨《ながつゆ》に泥をかぶったまま
いつまでも花をつけない桔梗《キキョウ》よ
咲いてくれぬか
気にいらぬこともあろうが
咲いてくれ
桔梗

きりきりしゃんとして咲く桔梗かな
——小林一茶

と
いうではないか

水をくぐる火
月に遊ぶ亀もいると
いうではないか

一〇

長い穂の先に薄紫の小花をつけた　藪蘭《ヤブラン》
石榴の樹の下
掃き出し窓の竹の傍《そば》
白玉椿　寒椿の裾に寄り添い
これはまるで梅の古木を見上げるように
ここにもいたか　まるめろの
蔭にかくれて
その他
その他
そこかしこに
目を放てば果てもない広い野の

見渡すかぎり
藪蘭
藪蘭
藪蘭の
古名は
山菅《ヤマスゲ》とか
(菅の笠でも　かぶって逝くか)

無数
遍在
遍在
虚無

いつから
こんな草が
好きになったか

一一

夏萩の淡い朱色の痩せてこぼれたあとに
すこし間を置いて咲く宮城《ミヤギ》野《ノ》萩《ハギ》の白のしだれて
何という序列

一二

春の雨に海棠の花散って久しい庭に
きょう咲いてくれた「秋色中第一」の花
秋《シュウ》海棠《カイドウ》
またの名　断腸花

一三

一度みたいと思っていたナンバンギセル
南蛮を知らぬ万葉びとがよんだという名がまたいい

道の辺の
尾花が下の思ひ草
今さらさらに
何をか　思はむ

（『万葉集』巻十）

ぎぼうしの根もとに
おや　あんなところに
横を向いて咲いている繊細な薄紫の花の色
いつまで咲いていてくれるか
冥加尽きてまたいつの日か
「思ひ草」

「今さらさらに」

一四

とつぜん薫る金木犀《キンモクセイ》
もう秋か
やがて散り敷く　黄金の
花のしとね
寂光浄土

突然　思い出した
やわらかい光の中を泣きながら
古い荷車を曳いていたヤキイモ屋がいた
何で　泣いていたのか
何が悲しくて
胸で車を曳くようにして歩いていたか

（母もか）

一五

アキノキリンソウが黄色い小花をつけている

「偉大な小説には
子供の雑記帳に鉛筆で書き始めた
ものがあると誰かが言っている
秋のきりん草の中でそう思い出した」
——西脇順三郎『旅人かえらず』より

つまらぬものを書いて
ケシゴムでは消せぬことを
思い出した

一六

食用菊
モッテノホカ　キンカラマツの金の色
酒を温めて
サクリサクリと黄の香りを噛む
生きている
よろしさを
酌む
もってのほかの
悔いも
噛む

一七

山時鳥《ヤマホトトギス》の白は淋しい

泣いて血を吐く杜鵑《とけん》
一年有半　中江兆民

一八

雨
濡れて白い花十字
名に背きてドクダミは
昔　虫さされの幼き者の手の腫れを癒し
今　老いの身は
これを煎じたる湯で割りし酒を酌めば
幽思いよいよ深く
焼酎があれば
　（独り居が何淋しかろ）

一九

秋明菊《シュウメイギク》を「ジャパニーズ・アネモネ」なんぞと
花は名だ
またの名もいい貴船菊《キブネギク》
ゆらゆらと　秋の日暮れの
けだかく揺れる薄明かり
滲む白
（一本の菊も投げ入れなかった）

二〇

庭の隅の薄暗がりに彼岸花《ヒガンバナ》が咲いている
嫌われものの　名のあわれ

中国及武州にて　しびとばな

上総《かずさ》或は美作《みまさか》にて　ゆうれいばな
尾州にてしたまがり　駿河にてかはかんじ
西国にてすてごばな

（『物類稱呼』三）

四月或ハ九月赤花サク　下品ナリ

（『大和本草』九）
──『古事類苑』

黙して花は
五輪塔を背にしている
地・水・火・風
そして
空
簪の落ちそうにして曼珠沙華《マンジュシャゲ》
「ゴン狐」が泣いている

二一

やっと花をつけた
時期に遅れて咲いている五弁の花
もうあきらめていた
晩秋の空の色を映したか
さみしい青のしたたりに
小さな黄の灯さえ点して
二つ
三つ
凛として仰いでいる
天
蔓龍胆《ツルリンドウ》

二二二

闇を蔵す鬱金《うこん》　石蕗《ツワ》の花

二二三

見返り草と並んで咲いている
　雁草《カリガネソウ》
後《あと》振むくな
悲しむなよ「この国の空飛ぶとき[1]」も
（どこに「この国」がある）

二四

「富士ケ嶺《ふじがみね》」　まぶたの裏に「赤光《しゃっこう》」も
寒牡丹「蘭州暮色《ランシュウボショク》」
散る

二五

今年も花を見ない
よく見ると幹に三つも　いやもっとか
ところどころに暗い穴があいている
（なんとこれは……）
立ち枯れになりはせぬか
ただ立っているだけで動くことができぬ木の寂しい冬の
あの目立たぬ花の色は
……

（どんな色だったか）
枇杷《ビワ》の木

二六

冬枯れの庭の隅に匂い顯《た》つ素芯臘梅《ソシンロウバイ》
黄金の臘の花の香にひたる
それだけのもぬけのからの身は老いて呆けても
忘れるな　背負っているもののあることぐらい

二七

めずらしくつもった雪のその下のどこかに
ひっそりと時を待っているはずの
雪笹《ユキザサ》の小花
一輪は

一輪ごとに
耐えているだろう
それぞれの　重さ

二八

黄の色の
ねじれ
震えて
点《とも》す灯の
ちょっぴり赤く何だか暗く
ちっともいいこと無かったような
それでも名がいい
満作《マンサク》の花
縁起がいいと人は言うが
なに
春にさきがけて散る

「谷《タニ》いそぎ」急ぐな

二九

玄関脇の植込みに背をかがめて
赤い小さな灯《とも》を点している　藪柑子《ヤブコウジ》
十両とも言うというが一体　どんな花を咲かせたか
（わずか十万円）

三〇

期日たがえず今年も咲いた
直径二糎ほどの薄い五弁の白い花
「エフェメラルプラント《短命植物》」節分草《セツブンソウ》
福は来ず
鬼は黙ったまんま老いた

三一

福寿草《フクジュソウ》の
花の
黄ほど
勁い
耀きはない
はね返す
花のちからを
見るたび思う
黙ったまんまで沈んだひとを
それで浮かんだ
浮かれ「ぼうず」
(どんな小僧になっていたか)

「さま〲の事おもひ出す」(2) 福寿草

三二

春山茶花の
華やいで舞姫の
小《オ》忌《ミ》衣《ゴロモ》

三三

またひよ鳥が来ている
食いち切る深紅の花弁
蕊《しべ》まで崩す
（何処から来たかオマエ）
バサと動く影
踏んで佇つ
藪椿《ヤブツバキ》

三四

寒の戻りの憎らしや
「汚れちまった」[(3)]白木蓮《ハクモクレン》
おもかげに
薫るのみ

三五

カンと高い空の青に背いて
俯いてことばすくなく小さく開く
寒緋桜《カンヒザクラ》の
その緋を承《う》けて河津桜
咲いているか

三六

侘助は白
だがすこし淋し過ぎるか胡蝶侘助《コチョウワビスケ》
朱を染めて

三七

美しい堅香子《カタカゴ》の花

三八

落葉樹の軒下をかりて
ひっそりと咲いていた花の白さよ
一輪草《イチリンソウ》

つかの間の
早春だけが好きなのか
ふっとかき消えて　跡かたもない

何を見限ったか　嫌なのか　生きるのが
スプリングエフェメラル
はかない　かげろう

三九

しだれ梅が散っている
もう散ってしまったか紅梅　あれは
母が買ってきた苗木だった
「おまえはしだれが好きだから」と言って　それを
「八重はキライだ」と
やってしまった

隣の庭

四〇

どこからか沈丁花《ジンチョウゲ》
花はまだ遠い
朴《ホウ》の大木

四一

「しろくすずしく誇りかに」と
三好達治は一輪草をうたったが
二輪草《ニリンソウ》は沈黙をしいる
ツヴァイザームカイト《ふたりぼっち》

四二

小倉の祇園祭りの遠い日
稚児さん行列に出たということなどなにも憶えてはいないのに
なぜかその時幼い耳に刻まれた
チゴということばのひびき
稚児百合《チゴユリ》の花が咲いている
人いきれ
さんざめく夏の夜の明りにぬれて祇園太鼓の音が流れる
誰が叩いていたか
(無法松でも叩いていたか)
おそらくは
手を引いて歩いてくれていただろうひとの耳に
あの音は
どう響いていたか

四三

黒文字《クロモジ》の花はうっすらと黄の
また
文字には書けないゆかしい香りの木は
黙って手紙を書いているのか

四四

染井吉野《ソメイヨシノ》は品を欠く
などと
ワケ知りは横を向いていればいい
散る
散る
桜
散るは

散るは
意志
あるごとく

散り際《ぎわ》の
花は吉野
今も

四五

紫の絹をかつぐ鬼の棲む庭の
羅生門蔓《ラショウモンカズラ》
かずかずの花の種を
埋め
埋めて
時が過ぎた
時が育てるもののあることだけを知って
滅するもののあることを

知らぬままに

四六

貧しい黄色の小花が
身を寄せ合って咲いている
母子草《ハハコグサ》
春の七草　五行《ゴギョウ》は異名とか
『大言海』に母子の人形《ヒトガタ》に由来とあると言い
花の研究家はまた言う
「母子の汚れを落とす身代わりの形代《かたしろ》に使われたのだろうか」
と
聞けば尊くも
あわれとも

四七

また聞く
一科一属一種とか
ひっそりと咲いている
日本の花
シラネアオイ

四八

桜は一重ときめていた
偏見のしだれて今
八重紅《ヤエベニ》しだれ

四九

さみどりの葉の
隠す白花
　ホロホロと
　　散る
染井吉野が散ったその後に
　ひっそりと残って
　　人知れず
フッと肩に来る
一片《ひとひら》の
駿河《スルガ》台《ダイ》匂《ニオイ》　桜《ザクラ》

五〇

紫の花が

あかぬけて白に変化《へんげ》する
茉莉花《マツリカ》の花
臈たけて
ジャスミンの香りも老いる
玉泉寺の花の
幻

五一

白雪《シラユキ》ケシ
どこかに罌粟《けし》の毒性を持っているかもしれない
だがなに本当は　毒気のない花などない
たとえば満開の桜の花の下
ふっと　死んでみたくなりはせぬか

五二

ナルコユリの白い鈴の列
カシャカシャと学校へ急ぐ小学生たちの背に鳴る
それぞれのランドセルの
明日

五三

いずれ絶滅するかもといわれている 桜草《サクラソウ》
名を残せわが小庭《さにわ》に
青森はお岩木山に自生しているという
陸奥小桜《ムツコザクラ》の淡い紅

五四

一株　苗を植えたのはいつだったか
それが今年《ことし》　二輪になって花をつけた一人静《ヒトリシズカ》
消え残りの線香花火のような
白のまたたき
EINSAMKEIT《ひとりぼっち》

五五

わずかな青を芯に隠した五弁の花の白の
生《いき》の清さクリスマスローズ
ある日ほのかに頬を染めて
俯いてしばらく

五六

陽が昇ってからゆるゆると発《ひら》く五弁の花
ふっくらと山芍薬《ヤマシャクヤク》の白い頬
それが　まだ陽のあるうちにもう顔をかくしてしまう
両の袖　山家育ちを恥じるのか
それもわずか三日
ある日　突然崩れ落ちる花びらの
轟音

五七

香に重い梔《クチナシ》の花

五八

また踏んでしまった庭石菖《ニワゼキショウ》
北アメリカから明治の世に渡ってきたという
一センチにとどくかどうかのちいさな花の六弁
よく見れば
赤紫の花弁の基部の異なった色どりの巧緻
三色は数えられるが
俗眼には見えぬ秘色もあろう

五九

わずか一・五糎ほどの花びらが
小さな金の灯を沈めている
菊咲きのマリンブルー　春龍胆《ハルリンドウ》
小さな者はちいさいものをともすしかない

己を照らすしかない

六〇

俯いて咲いているオダマキの花の
青紫の先のわずかな白
花ではなくて萼だそうな
でもいいじゃないか　花と見て
一はけの白化粧
古代の織物　倭文《しず》の糸を巻いた苧環《おだまき》に似るという花の
ながき夢

いにしへのしづのをだまきいやしきも
よきもさかりはありしものなり
（古今集・よみ人知らず）

どんなさかりがあったか

六一

リラの花に惹かれる
紫がいい
白も
昔　見せてもらったフランス映画「リラの門」
太っちょのジュジュのお人好しのあわれが
子どもの心に何かを残した
今も

六二

ロードデンドロン　枯れた洋しゃく
あとに咲く筑紫《ツクシ》シャクナゲ
七裂の
花は照らす

六道の闇

六三

峠を越えて
手も振らず行ってしまった
紫の深い谷の色
四ヶ峰《ヨツガミネ》桔梗《キキョウ》
まぶたに残る
桔梗の縫い紋

六四

時は行き
土は暗く
仰ぐ空に咲いている

花々の影
下天の内
無縁曼陀羅
　花は愛惜に散り
　草は棄嫌に生ふるのみなり
生ウルノミ
　生ウルノミナリ

――『正法眼蔵』

あとがき――『下天の内』概要

有縁・無縁、重なり合って織りなす人の世と人間存在の曼陀羅図絵――第一部はそれを、現代に先だつ世に即して把えようとしたものである。

三作はそれぞれ独立しているが、相互に内在的連関がある。三作を通じて複雑・微妙に結びついている人間関係の把えがたさは、「前世の因縁」とでもいっておくしかないようなものである。

しかし、その前世と今生を貫いている一本の「棒のごときもの」がある。理義を求め理義に従うという精神である。それは、人を人たらしめ、世を越え時代を超えて人と人とを結びつける。

第二部「無縁私記」は、血縁に結ばれて本来支え合う筈の者がそうならず、たがいに孤立を深めて行く無残――これはそれを招いた無意識の暗黙のはたらきと、その罪を把えようとした自伝的小説であり、母と姉に手向けた mourning-work（喪の仕事）である。

罪の問題は、日本の民衆の深層意識、さらにいえば日本文化の古層に潜むものではないかと思うが、ここでも二作は独立したまま結びついており、一部と二部にも内在的連関がある。

母と子、姉と弟の内面の苦渋を、自分を軸としていわば微視的にとらえようとした「第二部」に対して、「第一部」は、現代の背景である前の世をあらかじめ巨視的に見ておくことで、「第二部」が三名の生の浮沈の単なる主観的記述に陥るのを防ぎ、それを「下天の内」なる巨きな客観的世界内の一事態として把握する上での支えとした。

要約すれば——

「一　下田のお吉」は「歴史小説」、「二　兆民襤褸」は「政治小説」、拙文はそれに「三　エッセイ」「四　私小説」「〈拾遺〉叙情詩」を合わせた綜合的創作の試みである。ながい行程であったが、旧友・中村和彦君の（ワープロによる原稿整理という）辛抱づよい協力によって、ようやく全路を歩くことができた。

出版困難の折にこれを出して下さる藤原書店社長・藤原良雄氏と、編集部の小枝冬実さんに心からお礼を申し上げたい。

大音寺一雄

参考文献

第一部　他生の縁

一　下田のお吉

(1) 坂田精一『ハリス』吉川弘文館、一九六一年
(2) 吉田常吉『唐人お吉——幕末外交秘史』中公新書、一九六六年
(3) 村松春水『実話唐人お吉』平凡社、一九三〇年
十一谷義三郎『時の敗者唐人お吉』新潮社、一九三〇年
(4) 井上友一郎『唐人お吉』改造社、一九五〇年
(5) 竹岡範男『唐人お吉物語』芸風書院、一九八〇年
(6) 武田清子『戦後デモクラシーの源流』岩波書店、一九九五年
(7) 村松春水「新渡戸博士と唐人お吉」『黒船画譜』黒船社編所収、黒船社、一九三四年
(8)『講孟劄記』近藤啓吾全訳註、講談社学術文庫、一九七九—八〇年
(9) 奈良本辰也『吉田松陰』岩波新書、一九五一年
(10) 同前
(11) 奈良本辰也・高野澄『適塾と松下村塾』祥伝社、一九七七年
(12) 河上徹太郎『吉田松陰』文藝春秋、一九六八年
(13) ペルリ『ペルリ提督日本遠征記』土屋喬雄・玉城肇訳、岩波文庫、一九五三—五五年
(14) ハリス『日本滞在記』坂田精一訳、岩波文庫、一九五三—五四年

二　兆民艦褸

(1)『中村市史・続編』発行・中村市、一九八四年
(2) 幸徳秋水『兆民先生／兆民先生行状記』岩波文庫、一九六〇年
(3) 松永昌三『自由・平等を目指して——中江兆民と植木枝盛』清水新書、一九八四年
家永三郎『革命思想の先駆者——植木枝盛の人と思想』岩波新書、一九五五年参照

（4）『井上毅先生傳』古城貞吉稿・梧陰文庫研究会編、木鐸社、一九九六年
（5）同前
（6）松永昌三『自由・平等をめざして——中江兆民と植木枝盛』（前出）参照
（7）井田進也『中江兆民のフランス』岩波書店、一九八七年参照
（8）松永昌三『中江兆民評伝』岩波書店、一九九三年参照
（9）『中江兆民全集』第一巻所収、岩波書店、一九八三年
（10）松永昌三『中江兆民評伝』（前出）
（11）井田進也『中江兆民のフランス』（前出）参照
（12）井田進也『二〇〇一年の中江兆民——憲法から義太夫等まで』光芒社、二〇〇一年参照
（13）井田進也『中江兆民のフランス』（前出）参照
（14）「民約論巻之二」中江兆民訳『中江兆民全集』第一巻所収（前出）
（15）井田進也『中江兆民のフランス』（前出）参照
（16）同前
（17）『井上毅伝』資料編第四、井上毅伝編纂委員会編、一九七一年
（18）同前
（19）『中江兆民全集』（前出）第一〇巻所収
（20）松永昌三『中江兆民——自由民権運動家・その足跡と思想』柏書房、一九六七年参照
（21）井田進也『中江兆民のフランス』（前出）
（22）『井上毅先生傳』古城貞吉稿・梧陰文庫研究会編（前出）
（23）『中江兆民全集』（前出）第一五巻所収
（24）海後宗臣『教育勅語成立史の研究』（私家本）一九六九年
山住正己『教育勅語』朝日新聞社、一九八〇年参照
（25）松永昌三『中江兆民評伝』（前出）
（26）松永昌三『自由・平等をめざして——中江兆民と植木枝盛』（前出）
（27）米原謙『兆民とその時代』昭和堂、一九八九年参照
（28）『中江兆民全集』（前出）第一巻所収
（29）『中江兆民評論集』松永昌三編、岩波文庫（解説）、一九九三年
（30）松永昌三『中江兆民評伝』（前出）
（31）「道徳学大原論」井田進也解題『中江兆民全集』（前出）第九巻所収参照
（32）同前
（33）「理学沿革史」『中江兆民全集』（前出）第五巻所収

(34)植手通有「兆民における民権と国権」『中江兆民の世界――「三酔人経綸問答」を読む』木下順二・江藤文夫編、筑摩書房、一九七七年所収
(35)中江兆民『三酔人経綸問答』『中江兆民全集』(前出)第八巻所収
(36)福沢諭吉「学問のすすめ」『福沢諭吉全集』第三巻所収、岩波書店、一九七一年
(37)福沢諭吉「脱亜論」『福沢諭吉選集』第七巻所収、岩波書店、一九八一年
(38)『中江兆民全集』(前出)第八巻、松沢弘陽・井田進也解題参照
(39)井上清「兆民と自由民権運動」『中江兆民の研究』桑原武夫編、岩波書店、一九六六年所収
(40)同前
(41)渡辺浩『日本政治思想史』東京大学出版会、二〇一〇年参照
(42)松永昌三『中江兆民評伝』(前出)参照
(43)『透谷全集』第二巻　岩波書店、一九五〇年所収
(44)『中江兆民全集』(前出)第二巻所収
(45)島田虔次「兆民の愛用語について」『中江兆民の世界――「三酔人経綸問答」を読む』木下順二・江藤文夫編(前出)所収
(46)福永光司「中江兆民と『荘子』と禅」『中江兆民全集』(前出)第二巻月報所収
(47)上山春平「兆民の哲学思想」『中江兆民の研究』桑原武夫編(前出)所収
(48)正岡子規『仰臥漫録』岩波文庫
(49)江藤淳『海舟余波――わが読史余滴』文春文庫、一九八四年参照
(50)宮村治雄『理学者・兆民――ある開国経験の思想史』みすず書房、一九八九年参照
(51)福沢諭吉「帝室論」『福沢諭吉全集』(前出)第五巻所収
(52)『井上毅伝』井上毅伝編纂委員会編(前出)資料編第五
(53)「梧陰存稿二」序文『井上毅伝』井上毅伝編纂委員会編(前出)資料編第三
(54)前田愛「『三酔人経綸問答』のテクスト構造」『中江兆民全集』(前出)第九巻月報所収
(55)長谷川如是閑「日本再建の基本的態度」『長谷川如是閑選集』第二巻、栗田出版会、一九六九年所収
(56)『海舟座談』巖本善治編、岩波文庫、一九七七年
(57)『海舟余波――わが読史余滴』(前出)参照

三　山椒太夫雑纂

（1）『鷗外選集』、第一三巻所収、岩波書店、一九七九年
（2）『鷗外選集』（前出）第五巻所収
（3）『説経節――山椒太夫・小栗判官他』荒木繁・山本吉左右編注、平凡社・東洋文庫、一九七三年
（4）『定本柳田国男集』第七巻所収、筑摩書房、一九六八年
（5）太宰治『津輕』小山書店、一九四四年
（6）「罪の文化と恥の文化」『定本柳田国男集』（前出）第三〇巻所収
（7）「黒地蔵白地蔵」『定本柳田国男集』（前出）第二七巻所収
（8）速水侑『地蔵信仰』塙書房、一九七五年

第二部　無縁私記――家族合わせ

（1）円日成道『父母の孝養――観無量寿経講話Ⅷ』永田文昌堂、一九九六年
（2）ティモシー・ウィルソン『自分を知り自分を変える――適応的無意識の心理学』村田光二監訳、新曜社、二〇〇五年
（3）松尾寿他『島根県の歴史』山川出版社、二〇〇五年
（4）井上則之『朝鮮米と共に三十年』米友社、一九五六年
（5）遠藤一夫『おやじの昭和』中央公論社、一九八九年
（6）市井三郎『思想からみた明治維新』講談社、二〇〇四年

〈拾遺〉庭の花

（1）斎藤茂吉の歌から。
（2）芭蕉の句から。
（3）中原中也の詩語を借りた。
（4）花の故事来歴、特質その他、本文中に注記したもの以外は、二〇〇一年五月から『朝日新聞』に連載された湯浅浩史氏の『花おりおり』（同・朝日新聞出版刊、二〇〇二―一六年）に多くを負っている。記して感謝する。

著者紹介

大音寺一雄（だいおんじ・かずお）

本名・北田《きただ》耕也《こうや》。1928年、福岡県小倉市に生まれる。旧制・佐賀高等学校、武蔵高等学校を経て、東京大学教育学部（社会教育専攻）卒。東洋大学社会学部教授、明治大学文学部教授を経て、明治大学名誉教授。
おもな著書に『明治社会教育思想史研究』（学文社）『近代日本　少年少女感情史考』（未來社）『「痴愚天国」幻視行——近藤益雄の生涯』（国土社）『〈長詩〉遥かな「戦後教育」——けなげさの記憶のために』（未來社）等がある。

下天《けてん》の内《うち》

2013年2月28日　初版第1刷発行©

著　者　大音寺一雄
発行者　藤原良雄
発行所　株式会社 藤原書店

〒162-0041　東京都新宿区早稲田鶴巻町523
電　話　03（5272）0301
FAX　03（5272）0450
振　替　00160-4-17013
info@fujiwara-shoten.co.jp

印刷・製本　中央精版印刷

Printed in Japan
ISBN978-4-89434-901-8